José Donoso nació en Santiago de Chile el 5 de octubre de 1924. Estudió en la Universidad de Chile y luego en Princeton, Estados Unidos. Entre 1967 y 1981 vivió en España, donde se consolidó como una figura central del *boom* latinoamericano. Publicó las novelas *Coronación* (1957), *Este domingo* (1966), *El lugar sin límites* (1966), *El obsceno pájaro de la noche* (1970), *Casa de campo* (1978), *El jardín de al lado* (1981), *La desesperanza* (1986) y *Donde van a morir los elefantes* (1995), así como diversas colecciones de relatos, memorias y ensayos, entre las que destacan *Cuentos* (1971), *Historia personal del «boom»* (1972) y *Conjeturas sobre la memoria de mi tribu* (1996). A título póstumo aparecieron las novelas *El mocho* (1997) y *Lagartija sin cola* (2007), y sus *Diarios tempranos* (2016). Entre otras distinciones, obtuvo el Premio Nacional de Literatura en Chile, el Premio de la Crítica en España, el Premio Mondello en Italia, el Premio Roger Caillois en Francia y la Gran Cruz del Mérito Civil, otorgada por el Consejo de Ministros de España. Después de su regreso a Chile en 1981, dirigió durante varios años un taller literario que desempeñó un papel fundamental en la narrativa chilena contemporánea. Murió en Santiago de Chile el 7 de diciembre de 1996.

José Donoso
El jardín de al lado

DEBOLS!LLO

Papel certificado por el Forest Stewardship Council®

Penguin
Random House
Grupo Editorial

Primera edición: marzo de 2022

© 1996, José Donoso
© 2017, Penguin Random House Grupo Editorial, S. A.
Merced 280, piso 6, Santiago de Chile
© 2022, Penguin Random House Grupo Editorial, S. A. U.
Travessera de Gràcia, 47-49. 08021 Barcelona
Diseño de la cubierta: Penguin Random House Grupo Editorial
Imagen de la cubierta: Gabriel Pacheco
Fotografía del autor: Valeria Zalaquett

Printed in Spain – Impreso en España

ISBN: 978-84-663-5926-9
Depósito legal: B-850-2022

Impreso en Novoprint
Sant Andreu de la Barca (Barcelona)

P 3 5 9 2 6 9

Para Mauricio Wacquez

*«...un instant encore, regardons
ensemble les rives familières...»*

«History, Stephen said, is a nightmare from which I'm trying to awake».

JAMES JOYCE

Dices: «Iré a otra tierra, hacia otro mar
y una ciudad mejor con certeza hallaré.
Pues cada esfuerzo mío está aquí condenado,
y muere mi corazón
lo mismo que mis pensamientos en esta desolada languidez.
Donde vuelvo mis ojos sólo veo
las oscuras ruinas de mi vida
y los muchos años que aquí pasé o destruí.»
No hallarás otra tierra ni otro mar.
La ciudad irá en ti siempre. Volverás
a las mismas calles. Y en los mismos suburbios llegará tu vejez;
en la misma casa encanecerás.
Pues la ciudad es siempre la misma. Otra no busques —no la hay—,
ni caminos ni barco para ti.
La vida que aquí perdiste
la has destruido en toda la tierra.

CONSTANTINO CAVAFIS

1

A veces compensa tener amigos ricos. No quiero interceder aquí en favor de una adicción histérica y exclusiva, a lo Scott Fitzgerald, por esta forma de convivencia. Pero a veces suele darse la venturosa casualidad de que el amigo rico ha sido amigo desde siempre, desde los bancos del colegio, desde las playas y fundos de la adolescencia, cuando el mundo era edénico porque no nos proponía aún la tiránica opción de ser, tal vez, amados y célebres. Es natural, entonces —puesto que a través de los años el amigo triunfante supo alimentar una generosa relación de simetría con alguien como yo, de circunstancias presentes tan distintas a las suyas—, que fuera motivo de regocijo oír, al regreso de esa perturbadora velada en La Cala, la voz de Pancho Salvatierra llamando por teléfono desde Madrid para preguntar algo muy normal:

—Oye, Julito, ¿qué planes tienen para el verano?

¡Como si Gloria y yo perteneciéramos a la clase de latinoamericanos que pueden darse el lujo de «tener planes para el el verano»! En ningún momento dudamos de estar condenados a pasar también nuestro séptimo verano europeo atrapados en el infierno de Sitges. Es verdad que de vez en cuando uno se encuentra con chilenos o argentinos descoloridos, recién llegados de Noruega o Alemania, que aseguran que, en esta Europa moribunda, Sitges es el Paraíso mismo: allá ni por casualidad se ve el sol, la fruta sabe a estopa agridulce, a nadie le importa un carajo lo que le sucede al vecino...

¿Pero... y aquí? Se iniciaba junio. Pese al cognac y al valium, Gloria y yo comenzábamos a disentir en todo como obertura a nuestras disputas cada vez más enconadas a medida que caían los días de julio y agosto, cargándonos de rencor para todo el año. Sin embargo preferíamos el encierro de nuestro piso minúsculo para así no sumar al deterioro familiar el deterioro del ambiente: la impotencia ante los precios que se triplicaban y la calidad que disminuía, lo imposible que resultaba arrancarle una sonrisa a la hija de puta de esa vieja catalana cajera de la verdulería, las playas abarrotadas de cuerpos densos, el atropellamiento de vulgaridad políglota en tiendas de comida y de tabaco y de periódicos siempre agotados, el pueblo entero fétido a papas fritas en el mismo aceite en que frieron miles de raciones de papas..., belgas, alemanes, franceses entorpecidos de pasar todo el día tumbados en la arena, al atardecer instalados en terrazas estridentes, sin ver sin hablar, embutidos dentro de su piel enrojecida brillosa de crema Nivea cuya pestilencia corrompía el aire, todos cobrando su derecho a usar el sol y a ensuciar el mar de los catalanes porque habían comprado su consentimiento con buenas divisas.

El día que llamó Pancho Salvatierra, vi que las primeras señales del deterioro veraniego habían hecho su aparición en nuestro hogar: los cristales que daban a la azotea exigían limpieza; los geranios desfallecían bajo el polvo; y Gloria se atavió con un mu-mu desteñido sobre un bikini cuyas partes no combinaban, restos de bikinis de veranos anteriores: sí, dijera lo que dijera sobre su dieta, había engordado. Pero por una vez tuve cuidado de guardar para mí esta observación. En vista de lo cual dormí una siesta drogada, interminable, para que empalmara con la noche y no verme así obligado a enfrentar la consuetudinaria disyuntiva planteada por mi máquina de escribir: ¿novela-documento que, aunque ya rechazada una vez por la formidable Núria Monclús, yo estaba seguro de poder transformar en una obra maestra superior a esa literatura de consumo, hoy tan de moda, que ha encumbrado a falsos dioses como García Márquez, Marcelo Chiriboga y Carlos Fuentes? ¿O tediosa traducción de *Middlemarch* de George Eliot, hecho en tandem con Gloria, labor que parecía eterna, pero que nos proporcionaba ingresos modestos aunque seguros? Por fortuna, antes de despertar del todo para encarar tan conflictiva elección, me arrancó de la siesta el campanillazo de la puerta: Cacho Moyano, para invitarnos a un asado a la argentina, con guitarreada, en su ruinoso domicilio de La Cala, cerca de Sitges. Este convite —nos pasaría a buscar dentro de media hora— me absolvió de la terrible necesidad de tomar una actitud definitiva ante la máquina de escribir, y abracé el asado de Cacho pese a la seguridad de que sería sólo un desgarrón más del aburrimiento habitual en tales reuniones. Acepté al instante. En cuanto partió el bueno de Cacho, le dije a Gloria:

—Así por lo menos no tendrás que cocinar...

Pensé que allá iba a poder apartarme del grupo para charlar con Carlos Minelbaum, lo que nunca dejaba de ser placentero. Pero las cosas se dieron en forma distinta y no hubo oportunidad de endilgar con él una conversación de las nuestras: fue la pobre Gloria quien, por fin, tuvo que preparar el mítico asado a la argentina, porque los hermanos Zamora, hierofantes especializados en este sacrificio, no aparecieron hasta muy tarde, acompañados de dos noruegas casuales y neumáticas que los acapararon.

Al llegar de regreso a casa, y como desde una galaxia diferente pero situada sólo a seiscientos kilómetros de distancia al otro extremo del hilo telefónico, oí el tintineo de los cubitos de hielo en el gin-tonic perfectamente veraniego de Pancho Salvatierra, fino eco de cristal cortado que apaciguó en mí, por lo menos por un rato, algo mucho más agobiante que el simple sofoco de lo que prometía ser una interminable serie de bochornosas noches sitgetanas.

¿Qué programa teníamos Gloria y yo para este verano?

Pancho posee la gracia de preguntar estas cosas de una manera tan natural que no menoscaba el orgullo de su interlocutor. Logró hacerme sentir, al contrario, que yo pertenecía a esa clase de cosmopolitas que podía responderle que me iba a la villa que acababa de alquilar en la Costa Smeralda, por ejemplo; o que Gloria y yo habíamos resuelto pasar este verano —peregrina sugerencia leída por mi mujer en una revista del corazón en la peluquería donde va a teñirse el pelo— *dans le grand vent* de una playa fría, como decían que se usaba otra vez, en la Île de Ré, quizás, o en la costa normanda como en tiempos de Proust... espejismo de figuras envueltas en tules blancos como en las fotografías de Lartigue... porque el sol es el enemigo número uno del cutis, y el Mediterráneo, en verano, es un invento de barones alemanes pederastas y novelistas ingleses de segunda categoría, y ahora, además de ser una especie de sopa de crema Nivea y preservativos, había perdido todo su *glamour*. Pancho hubiera celebrado estas acotaciones, que no transmití, pese a que él entiende esta clase de razonamientos: forman la atmósfera en que su talento —indiscutible, sorprendente, enfurecedor— florece y fructifica de una manera que a mí me resulta difícil de explicar, pero que se confirma con cada exposición suya en la Galería Claude Bernard de Londres, París, Zürich y Nueva York, con cada encargo espectacular que ocupa la primera plana de los periódicos y a Adriazola le provoca una especie de vómito vitriólico de envidia, que disfraza de censura moral a «una posición política y ética frente a la sociedad, inaceptable en un artista que tiene que ser primero y antes que nada la voz indignada ante las injusticias cometidas contra el pueblo que sufre».

En el mundo de Pancho, en cambio, las cosas son ingrávidas, gratuitas: carecen de historia, de causas, de futuro, de modo que las fortunas pueden ser tan repentinas como efímeras. Así, nada le hubiera extrañado que un escritor de bastante menos que mediano éxito y de más de cincuenta años, como yo, le anunciara que iba a pasar el verano haciendo un crucero en su propio yate por las islas del Dodecaneso. Para él, la falta de estilo hubiera sido, en el caso de mi hipotético crucero, exigirme que lo explicara o lo justificara, preguntando cómo diablos, por qué, desde cuándo, ya que —para «ellos»— era sobre todo necesario aceptar tanto las repentinas alzas como las bajas en la bolsa económica y social sin ponerlas en cuestión.

Sí: cuando hablo con Pancho me siento opulento, exitoso, todo un Scott Fitzgerald vestido de blanco almidonado, libre de la tiranía de mi superego, la cerveza tibia de mi vaso de cartón convertida en mágico gintonic en vaso de cristal cortado, y hasta joven, y desembarazado de mi discreta panza. Y Gloria, hambrienta de halagos que yo no le proporciono con la frecuencia debida, se siente bella y deseable con sus cumplidos,

15

que, hay que reconocer, son justificados cuando se trata de ella, porque Pancho la sabe demasiado inteligente para engañarla con las guirnaldas de flores de papel pintado con que decora a sus amigas más incautas. Este tino —este extraordinario *afiatamiento* social— será, supongo, una de las tantas gracias que la gente adquiere con el éxito, porque Pancho, antes, carecía tanto de estas como de otras sutilezas. Para mí resultó fácil responder a su pregunta sobre nuestro veraneo con la misma sencillez con que él la hizo:

—Nada..., no tenemos ni una peseta...

—¿Y tu novela?

—Rechazada... Un desastre.

—¡Hijos de puta!

—Hija de puta, dirás.

—¿Por qué hija de puta?

—Después te cuento.

Sensibilísimo para discernir semitonos en las inflexiones de la voz de sus amigos, Pancho percibió que Gloria y yo, en este momento de nervios fracturados, no nos negaríamos a nada que nos alejara de Sitges, odioso testigo de esta humillación. Comenzó entonces a explayarse, envolvente y sutil, sobre las delicias de Madrid en verano, cuando no hay ni un alma ni un auto, todas las casas cerradas —«no quedan más que porteros, que son el Madrid auténtico, castizo, que a ti como novelista va a interesarte», fue su conmovedor comentario libresco—, y hasta se podía ir al cine sin hacer cola, y a restoranes sin reservar mesa.

—¡Y las rebajas...! Coméntale a la Gloria lo de las rebajas. ¡Si hasta en Loewe, que son unos salteadores de caminos, lo regalan todo! ¿Para qué se van a quedar en Sitges si se pueden venir a pasar tres meses, y quizás más, aquí en mi piso en Madrid?

Me reconoció, eso sí, que las noches de Madrid no refrescan nada. ¿Pero qué importaba? Toda su casa tenía aire acondicionado, incluso un sistema especial, humectante, para su jardín de invierno. Fingió rogarnos que nos «sacrificáramos» aunque sólo fuera «por amistad» aceptando este veraneo en su casa para cuidar sus plantas, a Myshkin, su perro pug, y a Irina, su gata siamesa, cuyo colorido hacía juego con el del perro.

—Ustedes conocen mi piso en Madrid. Les dejo todo abierto menos mi estudio, que está hecho una cochinada. Pueden usar todo lo que hay en mi despensa, té, tragos, conservas, todo, voy a renovarlo todo a mi regreso porque todo estará pasado. Y hay un ciclo Fred Astaire-Ginger Rogers en el Cine-Club, en Onésimo Redondo creo que es, yo nunca tengo tiempo para ir. No está mal mi casa para pasarse tres meses escribiendo.

La verdad es que no estaba mal el piso de Pancho Salvatierra en el centro mismo de Madrid, no estaba mal para un pintor, ni para un escritor, ni siquiera para un actor de cine dotado de inventiva y refinamiento. Recordé el pequeño invernadero, ínsula de especies tremolantes, casi animales. Recordé —lo que me produjo un titubeo de timidez— que la única decoración en el ajedrezado de mármol del *hall* era un monumental fragmento funerario etrusco —las cabezas, ay, desaparecidas, aunque el ritmo del drapeado y la ternura de la mano masculina entrelazada con la mano femenina se proponían como una metáfora del amor eterno como algo posible—, iluminado por una lámpara de diseño milanés que parecía un personaje recién desembarcado de un ovni. Recordé las ventanas que se abrían, sorprendentemente en el desarbolado Madrid, sobre un boscaje de castaños, tilos, olmos:

—Como si fuera Hampstead —solía comentar Pancho—. Este departamento me cuesta una hueva y la mitad de la otra, pero lo vale, aunque no sea más que por el placer esnobísimo de ver a mi vecino, el duque de Andía, sudando la gota gorda para mantener bien cortado el césped en que recreo mi vista. No me vas a decir que no es el colmo de lo elegante tener como jardinero a un Grande de España...

Puritano receloso del placer en que me ha transformado nuestra historia reciente, al principio lo rechacé todo, incapaz de soportar a Pancho: ira, sin duda un componente de envidia, una condena, digna de Adriazola por la alienación en esas cosas, censura a su culpable indiferencia por los problemas del mundo y de Chile, repulsión por su egoísmo o egocentrismo, por su frivolidad, todo esto en contraste inexplicable y turbador con su hondura como artista: el sentido del humor, que era casi como una marca de fábrica de la gente como uno, anulado después del Once. ¿Por qué, me preguntaba cada vez que hablaba con él, cada vez que veía su casa o su pintura, por qué Pancho tenía la terrible virtud de replantearme el problema, que yo ya daba por resuelto, de la relación entre arte y ética? Pero la rabia por estas cosas de Pancho, que es frecuente, siempre me dura poco. ¡Era tan pequeño y tan flaco y tenía tan poco éxito con nuestras amigas cuando éramos adolescentes! ¡Tan torpe, entonces, tanto que se aceleraba, tan corto de vista antes del advenimiento de los lentes de contacto! Y en aquellos tiempos ya lejanos Pancho vivía en una calle señorial, aunque en el extremo menos elegante, de modo que prefería dar un rodeo y entrar por el lado mejor para llegar a su casa. ¡Pobre Pancho! Yo olvidaba pronto mi rabia, echándolo todo a la broma, y punceteándolo en el idioma propio de él, para reírnos juntos, le decía:

—Bonito tu departamento, Pancho, pero muy *fifties*, muy David Hicks, te diré...

—Claro que sí, pero no se lo vayas a comentar a nadie. En todo caso, no creo que en Madrid nadie ubique a David Hicks, porque en ese tiempo estaba Franco y todo era o estilo remordimiento español o estilo parador nacional, y nadie tiene ni idea de qué son los *fifties*. Si te oyeran, creerían que es el nombre de una discoteca nueva. Ése es el plan modernoso en que está todo el mundo aquí en Madrid. Esto ya no es más que un suburbio de Marbella.

Con la imaginación maravillada repasé objeto por objeto de esa casa prodigiosa mientras en el teléfono Pancho continuaba la ponderación ya inútil de su piso. Agregó que todas las mañanas, mientras él estuviera afuera, vendría Begoña, su *chinese*, para atendernos.

—¿Para qué necesitas nuestra presencia, entonces?

—Las casas toman un olor muy raro cuando no están habitadas en verano. La pesada de Carlota de Teck me obligó a alquilarle su horrendo palacio *belle époque* en Corfú por toda la temporada si tenía la pretensión de acostarme con ella. Y pintarle un retrato de yapa. Ese retrato será mi venganza: ya verás la cara que le pinto, igual a su tía la Queen Mary. Lo peor es que la tendré todo el verano de musa *en résidence*. Si no, los convidaría a ustedes. No me digas que no, Julito, por favor, vengan a Madrid. Acuérdate, ¿a quién le copiabas tus exámenes de matemáticas en el colegio, que si no jamás hubieras llegado al bachillerato? Aquí vas a poder rehacer tu gran novela en paz, y dedicarla «a Francisco de Salvatierra, sin cuya ayuda esta novela jamás se hubiera escrito».

Pasando por alto la novedad de la *particule*, exclamé:

—Pero, Pancho, ¿no te das cuenta de que eso te metería en un lío con Pinochet?

—Ay, pobrecito Pinochet, tan bueno que es y tan mala fama que le dan ustedes. Una pena que sea tan

N.O.C.D., como dicen las debutantes en Londres, pero en fin, qué le vamos a hacer, mucho peor eran ustedes los upelientos. ¿Por qué no lo dejan tranquilo viendo cómo el país se está yendo para arriba y no es como cuando tu mamá acaparaba cosas y ahora hay de todo? Es que a ustedes, con tanto desfile y carta de protesta y congreso, les ha dado como una fijación masoquista, una vocación de mártires: «tú estuviste más tiempo en la cárcel que yo, pero a mí me torturaron más que a ti». Y no torturaron a nadie. Puras mentiras. No es cierto, Julio: Chile era un arsenal de armas cubanas y soviéticas antes del golpe. Bueno, bueno, cortémosla mejor, no discutamos sobre estas latas, como todos los chilenos. Además, después de veinte años afuera ya no tengo idea de quién es quién en la política chilena. Dime, la Gloria, por ejemplo, ¿encuentra sexy al Cardenal? No, no es para que te enojes tanto, no grites, Julio, si no te lo preguntaba más que porque mi hija me escribe que en Santiago ya *nadie* lo encuentra sexy. No chilles más y convence a la Gloria de que sea un ángel y consienta venir a Madrid a cuidar mis cositas. Dile que el primer polvo que le eché a la Carlota de Teck, que es totalmente frígida como se sabe en todo el mundo, menos en Chile que es el culo de este planeta, se lo echaré murmurándole al oído que es idéntica a la Gloria, el primero de tantos amores no correspondidos de mi adolescencia, que es la pura verdad: tal vez así Carlota logre por fin un orgasmo y baje el precio de su palacio. Dime, ¿la Gloria está colorina y crespa y divinamente prerrafaelista todavía? Tengo que saber, porque te voy a decir que a mí no me gusta mentir *demasiado* en mis asuntos del corazón, porque la gente es tan habladora que uno termina por desprestigiarse.

Cubrí el fono con la mano para preguntarle a gritos a Gloria —en nuestra modesta azotea, bajo la ampolleta desnuda borroneada por un nubarrón de insectos, inclinaba su cabeza rojiza sobre un libro— si le parecía bien pasar el verano en Madrid, en el piso de Pancho Salvatierra, con aire acondicionado y *chinese* pagada. Alzó, indiferente, los hombros sin levantar sus ojos del libro de quiromancia que leía: preparaba un estudio sobre discriminación sexista en las ciencias ocultas, inconstante actividad con que, según decía, por lo menos en una modesta medida «se realizaba», pero que, curiosamente, emprendía con renovado ímpetu cada vez que su irritación contra mí, contra el mundo, contra Pinochet, contra Adriazola, contra Sitges y contra las guitarreadas y los asados, la desbordaban. El gesto de sus hombros me indicó que le daba exactamente lo mismo todo lo que nosotros y el mundo entero hiciéramos, que era evidente que no había salvación, ni siquiera evasión, que todo y todos nos íbamos juntos a la mierda.

Aproveché esta indiferencia de mi mujer, habitualmente pródiga en opiniones sobre cualquier materia, para prometerle a Pancho que nos trasladaríamos a Madrid lo más pronto posible. Le aseguré, de paso, que Gloria, pese a sus cincuenta y más años, a veces podía encarnar conmovedoramente —como en este mismo instante, por ejemplo, con el dolor de su rostro inscrito en la penumbra del polvo de oro y de los ojos pintados en las alas de las falenas— una fantasía prerrafaelista, y, pese a que el desastroso estado de nuestra cuenta bancaria no le daba acceso ni a las liquidaciones, Gloria, con su planta de reina y su *panache* indumentario, no lo dejaría mal ante los elegantes vecinos de su casa.

—¿Y Pato? —preguntó Pancho.

—Justamente esta tarde me dijeron que anda en Marrakesh —le respondí al recapitular los recientes acontecimientos de La Cala—. No le dejaremos tu dirección porque prefiero no saber nada de él hasta que haya pasado el verano, de otro modo no voy a tener paz para reescribir mi novela.

Pancho suspiró, aliviado:

—Menos mal: *loin des yeux, loin du coeur.* Me cargaría que el muy mal educado se viniera a meter aquí, a poner sus patas cochinas encima de mis muebles...

Se deshizo en trémolos de agradecimiento por el favor que le hacíamos. Pero, calculador como es —lo que no ha sido un ingrediente desdeñable en el fenómeno de su éxito—, me sugirió:

—No seas tonto, Julio, subarrienda tu piso en Sitges por la temporada de verano sin decirle nada a tu dueño de casa: los precios se disparan para arriba en estos meses. Mira: yo conozco una pareja de locas pobretonas que hacen espejos sensacionales, imitación de diseños italianos, y se mueren de ganas de dedicarse al nudismo este verano. No creo que la plata les alcance más que para Sitges. ¿Quieres que les hable y así Gloria tendrá con qué ir a las rebajas?

Le transmití este mensaje a Gloria, la financista de la familia. Ante la idea no sólo de sacarle un poco de dinero a nuestro lóbrego hogar sitgetano, sino, más que nada, de engañar a nuestro odioso dueño de casa catalán, con quien mes a mes se trenzaba en discusiones a gritos que estoy seguro se oían desde la Plaza de España, Gloria, repentinamente galvanizada, me arrebató el fono y definió nuestro traslado inmediato a Madrid.

Tal vez le esté dando demasiada importancia a Pancho Salvatierra —que tiene poco que ver con lo central de esta historia—, y a ese letárgico verano en Madrid, donde, sin embargo, todo ocurrió.

Pancho tiene la maldita costumbre de llamar por teléfono a las horas más inconvenientes de la noche, cuando por fin hemos logrado dormirnos. Estas llamadas las hace con el propósito ostensible de compartir con nosotros —chilenos como él y por lo tanto superiores, ya que sólo los chilenos comprendemos ciertos matices de lo ridículo— algún chisme referente a las Teck o a quien las sustituyera en su Gotha personal del momento. Sabíamos, sin embargo, que esto era sólo un pretexto, porque en el fondo llamaba para decirnos que por esto o aquello esa noche se sentía viejo y solo y extranjero pese a sus triunfales veinte años en Europa: ¿con quiénes, salvo con nosotros, podía hablar del egoísta de su hermano y de esa siútica de su cuñada, que estaban envenenando la vejez de sus pobres padres, personajes que sólo nosotros conocíamos? Quería saber, además, cómo estábamos arreglándonos, y nos enternecía oírle decir que nos echaba de menos, que su vida era una lata, que las Teck eran *demasié*, que la pintura era una buena mierda, que los marchantes eran unos ladrones, que los críticos no entendían el abc de la pintura, y que en esta puta vida lo único que valía la pena eran unos pocos —poquísimos, cada año menos, porque con la edad uno se iba poniendo muy mañoso— amigos de toda la vida, como nosotros. Y pese a que no nos viéramos con suficiente frecuencia, era reconfortante saber que vivíamos en el mismo país. Como Gloria y yo sentíamos igual, al instante le perdonábamos su intrusión en nuestro dificilísimo sueño. Hablábamos de tonterías o de cosas personales durante horas y horas, él y Gloria y yo, riéndonos, discutiendo, recordando: al poco rato se nos despejaba el embotamiento del valium. Y después de despedirnos de Pancho nos quedábamos dormidos sin miedo, todavía risueños, a veces abrazados, sin necesidad ahora de recurrir ni al alcohol ni a los psicofármacos.

La noche de que estoy hablando Pancho no nos había despertado, porque el incidente del amigo de Pato nos hizo abandonar La Cala cerca de las once: cuando Pancho llamó, Gloria y yo no habíamos logrado aún velar la lucidez del odio.

Llegando a casa, abrimos y después cerramos la puerta de nuestro departamento con la sensación de estar cerrando desde dentro la tapa de un ataúd. En la oscuridad del pasillo mezquino nuestros dedos, buscando el interruptor, se tocaron: al instante, víctimas de algo parecido a una descarga eléctrica, se separaron sin encender porque uno creyó que el otro lo haría. Sentí a Gloria demasiado próxima a mí en la oscuridad innecesaria que sin embargo prolongamos unos segundos. Le dije:

—¡Uf! Estás pasada a olor a asado...

Gloria encendió la luz. Tenía un aire vulnerable, trizado: era, lo vi en seguida, uno de esos días peligrosos cuando —utilizando nuestra jerga familiar, remanente del léxico del capataz del fundo de mi abuelo—estaba «jodida de la mentalidad», y por lo tanto era preferible no rozarla si uno quería sobrevivir y que ella sobreviviera. Me precedió por el largo pasillo hacia el interior de la casa:

—¿Qué olor quieres que tenga —me preguntó— si hace siete años que lo único que hago es cocinar para ti y para Pato?

Se metió en el cuarto de baño. Cerró con pestillo. Yo permanecí junto a la puerta, afuera, escuchando: el torneado de la otrora perfecta *Odalisca* de Ingres —deleito-

24

sa cadera plena, largo arco de la espalda para acariciar y pierna larga, largo cuello, y ojo alargado bajo el turbante envuelto en la cabeza volteada— se dibujaba más allá de esa puerta, pero sobre todo más allá del tiempo, por el reconocido roce de la ropa al caer por los contornos de aquel cuerpo. Hasta que, contemporánea, doméstica, imperfecta otra vez, la oí dar la ducha y meterse debajo.

Gloria, como de costumbre, no había desperdiciado la ocasión de echarme en cara lo primero que se le ocurrió para culpabilizarme..., por ejemplo, su respuesta a mi sencilla observación en la oscuridad del pasillo. ¿Y si yo muriera?, pensé. ¿Si el papiloma que me extrajo Carlos Minelbaum dos días atrás resultara, después de la biopsia, algo horrible, un carcinoma, por ejemplo? Golpeé, suave, la puerta del cuarto de baño. Gloria no respondió. Bajo la ducha, tarareaba. ¿Qué tarareaba? Escuché, atento: *La muerte y la doncella*, último movimiento, el obvio, el fácil, pensé con desdén. Pero más importante era que Gloria tarareaba sin tomar en cuenta que yo podía morir, ya que, asegurara lo que asegurara Carlos, no se sabía aún el resultado de la biopsia.

—¡Abre! —grité.

No. No es verdad. No grité. Tampoco golpeé la puerta. Sólo moví la manilla, murmurando:

—Gloria, por favor...

Continuó tarareando: reconocí ese pasaje en que los instrumentos de Schubert se independizan, rindiendo cada uno en su idioma específico, por el momento irreconciliable, un resplandeciente homenaje al tema protagónico. Me irritaba que Gloria tuviera tan justo oído musical, sobre todo dada su escasa cultura en ese arte. Pero solía cantar o tararear o silbar cosas dificilísimas con una fidelidad que para mí, incapaz de reproducir lo más simple, era puro escarnio. ¿Qué hubiera sido de

Gloria con más educación musical? Mucho. Cualquier cosa. Como en todo, por lo demás, ya que era un haz de dotes que por falta de estructura morían secas bajo el suelo, sin suficiente empuje para romper la tierra y brotar. Entonces, incitado por la envidia ante lo que me parecía un don inmerecido, golpeé la puerta gritando:

—Abre, te digo. ¿Quieres que mee en el macetero de tu filodendro, si no tenemos otro excusado en la casa?

Gloria siguió tarareando bajo la ducha como si no oyera. Me conocía lo suficiente como para saberme incapaz de cumplir tan grosera amenaza. Además, estaba seguro, Gloria no dudaba de que el motivo de mi urgencia no era urinario sino de otra índole. Grité:

—Abre, te digo, imbécil. ¿Tengo la culpa de que andes con olor a cocinería en el pelo? Claro que tienes que hacer de comer: ya no eres la hijita del diplomático que tocaba el timbre hasta para que le pasaran los cigarrillos. A todos nos toca hacer cosas que no nos gustan cuando estamos en el exilio. Mala cueva. Si no te gusta hacerlas es problema tuyo, no mío, así que aguántate. Yo no te exigí que te vinieras conmigo. Al contrario, cuando me soltaron te rogué que te quedaras en Chile. Ya durante la UP andábamos mal, pero tú dijiste no, la experiencia del exilio nos va a unir, me voy contigo por el niño, no quiero que crezca con el cerebro lavado como crecerá toda su generación en Chile, quiero algo mejor para Pato, dijiste, y mira cómo salió tu Edipito Rey... sin terminar la secundaria por pasárselo en la calle Dos de Mayo fumando marihuana con putas y maricones, dice que va a ser fotógrafo pero no hace nada, no tenemos idea de dónde saca la plata con que se mueve, nunca sabemos dónde está, ahora parece que está en Marrakesh, según nos dijo el hijo de Hernán Lagos en La Cala: por lo de la fotografía, supongo, o quiero suponer, para no suponer cosas peores. ¡Educacioncita le íbamos a dar al niño, aquí en Europa...! ¡Lavado de cerebro...! Mira cómo se ríe de nosotros porque dice que se nos quedó pegado el disco de la UP y del Once, que no sabemos hablar de otra cosa que de Allende y de la DINA, puras huevadas, dice, a nadie de mi edad le importa un carajo ese rollo... y yo sin poder reescribir mi novela. Si Pato la leyera tal como yo la quiero reescribir, entendería. Sí, entendería todo. Tú, Gloria, te viniste porque quisiste. Tú pertenecías a la línea dura y revolucionaria pese a que no te apuntaste en ningún partido. Yo no: me despreciabas por militar en un partido moderado, un liberal blando, «como tu padre», me acusabas, «que como diputado jamás hizo otra cosa que dormir la siesta en los sillones del Congreso». ¿Por qué no te afiliaste tú, entonces, a un partido extremista? ¿Por qué eras sólo capaz de hablar, hablar, hablar con el pisco-sour en la mano? ¿Por qué me impulsabas a que fuera revolucionario activo en vez de serlo tú? ¿Por qué tienes que vivir toda tu vida de prestado, a través de mí? Yo ya no soy joven, y me siento cansado, y hoy además me siento enfermo, y me agobia la responsabilidad de vivir tu vida por ti. No: te viniste conmigo porque te dio miedo quedarte allá dependiente de tu familia reaccionaria, era menos humillante depender de mí, porque no me respetas como, pese a que lo niegues, los respetas a ellos...

Puedo, o puedo no haber dicho estas cosas —me inclino a creer más bien que no— junto a la puerta del cuarto de baño, mi vejiga a punto de reventar, oyendo caer el agua de la ducha. En todo caso, como dicen que sucede en el momento justo antes de la muerte, todas estas acusaciones y defensas y protestas y quejas pasaron en aceleradísima sucesión por mi mente. Quizás haya dicho algunas, pero no expuestas como aquí, sino fragmentadas, interjecciones apenas emblemáticas de mi zozobra. Algo, sin embargo, debo haber dicho, porque Gloria dejó de tararear y cortó la ducha. Volví a pegar el oído a la puerta. Silencio: la Odalisca disuelta en el agua escurriéndose por el resumidero...

—¿Gloria?

Escuché. Silencio. Agité otra vez la manilla:

—Oye... ¿dónde está el valium? —pregunté.

Silencio.

—¿Gloria? ¿No has hecho alguna... tontería...?

Pensé en mis *gillettes*. En el botiquín repleto de medicinas mortíferas.

—No —me respondió la Odalisca revivida—. ¡Para tonterías basta con la que hiciste tú en La Cala! El valium está en mi cartera, en la consola de la entrada, creo. Te haría bien tomar por lo menos uno.

Claro que me haría bien, pero en La Cala bebí demasiado cognac y las consecuencias de estas mezclas me eran, ay, conocidas: amodorramiento que duraba semanas, depresión que me alejaba de la máquina de escribir, asco a toda comida, irritabilidad contra los que me rodeaban, especialmente contra Pato, cuya tendencia al llanto, cuando era pequeño, me resultaba intolerable.

Encendí las luces para dirigirme a la azotea. Antes de salir me interceptó la presencia de mi máquina sobre la mesa del comedor; permanecía igual que ayer, no, que anteayer, no, que hacía cuatro días, rodeada del desorden de mis papeles. ¿Y si para derrotar de una vez por todas a Gloria y a Pato, que se hacía llamar Patrick ahora que había pasado dos veranos en París en casa de los Lagos, y derrotar al mundo entero, y a Núria Monclús que me había recibido para darme su veredicto negativo en una entrevista que duró diez minutos, recién bajada de un avión de Londres, a punto de tomar otro a Nueva York después de que esperé dos horas sentado en su antesala con mi original sobre mis rodillas, si me pusiera a la máquina ahora mismo y escribiera y escribiera y escribiera, día y noche, noche y día, consumiendo café, anfetaminas, vino, cognac, con tal de rehacer mi novela y llevarla más allá de todas las expectativas de Núria Monclús? «Verla...», había dicho.

—Sí, verla..., falta una dimensión más amplia y, sobre todo, la habilidad para proyectar, más que para describir o analizar tanto situaciones como personajes de manera que se transformen en metáfora, metáfora válida en sí y no por lo que señala afuera de la literatura, no como crónica de sucesos que todo el mundo conoce y condena, y que por otra parte la gente está comenzando a olvidar —fue el veredicto con que Núria Monclús rechazó mi novela.

Con razón más de la mitad de los escritores de habla española, y casi todos los editores, clamaban por su cabeza. ¿De dónde sacaba tanta improvisada sabiduría esta catalana mercenaria, que no era más que un mercader de la literatura? ¿En qué conocimiento, en qué autoridad concreta, en qué teoría válida apoyaba su juicio? ¿Sabía algo sobre Barthes, sobre Lukács, sobre Lacan o Derrida o la Kristeva, más allá del precio y del número de ejemplares que vendían sus libros? No, no era un crítico, eso era de público conocimiento: circulaba la leyenda —una de las tantas leyendas más o menos siniestras que circulaban en torno a ella— de que jamás en su vida había leído nada, pero que mantenía una cuadra de lectores a alto precio que le pasaban información sobre los originales sometidos, poniendo palabras ajenas, como evidentemente lo eran aquellas con que me zahirió a mí, en su boca. Tampoco era un editor, de la talla de un Carlos Barral, por ejemplo, cuyo diálogo con la cultura y la belleza era espontáneo: el modesto papel de Núria Monclús se debía limitar a vender. Pero conmigo, al verme débil, no sólo se había propasado, sino también ensañado. ¿Qué quería que hiciera con mi novela? ¿Un guiso de *nouveau roman*, de telquelismo de barrocos adjetivos y una pedantería indigesta de citas de autores prestigiosísimos por antiguos y desconocidos, condimentado con la pimienta de un «compromiso social», o un «compromiso político», epidérmico, frívolo, pero que sirviera de anzuelo para los compradores? No. No. Yo era otra cosa: yo había pasado seis días en un calabozo a raíz del Once, donde no me torturaron ni me interrogaron siquiera, y constituye una reserva de dolor que no necesita metáfora para ser válida: basta relatar los hechos. ¡Al carajo con Núria Monclús y con los editores y lectores y autores que ella había inventado, y a quienes nutría! Que no pretendiera jugar con mi honradez, aunque sus recomendaciones llevaban implícita la promesa de transformarme, ella que todo lo podía y todo lo sabía, en un escritor de éxito tan sensacional como Marcelo Chiriboga o como García Márquez. Salí de su despacho dispuesto a abofetearla la próxima vez, o a acribillarla con los balazos de una metralleta.

Era triste sentirse humillado al reconocer la derrota en sus manos, culpable y vulnerable por el odio y el terror que la Monclús me inspiraba. Tuve que recurrir al recuerdo de las leyendas innobles que circulaban alrededor de ella —su avaricia, su frialdad, su oportunismo— para apaciguar mi furia, lo que me hizo sentirme aun más débil y más humillado por tener que hacerlo con esta mujer de tan numerosos ángulos, pero que al mundo de los débiles como yo sólo mostraba su carnívoro sadismo.

Quizás sentí con tanta fuerza todo esto en la ocasión de ese rechazo, más que por el rechazo mismo, más que por la personalidad de Núria Monclús, por un reflejo subjetivizado en la irritación de mi sensibilidad: una fantasía, en otras palabras, ya que, ¿sobre quién no circulaban leyendas en este mundo barcelonés, donde todavía se sentía el olor a pólvora y azufre que dejaron los cohetes del *boom* después de estallar y apagarse? ¿Donde la secuela de diferencias, en algunos casos respetables, en otros no, entre sus miembros eran todavía comidillo en las noches animadas por el cadáver de la *gauche divine* en el «Flash Flash», donde oficiaba Leopoldo Pomés como sumo sacerdote, y se veía declinar más o menos graciosamente a las bellezas y a los talentos de hacía cinco años, y Rosa Regàs inventaba colecciones en las que todos pugnaban por embarcarse? Amargura. Dolor de ser excluido. Envidia. Sí: todo esto definió mi furia irracional contra Núria Monclús, que me cerraba su puerta.

Eso, sin embargo, durante el trayecto en el tren repleto de regreso a Sitges, no fue lo que causó mi mayor miedo. Fue otra cosa muy distinta: la sensación de que el tiempo pasaba, y mi gran experiencia chilena iba retrocediendo, desgastada por los años su función como fuente de elocuencia. No podía adaptar el dolor que mi país había experimentado a las exigencias de las modas literarias preconizadas por Núria Monclús, o a través de ella por quien la manejara, alguien más alto, más potente que ella, situado detrás de la extraña *mafia* de la moda literaria a la que yo no estaba dispuesto a someterme. ¿Cómo impedir que se esfumaran y palidecieran mis seis días de calabozo, que eran como el trazo que definía el contorno de mi identidad? ¿Cómo impedir que se desvaneciera algo tan mío, fuerte sobre todo porque por primera vez me vi arrastrado por la historia para integrarme en forma dramática al destino colectivo? Esos días eran mi pasaporte al triunfo, la identificación que me iba a permitir salir de la sombra. Pero, claro, habían pasado siete años desde entonces, llenos de experiencias menos trascendentes y más confusas, mezquinas experiencias personales que no me aportaban otra cosa que humillación: mi ineptitud para la sobrevivencia sin la protección de la universalidad; el odio, desde mi punto de vista totalmente injustificado, de Patrick; mis regulares relaciones con Gloria, a veces reanimadas por el rencor o la compasión o el recuerdo; la constante sensación de fracaso, de no estar «*bien dans ma peau*», como decía Patrick, no, Pato; todo este cúmulo de vejaciones se había sobreimpreso a aquella experiencia cuya jerarquía yo tan desesperadamente trataba de mantener mediante las páginas de notas que escribía como quien riega una planta moribunda, pero que, ay, al fin se iba secando pese a tanto esfuerzo. La experiencia heroica iba palideciendo, los lazos con aquellos que tuvieron experiencias de parecido rango se iban soltando, su heroicidad misma se tornaba cuestionable, ironizable, y mi derecho a reclamar participación en el asunto me iba pareciendo más y más dudoso. Hasta sentía con horror que el odio del primer momento perdía su filo: se iba haciendo muy difícil para mí la tarea de rearmar este odio de modo diverso, para que así la segunda versión de mi novela, más lejana en el tiempo y remota de los acontecimientos, no careciera del fuego de ese primer estallido que Núria Monclús, desde su cómodo sitial de diosa recaudadora, no comprendió.

Al llegar a Sitges siete años antes, a raíz del Once, los chilenos fuimos los héroes indiscutidos, los más respetados testimonios de la injusticia, los protagonistas absolutos en el vasto escenario de una tragedia que incumbía al mundo entero. Pero pronto llegaron otros exiliados, los variopintos argentinos, ideológicamente contradictorios pero inteligentes y preparadísimos, y los trágicos uruguayos que huían en bandadas dejando su país desierto, y los brasileños, y los centroamericanos, todos, como nosotros, huyendo, algunos perseguidos, la mayoría en exilio voluntario porque ahora resultaba imposible vivir allá si uno quería seguir siendo quien era, definido por las ideas y el sentir que lo identificaban. Pero fueron pasando los años y muriendo las causas y las esperanzas: el olvido adquirió el carácter de bien necesario para sobrevivir. Crecieron nuestros hijos con problemas de identidad, con problemas de padres separados, de familias deshechas, de ideologías reexaminadas, de desilusión general, de dispersión, de derrota, pese a algunos gallardos esfuerzos que agitaban sólo durante un segundo a quienes tenían la fuerza para ayudarnos. Se hicieron adolescentes nuestros hijos con problemas lingüísticos, hablando idiomas extraños, o un español distinto al nuestro, con acento catalán o madrileño o parisino, más bien de *banlieue* que de Lycée Condorcet..., eran tan pequeñitos cuando salimos de Chile y todo en nosotros y en el mundo tenía tal efervescencia. Pero las experiencias del presente, la pobreza y en algunos casos la miseria de la trashumancia y la terrible lejanía y la soledad y el tiempo que desarticulan los recuerdos que se dispersan y alejan, y el olvido o el rechazo de lo vernáculo, todo esto formaba un enjambre de zumbido enloquecedor, como una nube agresiva que ahora hacía muy difícil oír con claridad los motivos por los cuales uno se vino y después permaneció donde estaba, cumpliendo a duras penas las modestas tareas de la sobrevivencia en un sitio donde uno no tiene ningún motivo para estar. Fue todo esto —sí, que Gloria no fuera idiota y comprendiera de una vez— lo que determinó mi violencia con el amigo de Pato.

Dejé atrás mi máquina de escribir en el comedor. Me senté bajo las cuerdas de colgar ropa, en la azotea, sin encender la luz. Desde abajo llegaba hasta nuestro cuarto piso sin ascensor la estridencia de la discoteca de la planta baja, las carcajadas de los que entraban, las groserías de los que salían: jocundos turistas, no trashumantes y desharrapados exiliados políticos latinoamericanos como nosotros, que tan a menudo nos odiábamos pero que no podíamos prescindir de nuestra compañía —asados a la argentina, feijoada, pastel de choclo, empanadas salteñas, anticuchos, los sabores nostálgicos simulados con productos tan distintos a los nuestros—, reunidos otra vez para seguir hurgando en las heridas del rencor... ¿Cómo contar, desde este empobrecido presente, la experiencia de la ya lejana gesta?

Gloria pasó junto a mí y después de encender la bombilla que congregaba las falenas se instaló al otro lado de la mesa, su pelo oscurecido y empapado colgando en pesadas sortijas, su libro de quiromancia abierto sobre el cristal de la mesa: se disponía a trabajar, no en la traducción que nos daba de comer, sino en su artículo. Durante el hervor de los años de la UP, cuando los matrimonios de nuestros amigos se rompían o buscaban soluciones pasionales transitorias, nuestra solidez fue considerada como una especie de fenómeno enfermizo en el campo de la sociología conyugal. Ignoraban que con la moderación de los fuegos, la historia compartida, los años buenos o amargos, «las gratificaciones y las frustraciones», como dice la gente que habla nuestra jerga —la que está «en nuestra onda», como dicen los niños ahora—, quedan transubstanciados en otra forma de pasión. Yo y Gloria sabíamos que uno se enamora otra vez, a estas alturas, cuando necesita renovar su propia historia contándosela a alguien que la oiga por primera vez. Sin novela, Gloria no conocía mi historia completa, y permanecía, como motor de nuestra unión, mi promesa pendiente: saltar más allá de la sombra de mi carrera de profesor universitario de inglés para crear algo realmente bello.

—Quiero que me escribas una *Rayuela*, para mí —me decía Gloria, me lo exigía riendo mientras yo acariciaba la línea precisa que limitaba el contorno desnudo de la Odalisca indolente, cuando aún no había muerto en mí la esperanza.

Mi nombre —Julio Méndez— aparecía de vez en cuando en los periódicos, vinculado a los nombres más brillantes de mi generación de escritores en Chile. Rodeado del respeto local por mis dos novelas y mi libro de relatos, ese respeto era siempre limitado por distintas versiones del mismo comentario: «Su mundo es demasiado doméstico y personal, carente de esa ambición totalizadora que caracteriza a la gran novela latinoamericana contemporánea. Se espera que este escritor, que promete mucho aunque no es de los más jóvenes, llegue a cumplir lo que al trasluz de sus novelas se vislumbra.» Escritor de tono menor condenado a no pasar jamás al tono mayor de la gran novela de hoy. Pero, medité, ¿no era posible que el bofetón del rechazo de Núria Monclús, mi odio por ella y mi desprecio por su insensibilidad y sadismo, además del acicate de la emulación y la envidia, me hicieran cambiar de tono? ¿Conocía ella, siquiera desde lejos, a alguien que hubiera pasado seis días en un calabozo y lo contara? ¿Sería yo ahora capaz de transformar esos seis días míos, con esta fuerza nueva descubierta en mí por el odio a esa mujer, en mi derecho al salto hacia la trascendencia y la salvación? ¿Vería yo mi nombre allá arriba —pese a la voluntad contraria de la superagente mafiosa— entre los de Vargas Llosa, Roa Bastos, Marcelo Chiriboga, Carlos Fuentes y Ernesto Sábato? Sí, eran los tiempos gloriosos en que no se hablaba de otra cosa que de *Cien años de soledad*, de *Aura*, de *Conversación en La Catedral*, de *La caja sin secreto*. ¿Dónde estaban —se preguntaban los periódicos santiaguinos—, dónde se escondía el Vargas Llosa chileno; cómo era posible que un país como el nuestro no tuviera un representante en el vilipendiado *boom*? Y sin embargo, ¡cómo emborrachaba el vino de la esperanza, cómo impulsaba el escozor de la envidia, la necesidad de revancha! ¿Era posible que la crueldad increíble de Núria Monclús produjera un milagro, determinando en mí un cambio de registro?

Todo eso, incluso el brillo de esos nombres, estaba muy lejos ahora. El *boom*, corroído por la historia del gusto literario y por las exigencias estéticas de los jóvenes y las nuevas posturas políticas, era ya sin duda alguna cosa del pasado, lo que me procuraba una modesta dosis de placer, incluso de paz: los nombres de aquéllos a quienes hacía diez años yo y todos los aprendices de escritor de mi época quisimos emular, imitar, igualar, depasar, se habían marchitado: quedábamos sólo nosotros, los rechazados, como única esperanza... ¿por qué no se daba cuenta de esto Núria Monclús?

Pero paz, claro, nada. La bella cabeza color *henna* de mi mujer —a medida que se fue levantando la brisa, su pelo mojado y oscuro y pesado se iba aclarando y esponjando y rizando hasta quedar convertido en la fantasía prerrafaelista requerida por Pancho—, su feo *mu-mu*, los tirantes del bikini viejo que no coincidían con las marcas de sol dejadas por el bikini de este año, hacían trastabillar cualquier ilusión de paz, encarnando el desafío. En lo que se refiere a su nuevo bikini, que guarda para las ocasiones de mayor lucimiento, lo adquirió gastando provocativamente el pago completo por sus dos primeros artículos en una publicación de ribetes feministas, sin dejar ni un centavo para pagar la cuenta de teléfono, que este mes era exorbitante debido a nuestra inquietud por la enfermedad de mi madre en Chile.

—Necesito darme algún placer —decía.

Concentrada en su libro de quiromancia bajo la ampolleta confusamente dorada, iba tomando notas, subrayando, marcando alguna página con un jirón de papel. Sonreía un poco al hacerlo: sí, estaba disfrutando, algo que yo no podía tolerar porque hacía tanto tiempo que no sentía placer con nada, y menos que nada con mi trabajo. Gloria, que jamás tuvo la pretensión de ser una «creadora», sabía hundirse en la concentración: aunque lo negara, aunque fuera tan neurótica que situaciones de esta clase se producían con escasa frecuencia, sentía placer al hacerlo, y más de una vez le dije que ésa era su cualidad salvadora, su medio de sobrevivir a todo, saber hundirse en la pasión del trabajo. Yo, en cambio, mediocre, perezoso, era un creador de verdad. ¿No recordaba Gloria la crítica de Hernán del Solar y su entusiasmo por mi volumen de cuentos? Sí, la recordaba. Pero también recordaba que Alone ni me mencionó en *El Mercurio*. Su espaldarazo era lo que semana tras angustiosa semana esperamos. Pero nunca llegó. Claro que entonces no había pasado aún seis días en el infierno, y esto abría posibilidades que antes, con mi experiencia de burgués liberal educado en buenos colegios, no podía

de las parejas en el jardín y en las habitaciones después del hartazgo de asado y de vino, terminando como siempre en una somnolencia de porros, vino y milongas, deshilvanándose en la noche en que jamás hubo nada que decir. Cacho sostenía que sólo él en todo Sitges era capaz de dominar al feroz catalán dueño de la mejor carnicería del mercado para que le cortara la carne no a la española sino como debía ser, y que sólo sus íntimos amigos, los hermanos Zamora, silentes y unánimes como guardaespaldas, conocían los secretos oficios de preparar un asado auténticamente a la argentina. Alrededor de la blanca casa con arcos, despintada y semiderruida en su rocosa península —eco mediocre del *estilo californiano* de las mansiones de las actrices hollywoodenses de los años treinta—, quedaban las ruinas de lo que fue una intención de jardín: un pino ahuyentado horizontalmente por el viento y un arbusto encuclillado para evitarlo, ginestas, restos de un polígono de suculentas, un sendero insinuado por puntas de ladrillos, todo invadido por la arena que lo homogenizaba todo: ésta era la mansión, el palacio de ensueño, el edén particular de Cacho Moyano, del que se mostraba tan orgulloso. Pero Cacho era un hombre feliz, orgulloso de todo lo suyo: en el bar «Sandra» de la calle Dos de Mayo, hacía cuatro años, conoció a una alemana joven y bella que viajaba en un Mercedes acompañada por un feroz perro alsaciano. Cacho y ella hicieron el amor durante una semana sin pretensiones de amor ni de que esto cambiaría el rumbo de la vida ni de los viajes de nadie: puro placer, sin problemas, sin compromiso, sin lealtades, como sólo las generaciones nuevas saben plantearlo. En un paseo fuera de Sitges, antes de que se marchara, la alemana vio La Cala, la compró porque le divertía y no era cara, con el fin de prestársela a posibles amigos o amigas que pasaran por Sitges, o porque quizás volvería otro año, por otra semana —y una vez volvió—, y le dejó las llaves a Cacho para que si quería ocupara La Cala, o para que hiciera lo que se le antojara con ella siempre que no le pasara cuentas por reparaciones. De noche, sobre todo en agosto, en la calle Dos de Mayo, cuando el torrente de carne enardecida por el sol, el alcohol y el sexo en cualquiera de sus transubstanciaciones es protagonista al son de estridencias musicales, el bar «Sandra» era el cuartel general de Cacho Moyano y de los hermanos Zamora, socios propietarios de una *boutique* afrohindú-folk-western-hippie-protesta: con sus cabelleras afro o engominadas según la moda del año, vestidos de blanco a la ibicenca, cuidadosamente bronceados por un proceso que comenzaba mucho antes de la temporada, de modo que tenían una pátina como de bandidos calabreses, ausente en la piel de los pasajeros habitantes del sol, luciendo amuletos sobre el pecho velludo, atraían a las rubias dríadas que por esta época del año bajaban de los bosques ciudadanos del norte en busca de descanso o jolgorio, o de sus «identidades sexuales», como ahora se usaba decir, y Cacho y los Zamora las esperaban en las gradas del bar «Sandra» para atraparlas, dispuestos a beber, a bailar, a hacer el amor para probarles que los latinoamericanos, especialmente los argentinos, eran los auténticos latin lovers de sus sueños, no los españoles, que eran más bien brutotes:

—Relaciones públicas para la *boutique* —declaraba Cacho.

Y deben haber dado buen resultado, porque mientras el resto de los comerciantes sitgetanos protestaban que las cosas ya no eran como antes, Cacho y los Zamora aseguraban no tener nada de qué quejarse. Yo, a veces, harto de Gloria o sintiéndome insoportablemente culpable por haber castigado a Pato, o cuando una noticia política especialmente lúgubre llegaba de nuestros países esparciendo el pavor como fuego líquido entre los latinoamericanos, yo huía a la calle Dos de Mayo, y por decirlo de algún modo me sentaba en la última fila de mis cincuenta y tantos años para contemplar —ya que raramente para compartir— la alegría de tanta carne inconsciente y, por lo menos en lo que se veía, tan sin problemas. Intentaba obnubilarme, matar las puntas sensibles de mis nervios, ofuscar mi visión aceptando todos los estimulantes ofrecidos como cosa natural en aquel ambiente: la música electrizadora, el espectáculo de la juventud turbia y sexuada cosechando cualquiera de los placeres de la noche, muchas tazas de café, whisky, hashish, marihuana, kif, cualquier yerba más o menos inofensiva que en ese momento brindaran los camellos que pululaban por las calles de Sitges, además de la conversación hueca pero siempre libre de tensiones de Cacho Moyano y los Zamora con sus rubias de turno. Cacho, que jamás leía nada, me presentaba como «el gran escritor chileno», sin darse cuenta de que, sobre todo en los primeros años, impresionaba más el hecho de que yo fuera chileno que mi condición de escritor, pese al discutible adjetivo «gran». Cacho jamás dejaba de invitarme a sus fiestas. Invitaba también a Gloria, tal vez un poquito a contrapelo, no sólo debido a su rechazo a la parte femenina de toda unión legal, sino más bien porque, me parecía a mí, Gloria hacía trastabillar la seguridad de Cacho con la evidencia de su origen patricio, imposible de esconder ni con la pobreza, ni con la depresión, ni con la amargura, ni con el compromiso político, ni con la falta de proyecto que a estas alturas era un mal generalizado. Para sobreponerse a esta debilidad, Cacho trataba a Gloria como si fuera una de sus

muñecas de una noche —como a una francesita deprava-
da o como a una inglesa ahíta a los veinte años—, lo que
a Gloria la divertía enormemente cuando se hallaba en
forma. Todos terminábamos en sus fiestas de La Cala.

—¿Se dan cuenta lo que pierden los huevones de los
españoles, igual que ustedes, los argentinos, por estar mal
orientados? —le pregunté a Carlos Minelbaum al llegar a
La Cala, refiriéndome a la frugalidad del crepúsculo.

—¿Qué decís, chileno pendejo? —me preguntó riendo.

Junto a los arcos de aspecto tan residual como el
escenario de una película ya filmada, sobre una acumula-
ción de piedras en la arena, Minelbaum atendía el fuego
destinado a convertirse en brasas para que sobre ellas los
hermanos Zamora comenzaran a preparar el asado en
cuanto llegaran. Los demás comensales esperaban repar-
tidos en las desvencijadas sillas de plástico o de caña bajo
los arcos, o en la terraza asomada sobre el roquerío y el
mar. Otros vagaban por el pavimento de baldosas del
interior de la casa, arenoso debido a las ventoleras que se
colaban por las ventanas mal ajustadas y por los granos
adheridos a los pies de los invitados apenas cubiertos por
bikinis o tangas o pareos, que con un vaso de vino en la
mano reclamaban el asado o ensayaban en las guitarras
tangos o cumbias o carnavalitos o chacareras o chamamés que un poco más tarde, después de comer, siempre
anulaban toda posibilidad de conversación: lo que en el
fondo era una solución bastante realista.

—No se puede tomar en serio —le contesté a Carlos
Minelbaum— a países como éste y como el tuyo, donde
nunca se ve la puesta de sol sobre el mar, como debe ser.
Orientados como Chile, en cambio...

—Dejá de hinchar las pelotas, Julito. Si todos estamos orientándonos a la chilena, mirá cómo Videla
siguió el ejemplo...

—Es verdad: hemos servido de edificante prototipo...

—Que no te oiga Adriazola, va a creer que estás hablando en serio, mirá que hoy está... pero si está como nunca, ¡como para matarlo! Se me vino disfrazado de no sé qué cosa, con sombrero cordobés y un ponchito muy mono que no le alcanza a cubrir ni el ombligo...

Incrédulo, no porque ignorara que pocas cosas podían cubrir la panza de Adriazola —la había visto en la playa, asertiva y firme como de plástico industrial, sus tetas peludas como las de un hermafrodita de Diane Arbus— sino porque me repugnaba el gesto de satisfacción en su rostro aindiado, de cejas espesas, ojos líquidos y labios mojados, y el desorden de su melena entrecana cayéndole por detrás desde lo alto de su cráneo calvo. Llegar de improviso a la ingenua fiesta de Cacho Moyano vestido de huaso era, como todos sus actos, una manera de hacer patria.

—Más respeto con nuestro traje nacional —le advertí a Minelbaum—. ¿Cómo te sentirías tú si yo me cachondeara con el chiripá?

—¿Pero quién puede tomar en serio a Adriazola?

Yo, en una época, lo había tomado muy brevemente en serio. Ahora lo vi allá en la terraza, con un vaso de vino en la mano, perorando rodeado de discípulos y discípulas. ¿Era éste el hombre que, en definitiva, me atrajo inicialmente a Sitges? Al abandonar Chile a raíz del golpe militar —perdí mi cargo universitario después de seis días de calabozo porque se me acusó de haber albergado a un primo perteneciente al MIR antes de que lograran cazarlo—, me establecí con mi mujer y mi hijo de diez años en Barcelona, sede de las grandes editoriales españolas y sobre todo de Núria Monclús, legendaria *capomafia* del grupo de célebres novelistas latinoamericanos en ese momento todavía respetados con el mítico nombre de *boom*, esa literatura con alardes de experimental que ahora interesa poco a las nuevas generaciones, que miran más allá del puro esteticismo. Se murmuraba que esta diosa tiránica era capaz de hacer y deshacer reputaciones, de fundir y fundar editoriales y colecciones, de levantar fortunas y hacer quebrar empresas, y sobre todo de romperles para siempre los nervios y los *collons* a escritores o a editores demasiado sensibles para resistir su omnipotencia, encarnada en la majestad de su calado y la autoridad de su tono, alimentada por la caja de bombones siempre sobre la mesa de su despacho, al alcance de sus dedos de agudas uñas pintadas de un rojo tan vivo como si las acabara de hundir en la yugular de algún escritor fracasado. Yo tuve la pretensión de poner mi futuro en esas manos. Mi coloquio con la super-agente, amable, perfecta, distante, duró diez minutos interrumpidos por telefonazos de París, Dinamarca, Tokio y Nueva York, todo —me parecía a mí que no los reconocía— contestado en el idioma correspondiente, porque una de las cosas que se decían de Núria Monclús era que lo había leído todo y pasado por todas las universidades, lo que la diplomaba para despreciar todo saber. Sostenida por un lacito de terciopelo en la nuca, la telaraña negra con motitas que velaba apenas las agujas de luz de sus pupilas parecía impedir que emoción alguna moviera ni un solo pelo de su blanco peinado de repostería, disciplinando todo en ella, hasta su estatura autoritaria al acompañarme a la puerta, hasta el cálculo de los cumplidos y sentencias con que me despidió. Sin decírmelo, me dio a entender que yo no le interesaba como autor de su casa, cosa que no fue difícil intuir al verla rodeada por los retratos, los manuscritos enmarcados, los cariñosos recuerdos, regalos, inscripciones, fetiches de todos los *grandes* y de sus familias: lo que hizo desmoronarse allí mismo, aun antes de su sentencia, mis esperanzas. ¿Enigmática? ¿Olfato y conocimiento literario tan certero que era casi mágico, como sostenían los de su *mafia*? ¿Esplendidez que sólo escondía, con su dimensión mitológica, avaricia y crueldad, como murmuraban los desechados? Yo era uno de éstos. ¿Qué podía pretender yo, con sólo una buena crítica de Hernán del Solar que en otro tiempo tan magnífico galardón me pareció, y con un cuento mío incluido en una antología bilingüe danesa, destinada al uso escolar? Núria Monclús no tenía tiempo para fabricar reputaciones a partir del cero absoluto, cero que, aunque no era tan cero en Chile, lo era en el plano internacional en que se movía esta mujer, que podía estallar con la fuerza de la dinamita. Recordé que comió un bombón durante nuestra entrevista, pero que no me ofreció la caja. Salí de su despacho anonadado, con la convicción de tener que subir muchos peldaños aún antes de que se dignara a fijarse en mí para hacerme un lugar en sus selectas cuadras y hermanarme con el resto de sus escritores: cuadras que, como todo el mundo lo sabe, necesitan una urgente renovación si se pretende que no se termine el negocio, ya que de eso se trata. Llegué desolado al hotelucho cerca de las Ramblas donde nos hospedábamos Gloria y yo. Esa noche, con la luz apagada y en los brazos de mi mujer, hablamos y hablamos y hablamos, llegando a la conclusión de que para tener el *breakthrough* que obligara a Núria Monclús a buscarme, a mendigarme, a temerme —su única forma de relación—, era necesario arriesgarlo todo para interesar a esa vestal de ojos velados por su perversa telaraña.

Bien mirado, las probabilidades, en aquella época, de que se interesara en mí no eran del todo malas. Se la suponía simpatizante de la izquierda. Chile, entonces, enfáticamente, estaba de moda: se hacían declaraciones en los periódicos, se firmaban manifiestos, se organizaban exposiciones, se cantaban canciones, se fundaban revistas, y el equivalente barcelonés del *radical chic* americano, lo que en su momento se conoció como la *gauche divine*, exigía la presencia de por lo menos un exiliado político chileno en cada reunión mundana. Yo poseía una experiencia que ninguno de los cosmopolitas del *boom* tenía: ellos, escribiendo sus novelas desde un cómodo desarraigo voluntario, desconocían la experiencia de primera mano como participantes en una tragedia colectiva, como había participado yo en la situación chilena. ¿No constituía esto un extraordinario caudal? Gloria y yo, después de mi entrevista con Núria Monclús, decidimos buscar un sitio barato y tranquilo donde vivir, y en un año, no más, yo terminaría de reescribir mi novela, cuya elocuencia e inmediatez echaría su sombra monumental sobre todo el resto de la novela latinoamericana contemporánea, que había caído en lo repetitivo, estetizante y pretencioso.

Fue entonces que oí hablar de Adriazola: en Vendrell, a una hora de Barcelona por la costa, vivía este chileno, este extraordinario pintor de protesta, sobre el que por ese tiempo aparecían reportajes en colores en algunas revistas. Este hombre —que vivía en Europa desde mucho tiempo antes de la UP y del golpe— se había adueñado de un largo muro que bordeaba la carretera por donde pasaba todo el tráfico turístico que baja desde Francia y los países del norte, dirigiéndose a las playas del Levante y de la Costa del Sol. En ese muro, veinte o más discípulos suyos de todas las nacionalidades, edades y sexos, todos entusiastas de la causa de la libertad, pintaban interminables murales en que figuraban, entre sangre y charreteras, golpistas y golpeados, y como si no fuera clara la intención, pintaban frases que no permitieran dudas. Cada semana este grupo —que consideraba toda manifestación artística importante *sólo* en cuanto es útil a la comunidad, como instrumento de protesta, como enseñanza para el pueblo, y es, por lo tanto, perecedera— anulaba el mural de la semana anterior, pintando otro mural que ilustraba las noticias últimas de desastres y desapariciones, encima del anterior, según bosquejos preparados para sus discípulos por el propio Adriazola, que trabajaba en su estudio. Con esto los curiosos comenzaron a invadir su casa, transformada en galería personal, para comprar sus cuadros de caballete, sus cerámicas, sus modelados, sus aguafuertes, sus litografías, sus múltiples objetos que, ayudado por un creciente número de discípulos, fabricaba en su taller. Fueron esta comercialización demasiado evidente del mesiánico quehacer de Adriazola y el oportunismo transparente de su retórica revolucionaria lo que, al cabo de una semana de permanencia en Vendrell, me hizo separarme de él no de muy buen modo, y buscar mis propias matizaciones refugiándome en el cercano Sitges, que me pareció más tranquilo, y que alojaba a personas de persuasiones políticas menos terminantes.

Pero Sitges resultó ser tranquilo sólo en apariencia. Fuera de ser dulce, pegajoso y atrapador como papel de moscas, se veía continuamente asolado por las querellas y envidias de los latinoamericanos que habían llegado a avecindarse en ese escenario que era como una caricatura de la paz, para hacer un hiato en sus complicadas vidas y tener tiempo de pensar y lamerse las heridas que los hicieron huir de sus países. El largo brazo de la fama de Adriazola no entraba en Sitges. Él mismo se cuidaba de no aparecer con demasiada frecuencia por sus calles y terrazas, ya que sabía que entre los exiliados había gente seria, chilenos con la L en el pasaporte, montoneros argentinos y uruguayos que arriesgaron la vida en operativos eficaces —como el doctor Minelbaum: Adriazola hubiera dado su vida para que Carlos lo respetara—, que él temía desenmascararan su arte de «protesta lucrativa».

Los domingos en las mañanas, «Las Gaviotas», una tranquila terraza frente al mar donde casi todos los parroquianos éramos amigos o por lo menos conocidos, y los mozos y los músicos itinerantes nos saludaban muchas veces por nuestros nombres, era el punto obligado de reunión en el dulce otoño y en el invierno asoleado, cuando no quedaba en Sitges más gente que los catalanes nativos y los residentes, éstos, en su mayoría, modelos masculinos y femeninos de origen nórdico —elemento necesario para los *spots* publicitarios de televisión filmados en Barcelona, ya que los españoles consideran esta categoría de belleza más comerciable que la cálida belleza doméstica—, y los dueños y dueñas de galerías de arte, anticuarios, periodistas *free-lance*, dueños de restoranes que permanecían abiertos en invierno con acogedora e innecesaria chimenea encendida, pintores, escritores, traductores, actrices y demás gente más o menos aledaña a las artes que constituía la población estable del balneario, porque por sus trabajos necesitaban vivir barato y cerca de Barcelona.

Un domingo en la mañana Adriazola recaló en «Las Gaviotas» en su viaje a Barcelona. Le presenté a Cacho Moyano, con quien estaba bebiendo mi Campari dominical. Como toda la gente que yo le presentaba a Cacho, Adriazola fue tomado por él como una celebridad intelectual digna de respeto, avalado por mí, su amigo «serio», y sobre todo porque coincidió con el domingo en que apareció, desmelenado y rodeado de sus discípulos, pintando su *Mural de la desolación* en Vendrell, en las páginas de rotograbado de *La Vanguardia*. Desde entonces estuvo haciendo furtivas tentativas para penetrar en los distintos círculos de Sitges, comenzando por los que sabía demasiado ingenuos para rechazarlo, lo que explicaba su presencia ese anochecer en La Cala.

Lo vi llamarme con la mano, y después a gritos, sin mover su gran mole del sillón desde el cual presidía, junto al parapeto que daba sobre el roquerío en que reventaba la marejada.

—Andá —me dijo Carlos, mientras Gloria y Ana María Minelbaum colocaban la parrilla y sobre ella la carne, porque los Zamora no aparecían y ya no se podía esperar más—, que sabe que conmigo no se puede meter desde que le dije en su cara que su actuación desprestigiaba a toda la izquierda. Y si no vas, va a decir que sos un fascista. Creo que ya lo anda diciendo porque te negaste a ser discípulo suyo.

Al acercarme a Adriazola, contrario a lo que Carlos Minelbaum me había prevenido, lo encontré más bien tranquilo, poco doctrinario: ya gastado el crepúsculo, la noche no había velado aún el color azul pecho-de-pavoreal extendido por el ciclo, y el mar era negro, y todas las cosas de la tierra eran bultos sombríos, máscaras solanescas exageradas por la iluminación defectuosa de La Cala. El pintor chileno, debido al bochorno y la humedad, se había despojado de su atuendo folklórico: los hilos de su tanga se perdían entre los rollos del vientre que, debido a su propio peso, caían cubriéndole el sexo de modo que parecía totalmente desnudo: un buda gárrulo y mentiroso con un vaso de vino en la mano.

—Compañero —me dijo el pintor después de saludarme casi marcialmente—, este muchacho quiere hablar con usted. Es compatriota nuestro.

En el grupo que rodeaba a Adriazola se puso de pie un muchachito que no aparentaba más de catorce años, vestido de jeans y camiseta blanca. Bajo sus rizos dorados de *angelo musicante* me saludó con una sonrisa luminosa aun en la oscuridad, preguntándome si yo, en efecto, era el padre de Patrick. Se identificó entonces como el hijo de la Berta Sánchez y Hernán Lagos, pintores amigos nuestros de toda la vida, residentes desde el golpe en París y en cuya casa Pato solía recalar: allí cambió su nombre por Patrick. Este muchachito —cuyo nombre yo estaba haciendo esfuerzos por recordar— pestañeaba de un modo extraño, como si la escasa luz de las ampolletas disimuladas en las falsas vigas bajo los arcos hiriera sus ojos demasiado claros, y noté que hablaba el demótico chileno con un marcadísimo acento francés. Le pregunté por sus padres, pero recordé que nuestra irregularísima correspondencia nos había traído la noticia de su separación, y del regreso de Hernán a Chile. El chico lo negó: nunca dejaban de hablar del regreso, posible porque no tenían L en el pasaporte. Peleaban mucho, declaró desfachatadamente, hartos el uno del otro. Además, se sentían desplazados en Europa, anónimos, perdidos, sin motivaciones, y era lógico que quisieran volver. Adriazola inmediatamente se lanzó en picada sobre el tema del regreso como traición a la causa, como también eran traidores, declaró, todos los intelectuales que permanecieron en el país después del golpe porque su presencia allí refrendaba el régimen. Yo —pese a que Gloria, que repartía los trozos de asado en nuestros platos, gesticulaba previniéndome que no discutiera con Adriazola— le debatí ese punto que, incansablemente, ahora que con el tiempo transcurrido el puro activismo político iba pasando a segundo término, era sobre lo que se volvía y se volvía en todas las reuniones de latinoamericanos en exilio forzado o «voluntario». Sí. ¿Volver o no volver, los que podíamos elegir? Adriazola era particularmente rábido sobre este punto: los que volvían eran fascistas y se acabó el cuento. Este pobre niño, cuyo nombre me propuse preguntarle a Gloria, declaró que aunque sus padres volvieran, él no volvería.

—¿Por qué? —le pregunté, intentando iniciar con él un diálogo que ya era imposible entablar con Pato.

Él lo pensó un instante mientras masticábamos la deliciosa carne, a la vez que en el corredor de los arcos «se encendían las guitarras», y una voz, que reconocí como la desgarrada voz de Carlos Minelbaum, insinuaba lo que en mi ignorancia del folclor yo hubiera dicho que era una vidala. El chico me comunicó que no quería ni pensaba volver. Justamente por eso iba a reunirse con Patrick en Marrakesh, donde parecía estar muy contento. Pero, dirigiéndose a Adriazola con algo como violencia escondida entre los fragmentos de su dicción no sintetizada, declaró que no se negaba a regresar por las razones que él exponía.

—¿Por qué, entonces? —lo interpeló Adriazola, depositando su plato lleno de carne sobre el escaso trecho de piernas que dejaba libre su panza caída.

El *angelo musicante*, tartamudeando con algo que parecía timidez ante el círculo que lo escuchaba, pero animado por una especie de convicción desmesurada, declaró estar harto..., no entendía las discusiones siempre alrededor del mismo tema que día a día se producían entre sus padres y los amigos de la familia: el Chicho, la Tencha, Altamirano, Volodia, Lonquén, la Payita, Letelier, Guardia Vieja, eran cifras de un código emocionalmente inerte para él. ¿Quién de su generación, por lo demás, se acordaba de esas leyendas tantos años después, transcurrida casi la mitad de la vida de la gente como él en Europa? Pero lo que más lo indignaba, declaró, era que sus padres lo tomaran a él como pretexto para volver a Chile, asegurando que deseaban volver porque no querían que perdiera sus raíces, que se desinteresara —como efectivamente se había llegado a desinteresar, ¿pero por qué no lo pensaron antes y volvieron cuando él era más pequeño, si nada se lo impedía?— de las cosas chilenas, que no se reconociera en el idioma, en su familia, en sus tradiciones, en sus santos y sus mártires..., que hablara, en fin, con tal falta de respeto de todo eso, y además con ese espantoso acento gabacho. Era todo una mentira, pura superchería, fuegos artificiales, aseguró con pasión el muchachito: sus padres iban a volver a Chile porque no podían más y estaban viejos y desplazados —además de fracasados como pintores— en el mundo europeo que no les otorgaba el rango a que se sentían con derecho. Que fueran sinceros con él. Era todo lo que les pedía para así no sentirse culpable por querer vivir su propia vida y no la que ellos intentaban imponerle.

—Claro que en ese sentido tus padres tienen razón —declaró Adriazola.

—¿En qué sentido? —pregunté yo, dispuesto a agredir.

—Bueno, en el sentido de perder las raíces. Es la tarea principal de todos nosotros, los artistas e intelectuales chilenos en el exilio, conservar vivos no sólo la llama de nuestra identidad patria, sino el rencor, las venas abiertas...

—Pero si ni tú ni yo somos exiliados, pues Adriazola —dije—. Tú y yo podríamos volver cuando quisiéramos porque no tenemos la L en el pasaporte, ni estamos fichados en ninguna lista negra...

—Estás muy equivocado, Julio. Es verdad que yo no tengo la nefasta L, y que técnicamente no soy un exiliado. Pero el gobierno no aceptaría mi regreso. Me impediría la entrada al país debido a mis actividades de protesta revolucionaria en el exterior. Seguro que estoy en todas las listas negras. Soy reconocido en todas partes como un gran enemigo del régimen y por eso sufro mi exilio.

—Toma más carne, Adriazola —decía Gloria depositando un gran trozo en su plato para diferir su atención, de modo que no continuara discutiendo conmigo—. ¿Cómo está la Berta, mijito? Igualito a la Berta este niño...

Pero Adriazola, impermeable a todo intento de *small talk*, siguió con sus variaciones sobre el tema de las raíces. Yo, que estaba sentado frente a él junto al amigo de Patrick, lo vi inflarse con las palabras de su retórica antifascista y antiimperialista de manual, como vi también que los transparentes ojos del amigo de mi hijo, al oírlo, se iban poniendo vidriosos de lágrimas retenidas, aunque quizás fuera sólo de aburrimiento, hasta que no pudo más y lo interrumpió declarando:

—Mis raíces están en París.

—¿París? —gritó Adriazola como si lo hubiera afrentado.

—Hace siete años que salí de Chile. Tengo dieciséis años, uno menos que Patrick. He crecido y he ido al colegio en Francia, con compañeros franceses, viviendo como viven los franceses de mi edad. Hay chicos chilenos que no son como yo y se interesan por las cosas de allá. Supongo que será porque sienten más sinceridad en las posiciones de sus padres. Pero yo no. En todo caso, Chile está pasado de moda...

Adriazola, lívido, se incorporó en su trono: agarrando el gran trozo de carne de su plato lo tiró a la cara del muchachito. Se levantó con una celeridad de la que jamás lo hubiera creído capaz, lanzándose contra el *angelo musicante* para abofetearlo, sin lograr hacerlo, no porque el chico se defendiera con sus débiles brazos cruzados sobre la cara, sino porque todos acudimos en su defensa, pese a que unos insultaban a Adriazola, y otros, los ideólogos, al muchachito, gritando que lo que acababa de decir era el colmo, que era olvidar a nuestros muertos, a los mártires de toda América por una frivolidad como la moda. Fue cosa de un momento esta indignación colectiva, que duró mientras el *angelo musicante* se limpiaba las huellas sanguinolentas del asado en su cara. El grupo, en seguida, se disolvió en la noche, o hacia el interior de la casa, o uniéndose al coro que cantaba ahora, parecía, una zamba salteña en el corredor frente al mar. El muchachito quedó solo, salvo por Gloria, que lo besó en la frente casi a hurtadillas, dándole mensajes para Patrick, mientras él murmuró algo en el oído de Gloria antes de perderse en la noche arrullada por las olas.

Una hora después Gloria se acercó a mí, y en secreto, mientras Minelbaum cantaba a la guitarra, me preguntó si me acordaba de cómo se llamaba el hijo de Hernán y la Berta, y yo le respondí que no; ella tampoco. Miraba su reloj cada dos o tres minutos. Yo percibí este reiterado gesto suyo y por lo bajo, porque estaba acurrucada, como temerosa, junto a mí, le pregunté qué pasaba: ¿podía tener frío?, ¿quería que le pidiéramos a alguien que nos llevara a casa porque yo también había quedado emocionalmente agotado con el incidente de Adriazola? No: lo que pasaba, me explicó al oído para no entorpecer la música, era que el chiquillo le dijo que se iba a bañar en el roquerío, de esto hacía una hora. Ella le rogó que no lo hiciera, de noche y tan oscuro, porque el mar en el roquerío de La Cala, aún conociéndolo, era peligroso de noche, traicionero a cualquier hora. Hacía exactamente cincuenta y siete minutos que había desaparecido. Ella acababa de recorrer el jardín, y en la arena encontró un montón de ropa, los *jeans*, la camiseta, las Adidas: si desapareció desnudo, significaba que no había regresado a Sitges por amurramiento y sin despedirse de nadie, como al comienzo ella supuso. ¿Cómo no me acordaba del nombre del hijo de Hernán y la Berta, para salir al jardín sin producir pánico y llamarlo? Un nombre raro, francés, le parecía, que usaba Patrick para referirse a él. Era casi una guagua cuando lo conoció en Chile y después lo dejó de ver. Yo no tenía idea de su nombre. Pero indignado al reconocer en este acto una típica falta de consideración muy al estilo de las de Patrick, le susurré a Gloria que lo mejor era no hacerle caso: estas cosas las hacen los chiquillos para llamar la atención, y por otra parte son como gatos de tejado y saben cuidarse. Sin embargo, Gloria salió de nuevo. Volvió, secreteándome que en el mismo sitio, sobre la arena, permanecía el montón de ropa: el mar, desde arriba, continuó, se veía apacible, pero allá abajo rugía en las rocas y qué le iba a hacer ella si estaba aterrada. Apoyó su cabeza en mi hombro y metió su brazo bajo el mío para aferrarse a mi mano.

—¿Qué cuchichean los novios...? —preguntó Minelbaum, interrumpiendo su chacarera, porque su sentido del humor, siempre fluido, se estancaba en cuanto alguien entorpecía su música.

—Nada..., nada... —contestamos riendo para no demostrar inquietud.

La vecina de Gloria, una divorciada californiana dedicada al *batik*, le preguntó si estábamos hablando del chiquillo aquél, bonito pero con una expresión rara en sus ojos claros.

Minelbaum intentó reiniciar la guitarreada mientras por lo bajo Gloria no pudo dejar de explicarle a su vecina lo que sucedía. A los pocos minutos la conversación sobre el muchacho se hizo general, Minelbaum y sus acompañantes descartaron sus guitarras, y hasta Cacho Moyano se desenredó de la rubia que estaba explorando. Poniéndose de pie, preguntó:

—¿Qué pibe?

—¿No lo viste?

—¿Quién lo trajo?

—No sé cómo llegó.

En fin, no importaba, continuamente llegaba a su casa gente arrastrada por otros, eso no era importante. ¿No lo trajo Adriazola? ¿Dónde se había metido Adriazola?

—Está con dos discípulos en la escala de atrás, improvisando un fresco de protesta para dejarte un recuerdo de su histórico paso por La Cala. No, no fue él, porque al principio, por su acento francés, no le creyó que era chileno.

Sí: el mar era peligroso a esta hora, dijo Cacho. Siempre era peligroso —él mismo rara vez bajaba a bañarse, en ciertas pozas que conocía, y siempre durante las horas de luz—, y ya hacía una hora que el muchachito desapareció. Buscaron linternas, improvisaron faroles con velas en bolsas de papel para que el viento no las apagara, y todos salimos al jardín, a la terraza, a las rocas. Hasta Adriazola interrumpió su mural revolucionario y con su contingente de ayudantes se unió a la inquietud general.

—¿Cómo se llama este niño? —me preguntó.

—No me acuerdo... un nombre raro —respondimos Gloria y yo.

—¿No son amigos de sus padres?

—Sí, pero no nos acordamos de los nombres de todos los hijos...

—¿No es amigo de tu hijo?

—Sí...

—Entonces me parece raro que no sepan...

—Bueno, pues, Adriazola —le respondí, sintiéndome irracionalmente culpable—. No todos podemos ser tan perfectos como tú.

Entonces comenzaron los uhhhhs, los oyeeeee, los holaaa de la gente más joven, que llevando luces bajaron a las rocas, descendiendo por los acantilados hasta el mar, recorriendo los riscos, explorando las ensenadas y las cuevas, gritándole al muchacho sin nombre que se había perdido, y quizás muerto, gritándonos a nosotros, los más viejos, que permanecimos arriba inquietos y silenciosos, impotentes para ayudar, comunicándonos que no lo veían, que no lo encontraban, que se había perdido, que el mar estaba bravo y peligroso esta noche, terriblemente negro. ¿Cómo buscar más? ¿Qué más se podía hacer? Desde arriba, desde la terraza, veíamos el cielo rojizo en dirección a Sitges, con sus festivas iluminaciones de verano. ¿Festival internacional de jazz, de cine de terror...? El mar, pesado y negro como una placa de hierro, murmuraba enigmas cada vez más tenebrosos mientras pasaban los minutos: las luces de los que buscaban titilaban, se perdían, se apagaban, reaparecían en las rocas. Algunas de las mujeres agolpadas en la terraza comenzaron a tiritar. Les trajeron chales, chaquetas, pero después comenzaron a lloriquear. Hasta que una inglesa, de pronto, en un momento en que todas las luces que pestañeaban entre las rocas parecieron desaparecer, chilló, histérica, dirigiendo contra mí la agresividad de su terror:

—*It's your fault, your bloody fault, you bloody idiot, your fault, you frightened the poor dearie, you idiot...*

Y chillaba y lloraba mientras otras mujeres, sobre todo las que al comienzo trataron de calmarla, comenzaron a llorar también, Gloria intentando aplacar tanto mi culpa como sus llantos, llamando a los de abajo, a los que llevaban luces inquietantes, preguntándoles una y otra vez si veían algo. Pero ya iban lejos, demasiado lejos, inútilmente lejos me pareció, y no oían a la pobre Gloria que, me di cuenta, disimulándolo también lloraba.

Mucho más tarde fueron regresando desalentados —las mujeres y Adriazola ya se habían dormido en las sillas, por el vino y el cognac ingeridos para aplacar los nervios— y los que llegaban, con los ojos desorbitados de terror, haciendo lo posible para que no se les quebrara la voz, declararon no haber encontrado nada, ni una huella, ni un rastro, y que en esta oscuridad ya no valía la pena seguir la búsqueda. Resolvimos que lo mejor sería ir a Sitges, a la policía —¿o era esto de incumbencia de la Guardia Civil?—, en fin, allá veríamos, para dar aviso y reclutar ayuda de gente entendida, ya que todos, de una manera o de otra, estábamos implicados en la pérdida de este niño sin nombre y necesitábamos cuerdas y escaleras y más luces, y quizás una lancha a motor y sobre todo gente que supiera qué hacer en estos casos. Un grupo se quedaría en la casa por si se diera la casualidad de que regresara...

Nos dirigimos a los coches estacionados afuera de la reja, al socaire de la pineta. Cacho con Carlos fueron los primeros en partir a toda carrera en su coche. Yo estaba a punto de subirme al auto de Adriazola con él, cuando al abrir la puerta y encenderse la luz interior, vimos en el asiento trasero al angelo musicante durmiendo completamente desnudo, encorvado como un feto, chupándose el pulgar como un bebé.

—Aquí está el huevón —grité.

Todos acudieron a rodear el auto de Adriazola. Yo zamarreé sin misericordia al muchacho. Al abrir sus inocentes ojos azules preguntó:

—*Où est-ce que je suis?*

Iracundo con la trasparencia de esos ojos le pegué una cachetada en la boca, que le partió el labio, de donde comenzó a manar un hilillo de sangre que se confundió, y pronto se disolvió, en sus lágrimas que no me conmovieron.

Todos, y para qué decir Adriazola, protestaron contra la violencia de mi reacción, pero especialmeme Gloria, aunque ella, por su parte, lo regañaba con el mismo angustiado malhumor con que solía regañar a Pato. En cualquier caso, todos chillaban contra este chiquillo imbécil que nos había proporcionado dos horas de pánico, llevándonos hasta el borde de nuestros abismos. Llegaron los que habían permanecido en la casa. Las chicas, al verlo, lo besaban al principio, insultándolo luego por el mal rato y por haber estropeado la fiesta tan linda de Cacho Moyano, quien, de un momento a otro iba a reaparecer con la policía.

—*Pas de flics...!* —musitó él.

No para darle gusto sino para avisar que ya era inútil la presencia de la policía, más coches salieron hacia Sitges. Todos fueron partiendo: lo importante ahora era alejarse del abismo, pronto, escapar lejos del escenario de la tragedia que podía haber sido, en la que todos hubiéramos compartido el papel de villano. Los ojos azules del muchachito, cuyo nombre yo intentaba recordar pero que no iba a preguntarle porque sería una humillación, se habían secado. Alguien le trajo sus jeans, su camiseta, sus Adidas. Cubrió su blanca delicadeza, infantil y casi femenina, con la celeridad con que sólo son capaces de vestirse los niños. Después, sus dedos tocaron la sangre de su labio partido. Mirando con miedo el rojo que teñía sus yemas, se dirigió a mí.

—*C'est donc vrai ce que Patrick m'a raconté à propos de vous.*

¿Qué le había dicho Pato? ¿Que yo me enfurecía cuando lloraba y él, entonces, lloraba más, lo que a mí me irritaba más? ¿Y cuando fue mayor me contestaba con toda impertinencia que tenía por lo menos derecho a llorar? ¿Y al endurecerse definitiva e irrecuperablemente, un endurecimiento que nunca fue mi intención producir en él, me acusaba a gritos de ser un tirano, un dictador? Sí, estas cosas eran los temas que, a media voz, entre porro y porro, comentan los muchachos como este niño y Pato, siempre culpando a los padres por sus propias fechorías.

Los que permanecían alrededor nuestro en los focos del coche y en los focos de los coches que iban partiendo, nos observaron, como si quisieran otro acto más, otra escena vergonzosa en que nosotros, no ellos, nos desenmascaráramos. Adriazola, naturalmente, después de mi estúpido brote de furia, no se iba a perder la ocasión de ofrecerle su casa de Vendrell al chico, explicándole que allí encontraría un ambiente de trabajo, de compañerismo entre gente joven con ideales, y sobre todo a su esposa, que era como una madre para todos sus discípulos. Ella, por desgracia, víctima esta noche de una de sus frecuentes jaquecas, no había podido asistir a la fiesta de Cacho Moyano.

—A mí no me gustan los jóvenes con ideales —repuso el niño.

—Bueno, no será para tanto. En todo caso dejemos esa discusión para después —lo interrumpió Adriazola—. Pero dime, ¿con quién te quieres ir, con este señor que te pegó o conmigo?

El muchacho señaló a Adriazola, que rápidamente lo hizo subir a su coche y partió con su presa como una flecha triunfalmente plateada rumbo a Vendrell. Gloria se subió al asiento trasero del último auto que iba que-

dando, perteneciente a un amable señor que no conocíamos. Nos llevó, sentimos, porque no quedaba otra
alternativa, ya que no nos podía dejar abandonados en la
pineta. Me subí en el asiento de la muerte —en caso de
accidente siempre muere primero el que viaja delante,
junto al que conduce: se llama el asiento de la muerte—,
y partimos.

Más allá, Gloria murmuró que Adriazola era un
cerdo. Pero como nadie tenía ganas de hablar no
comentamos su observación. Hicimos el resto del trayecto en silencio. Oí, ya cerca de Sitges, que atrás
Gloria lloraba.

2

Pentagrama de luz: octavas, arpegios, corcheas. ¿Cobijadas en la sábana de mi sueño o tras el cendal de mis párpados todavía sellados? No. Afuera. En el pentagrama resplandeciente, las sombras de las hojas del castaño transcriben complejas escalas impulsadas por el aire de la mañana de verano que me envuelve en lo que reconozco como un enloquecido piar de pájaros y rozar de ramas. Me sitúo, ya lúcido, en el centro de Madrid. Irina regresa después de una noche tal vez de lujuria en el jardín del Duque: Pancho nos instruyó para que le dejáramos abierto un ventanuco del cuarto de baño de servicio, «para que salga a hacer sus cosas». Sí, es Irina: hasta el levísimo cálculo felino de sus pasos de terciopelo *beige* hace crujir este antiguo parquet condescendiente. Dentro de un momento, igual que en un allá y en un entonces, el vocabulario de madera anunciará los pasos de alguien trayéndome el desayuno. Adivino que igual que en ese allá y en ese entonces, a través del pentagrama de la celosía, una luminosidad verde está hundiendo este dormitorio ajeno que el sueño de una noche hizo mío, en una quietud subacuática donde mi conciencia puede flotar aún un rato más sin que nada la roce, porque faltan unos minutos para que los pasos de Pato hagan crujir en forma inconfundible el parquet: entrará a darme un beso en la frente y a pedirme dinero para el autobús —no, la micro— y para un helado antes de partir al colegio. «En mi pantalón...», le contestaba todas las mañanas, igual que mi padre a mí: me despierta la elocuencia de los suelos de otra época, perdida hace ya tantos años en los mudos suelos de baldosas del Mediterráneo. Reconozco los pasos de mi mujer que me trae el desayuno a la cama. Viene precedida por los pasos de Myshkin, que salta a la cama y se acomoda a mis pies como si yo fuera una estatua yacente destinada a no levantarse más, mera representación en la losa de alabastro, metáfora que conmemora, pero no suplanta, a ese ser cuyos pobres huesos esconde. Yo no soy de alabastro, estoy vivo, porque siento que se acerca el perfume del Lapsang-Souchong. No, es Earl Grey. ¿O Darjeeling? Anoche vimos la fila multicolor de tés distintos en la despensa desbordante que nos dejó Pancho. Myshkin e Irina juguetean a mis pies un instante y luego se acomodan abrazados, confundiendo sus tonalidades apagadas.

Gloria deposita la bandeja en mi velador. ¡Hace tantos años que no me trae el desayuno a la cama! Otra dimensión que me falta desde Chile, porque entonces ni nuestras grandes desavenencias eran capaces de destruir esta pequeña ceremonia emblemática de nuestra unión. Es cierto que allá todos los suelos crujen, que toda persona, además de su voz, posee el sonido característico de sus pasos sobre la madera, inconfundible seña de identidad que lo sigue, inseparable como su propia sombra. Aquí en España, en cambio, me doy cuenta de que el diseño de las personas me parece incompleto porque falta el sonido de sus pasos en los suelos que criadas refunfuñonas pulen y enceran para dotarlos de una fra-

gancia viva, y los barren con rubias escobas de curahui-
lla que esparcen diminutos granos de púrpura... a veces
crujen en el suelo al pisarlos. Con gesto apaciguador,
Gloria alza sus bellos brazos maduros, reverdecidos por
el reflejo de afuera, para abrir la persiana —aquí y ahora
es persiana, no celosía, como allá y entonces— e inau-
gura un cúmulo de verdes luminosos.

—Mira...

Mientras Gloria termina de abrir la cortina me
levanto de la cama y miro: sí, un jardín. Olmos, castaños,
tilos, un zorzal —o su equivalente en estas latitudes; no
me propongo aprender su nombre porque ya estoy viejo
para integrarlo a mi mitología personal— saltando sobre
el césped no demasiado cuidado: el duque es un gandul.
La formalidad con que las espadas de los lirios desfilan a
lo largo del muro casi velado por el boscaje. Florecillas
inidentificables brotan a la sombra de las ramas —¿juncos?, ¿cinerarias?; no, ésas son flores de comienzos de
primavera, pues, mijito, y estamos a comienzos de junio
aunque allá en España la primavera recién acaba de terminar—, parecida a la sombra de las ramas de un jardín
de otro hemisferio, jardín muy distinto a este pequeño
parque aristocrático, porque aquélla era sombra de paltos y araucarias y naranjos y magnolios, y sin embargo
esta sombra es igual a aquélla, que rodea de silencio esta
casa en que en este mismo momento mi madre agoniza.
¿Por qué no muere de una vez por todas, pobrecita, para
que no sufra más, es tan vieja, y los médicos no logran
descubrir qué dolencia la va matando mientras afuera la
primavera de los juncos dio paso al verano de los damas-
cos, y el verano murió para que comience el otoño de las
hojas secas ardiendo en montones en los senderos de
este jardín, antes de este invierno, allá aterido y lluvioso,
cuando todo verde debe morir?

—Roma... —murmuro, reconociendo que para mí todos los caminos llevan al mismo lugar.

—Sí —susurra Gloria junto a mí y rodea mi cintura con su brazo—. La casa de la calle Roma, ¿no...?

En la quietud intacta del jardín despoblado que miramos desde la ventana de nuestro dormitorio, cada planta, cada flor, cada sendero, cada banco está seguro de su significado y de su sitio, pero sobre todo de pervivir. ¿Cuánto falta, en cambio, para que la casa de la calle Roma se venda a la muerte de mi madre, y en su lugar se alce un feo edificio de departamentos con empaque de eternidad? Muy poco. Mi padre, ineficaz en su falta de aspiración a ser otra cosa que lo poco que los suyos siempre fueron, la llamará desde la tumba porque siente frío, tan solitario allí, y ella va a seguirlo, pensando que podrá aliviar esa última incomodidad de su marido. Cuando se termine esa casa ya no tendré dónde volver. ¿Ni para qué volver? Uno sueña con el regreso a su país, abstracción materializada, más que por lo fortuito del lugar de nacimiento, porque el sueño del regreso se refiere a cierta ventana que da a cierto jardín, a un tapiz de verdes entretejidos de historias privadas que iluminan relaciones de seres y lugares: éstos configuran el cosmos que hice nacer en el jardín al que ahora me asomo, hace ya más de medio siglo. Todo esto se puede disfrazar de grandes pronunciamientos ideológicos si uno es Adriazola. En casa de Carlos Minelbaum, en cambio, en Santa Fe, se organizaban las fuerzas clandestinas, se preparaban operativos y panfletos, y Ana María, en Sitges, cada vez que suena el timbre tiembla de miedo a que sea gente que lo «viene a buscar», sí, Minelbaum no podrá regresar a nada porque allá pesa una sentencia de muerte sobre su cabeza. Frente al Mediterráneo, ahora, está construyendo otras ventanas y otro jardín, donde tal vez envejecerá igual que mi padre, sentado en un banco bajo ese árbol que veo desde aquí, reelaborando sus pasiones para que la nostalgia no lo destruya.

—¿Vamos a mirar desde las demás ventanas? —propone Gloria.

—Vamos.

Desde el otro dormitorio, el jardín aparece denso como un bosque. Desde las ventanas de la cocina contemplamos arriates de flores mezcladas, evidentemente para cortar y poner en búcaros. En el salón, dos ventanas simétricas, desnudas, que descubren sólo cuadrados de *verdure* como si fueran tapices, y entre ellas, de exactamente las mismas dimensiones, un cuadro que reproduce los cortinajes blancos de toda la casa, cuadro en que reconozco la maestría para reproducir la engañosa realidad que es don de Pancho Salvatierra. Y la gran ventana del comedor revela el escenario triunfal y mundano de la piscina —cuyo extremo se percibe también desde nuestro dormitorio—, rodeada de césped inmaculado, de una terraza a la que da un ventanal del pomposo palacete que no tiene semejanza alguna con la simple casa de mis padres, adornada con urnas clásicas y fragmentos de columnas y capiteles, equipada con cómodos sillones de caña, todo esto organizado alrededor de un ciprés tan prodigioso como el de Santo Domingo de Silos: árbol europeamente imposible dentro de la botánica de mi país. Contemplo aquel ciprés, recordando cómo, al codiciar uno igual, a los dieciocho años planté un ciprés en el jardín de la casa de la calle Roma, pero al cabo de pocos años fue necesario pedirle al jardinero que lo cortara porque creció sin forma, ralo, desharrapado, un vegetal que en su breve historia nada tuvo en común con la elegancia europea de este signo compacto y negro que contempla la arrogancia de su trazo riguroso en el ojo azul de la piscina.

¿El duque de qué, me había informado Pancho? Nos explicó que pese a ser uno de los nobles más opulentos de España, ahora en el ocaso de una existencia favorecida con poco acontecer salvo el acontecer mundano, a veces se entretenía regando el prado, podando los rosales, cortando el césped encaramado en una especie de tractorcito que era una monada porque parecía un vagón de esos trenes para niños: un mundo en que el placer puro es aquello con lo que se cuenta. No tengo acceso a ese mundo, quizás por temperamento, quizás porque el ventarrón de nuestra historia nos llevó a otras cosas, pero soy capaz de contemplarlo desde lejos: es enigmático como un gato con los ojos cerrados, que descansa pero no duerme. Pertenezco a una generación de puritanos esclavizados por superegos implacables como sargentos, incapaces hasta de añorar East Egg, como Gatsby. Pero queda la terrible melancolía de no tener el derecho moral de añorar East Egg. La mínima parcela del parque vecino vista desde mi dormitorio, será mía hasta la hora impensable en que caiga Roma al caer mi madre. Va a desaparecer ese muro que entreveo más allá del encaje anhelante de las hojas del tilo, el muro rozado por la hilera de lirios. Le doy la espalda a la piscina:

—¿Está arreglada para salir? —le pregunto a Gloria.

—Sí —exclama muy excitada—. Voy al Prado. ¿Quiere acompañarme?

—No sé... más bien no —respondo—. Todavía estoy agotado con el viaje tan largo en ese tren siniestro. ¡La vitalidad de las mujeres! Igual a la Anita Ekberg subiendo las escaleras del Vaticano con el pobre Mastroianni acezando detrás..., no: hoy no me voy a identificar con Mastroianni y me quedo a descansar.

—Bueno, yo voy a ser la Ekberg, entonces. Otro día vamos juntos. Tenemos mucho tiempo y aunque se hayan robado trescientos cincuenta cuadros del museo, me parece que no se llevaron ni los Bosch ni los Velázquez ni los Goya ni los Zurbarán. Descanse, mijito. La Katy me convidó a almorzar.

—¿Quién es la Katy?

—Esa prima uruguaya de Ana María Minelbaum. ¿Se acuerda que nos encantó cuando estuvo en Sitges? La llamé por teléfono y voy a almorzar con ella. ¿No le importa? Le preparé una cantidad de delicias *cordon bleu* recién sacadas de sus latas. Están en el *frigidaire*. ¿Quiere que lo telefonee a mediodía, que aquí creo que es como a las tres de la tarde?

—No sé..., no. ¿Para qué? Quiero dormir una buena siesta. Y después me voy a dedicar a poner en orden mis papeles y diccionarios y a instalar mi máquina de escribir...

—¿Dónde?

—Aquí en el comedor, creo. Me gusta esta mesa de mármol blanca, que es grande y fresca. No creo que demos comidas de aparato como Pancho. Podemos comer más bien en el repostero, donde hay una mesita.

—Claro... adiós... descanse...

Pero no arreglo mis papeles. Evito, incluso, entrar en el otro dormitorio, donde, al llegar del viaje, depositamos nuestras maletas, la mía más llena de libros que de ropa.

—Más pesada que la de la señora —comentó Beltrán, el portero, al ayudarnos a subirlas, desplegando una sonrisa verdadera que descubrió la perfecta inverosimilitud de sus dientes—. El señor de Salvatierra me pidió que cuidara mucho a los señores. Tuvo la gentileza de explicarme que eran amigos desde jóvenes. ¡Nada como los amigos de juventud! Yo, en mi pueblo, con los de mi quinta, todos los años nos reunimos...

Gloria pasó la mañana colgando sus vestidos. ¿Qué le costaba hacer lo mismo con mi ropa? Pero, en fin, jamás lo ha hecho, y ahora, a los veinte ¿y cuántos? años de matrimonio, estoy recién resignándome a que no me haga las maletas y no me cuelgue la ropa. Para qué pienso en eso ahora, cuando me encuentro solo en este piso tan amplio, tan silencioso, poblado de objetos irisados, nacarados, opalescentes, montados en metales nobles, plata y oro, superficies de piel, de marfil, de cristal... pocas cosas, pero ¡qué cosas! —«quizás lo encuentres demasiado *dépouillé*», nos advirtió Pancho, recordando el gusto más bien anecdótico de Gloria, que no era otra cosa que un gallardo esfuerzo para disimular la pobreza—, que me propongo disfrutar.

Lo dejo todo tal como está. Voy examinando las ventanas del departamento: «piso», me corrijo. Permanezco unos minutos frente a cada una, considerando lo que desde cada una veo: rechazo las que no se abren sobre el verdor de la casa del vecino. También rechazo la que da sobre los arriates, y también la ventana desde la que apenas se divisa una casa más pequeña al fondo del parque. Rechazo hasta las dos ventanas simétricamente espectaculares del living, con la cortina simulada entre ambas.

Regreso a la ventana de nuestro dormitorio porque es la que prefiero. Compruebo con placer que antes de salir, y contra su costumbre, Gloria ha tendido la amplia cama blanca que ocupamos anoche. Incluso ha recogido y guardado mis cosas: estimulada por la belleza del ambiente, pienso, por lo no sórdido, ya que el mezquino desorden de la desesperanza es nuestra odiosa morada habitual: el lujo disuelve todos los piadosos rechazos de la línea dura cuando éstos son epidérmicos. ¿Y yo? ¿Si recupero mi facultad de sentir placer en vez de aceptar pasivo mi ciudadanía en esa provincia tan extrañamente reglamentada que es la del fracaso personal, sumada a la prolongación del fracaso de todo a lo que apostamos, podré adquirir la libertad para escribir otra o la misma novela, resplandeciente porque aunque analice la cruel-dad y enfoque la injusticia, el placer de la belleza no estará ausente de ella? No: aunque saque ahora mismo mis papeles de la maleta, la figura de Núria Monclús con la telaraña velándole los ojos y la espada de fuego en su mano ensangrentada se interpondrá entre yo y el placer.

Abro las cortinas de mi dormitorio. Entre las hojas que la brisa conmueve, el sol, un segundo, brilla directo y me enceguece: bajo el palto del jardín de al lado mi padre ya inválido chasquea sus dedos para convencer al perro de que venga a echarse a sus pies, o quizás sea un esfuerzo para llamarme a mí, porque desde su tumba me ve escondido aquí entre las cortinas. Que vaya a cerrarle los ojos a mi madre moribunda, me ruega mi hermano en su última carta desesperada, le va quedando tan poca vida a mi madre que pregunta tanto por ti, por la Gloria, por Patricio... ¿están bien, pregunta preocupa-da, por qué no vienen a cerrarme los ojos, no saben que la lucidez me está enecegueciendo como una luz muy grande que veo desde mi cama, pero que cuando me trasladen a la caja dejaré de ver?

¿Cómo ir a Chile, papá? ¿No se da cuenta de que la situación me ha forzado a elegir una vida afuera de ese útero pequeñito, aislado, protector, que es Chile pese a los peligros que todos conocemos, pero que es protector en comparación con la inclemencia de esta inmensidad que es el afuera, donde nos hemos visto obligados a renacer? Mi hermano Sebastián, para ahorrarle dolor, no le cuenta a mi madre, que clama por nosotros, que a veces me falta plata hasta para darle a mi hijo para que se compre un helado a la salida del colegio. Los pasos de Pato en el parquet. Hurga en mis pantalones. Ya no encuentra las monedas que antes eran parte de mi sueldo de profesor. ¿No sabe mi madre, Sebastián, no se lo vayas a decir, que te he pedido dinero prestado a cuenta de la futura herencia, que será más bien escasa, para poder sobrevivir un mes, dos meses, seis meses?

Veo desde mi ventana que la mano de mi padre tiembla en su intento de negar, de enfatizar: no te cuentes el cuento, dice, ésa no es la razón por la que no vienes a cerrarle los ojos a tu madre, las cosas de plata siempre se pueden arreglar. Lo que pasa es que no quiero presenciar el vergonzoso espectáculo del Congreso Nacional cerrado —¿cómo lo sabe, papá, cómo lo sabe si usted murió durante el último año de la UP, cuando todavía existía el Congreso?—, ese Congreso en que tantos años representé como diputado por una región donde están las raíces de nuestra familia, y encarné un civilizado aunque tal vez injusto liberalismo que por lo menos era ilustrado. Hay que decir la verdad, Julio, fui un representante harto deslucido, asistiendo poco a los debates y comisiones, bostezando en los bancos mientras los oradores daban sus razones, que no era necesario dar, porque nadie ignoraba que muchas veces era cuestión de embarcar a los peones de los fundos de la parentela para llevarlos a votar por el candidato del patrón..., y después me reunía con otros representantes igualmente indolentes que yo, alrededor de la mesa de

Es una pregunta indolente que carece de urgencia, como las de mi padre, que no requieren respuesta alguna porque sé que esta niña que canta en alemán abrazada a su gallina de plástico es ahora una señora que vela junto al lecho de mi madre. Su mirada es incisiva: quizás adivine que todas mis razones para no regresar a Chile son pretextos relacionados con su muerte. Cierro las ventanas para impedir que esa niña y mi padre, que la sienta sobre sus rodillas, se enteren de que no voy a Chile por otra razón, mucho menos noble, menos justificable: terror a que se prolongue la agonía de mi madre, un mes, seis meses, un año, dos. ¡Se ha estado prolongando tanto tiempo! Temo no ser capaz de despedirme de ella, de vender la casa, de rematar los muebles. Temo que día a día se anuncie su muerte para el día siguiente, y yo espere, y día a día vaya quedando atrapado en Chile, lejos de mi pareja en un matrimonio que a veces me parece tan mediocre como todos los matrimonios, pero al que no puedo negarle fuerza, lejos de mi hijo que ve en mí a un tirano porque no soy el padre que él quiere que sea, lejos del «muro blanco y el ciprés erguido» de Europa —el ciprés del duque es una edición de lujo—, lejos de la esperanza irracional que da la cercanía de las editoriales barcelonesas que inventaron a los novelistas latinoamericanos, o éstos las inventaron a ellas, o Núria Monclús lo inventó todo, englutido allá por lo inmediato, por la falta de visión por encima de los acontecimientos locales, de los gustos locales, de las exigencias locales, devorado por la ahogante familiaridad de todo porque llevo mis señas de identidad escritas sobre mi persona entera, y allá no aceptan que persona sea sinónimo de máscara, una de mis tantas máscaras que aquí puedo cambiar libremente y que allá no podré cambiar a mi gusto por ser clasificable en seguida por mi atuendo, por mi léxico, por mi acento, por mis maneras y preferencias, no, allá no podré elegir ser quien soy, ni qué, como aquí en Europa, pues, mamá, donde tengo que pagar la cuenta por el lujo de ser libre con la moneda de no pertenecer a nada, con la soledad aterrorizante y estupenda de que a nadie le interese clasificarme, extraño en todas partes, en asados a la argentina, en pasteles de choclo a la chilena, en anticuchos a la peruana, en paellas a la valenciana, aunque invitado a todas..., por eso, y porque me da miedo su fin, mamá, por eso no voy a cerrarle los ojos.

Nos despedimos de Carlos y Ana María Minelbaum en «Las Gaviotas» el domingo en la mañana, antes del lunes en que tomamos el lento tren a Madrid. Antes de que llegaran las mujeres, que pasaron a comprar un postre, Carlos y yo hablamos largo rato bajo uno de los quitasoles de la terraza atestada de gente ávida de sol que en esa época del año uno no conoce, y que no nos interesaba conocer porque dentro de una semana estarían de regreso en Nottingham, en Düsseldorf o en La Haya.

Mi cáncer, claro, no fue cáncer sino papiloma, tal como él me lo diagnosticó. Yo, al fin y al cabo, me explicaba Carlos con la misma emocionalidad que, sobre todo al cantar, le quiebra la voz en forma tan atractiva, yo era un escritor, un hombre que vivo de mi imaginación, que no lo dude aunque me hayan rechazado ignominiosamente mi novela. La prueba es que vivo tan dentro de mi fantasía que me resulta natural redirigir mi vigorosa agresividad en contra de mí mismo para castigarme por lo que yo veo como fracasos, y cada tanto tiempo me fabrico estos simulacros de muerte. La muerte inminente de mi madre. La posible muerte de Patrick, simplemente porque está ausente. Mi propia muerte en manos de Núria Monclús. También, aunque yo proteste mi entibiamiento en ese sentido, la muerte política, todo somatizado en distintas formas de mortalidad. Abundé sobre el tema —quizás el rasgo más entrañable de Carlos sea su vocación para la intimidad, el interesarse por su interlocutor y preguntar y escuchar y a su vez hacer confidencias que da por supuesto le interesarán al amigo—, explicándole que Gloria y yo, aterrados con el insomnio que proyecta las sombras agigantadas de nuestros fracasos sobre un paisaje de fantasmas, en vez de adormecernos en forma natural en la noche o de aceptar la vigilia, nos suicidamos simbólicamente todas las noches tomando un Rohipnol antes de apagar la luz. Yo duermo hasta el día siguiente sellado dentro de un sueño sin sueños, negro y ahogante. Despierto irascible, como si durante la noche hubiera extraviado una parte de mí mismo. Pero Gloria, angulosa y deprimida pasada la menopausia, despierta cada dos horas a pesar del medicamento: cada vez se levanta para tomar un largo trago de vino blanco fresco en el verano, o de áspero vino rojo en invierno. Yo, en cambio, bebo durante el día para estimularme y no temer a mi máquina, o para matar mi lucidez insoportable, a veces mi odio, siempre mi incertidumbre, y como todo esto sólo consigue mi desasosiego tomo valium hasta quedar idiotizado frente a la televisión.

—Malo —comentó Carlos. Yo me alcé de hombros.

El sol brillaba sobre el mar espeso de bañistas, marchitando las palmeras y friendo en aceites perfumados las carnes de los turistas que nos rodeaban. Él y Ana

María eran esa institución tan placenteramente burguesa que es «la pareja amiga», con quienes asistíamos a conciertos y a ver películas y salíamos a cenar para compartir nuestros problemas. En Madrid íbamos a echar de menos esa intimidad. Al hablar con él bajo el quitasol verde pensé que Carlos no estaría ahora frente a mí bebiendo su whisky si una noche un paciente agradecido, pero que mantenía estrechos compromisos con la reacción argentina, no le hubiera avisado que al día siguiente lo irían a buscar. Esa misma noche Carlos cruzó la frontera con su mujer y sus hijos. Por eso reconoce en la nostalgia un quehacer estéril, y se encuentra, en cambio, abierto a lo actual y al porvenir.

Le conté a Carlos que la tarde siguiente a la del asado llegó a mi casa el amigo de Pato con la cabeza enteramente rapada, diciéndome que le bastó una noche y una mañana para hartarse con Adriazola, con su mujer y con sus discípulos, y se rapó la cabeza en protesta, porque Adriazola abogaba por las cabelleras largas que uniformaban a su corte. Se había venido de Vendrell a Sitges en *autostop*, y perdió su dinero no sabía cómo. ¿Por favor, podíamos prestarle dinero para ir a reunirse con Patrick en Marrakesh? Se lo negué.

—¿Por qué? —me preguntó Carlos.

—No sé —repuse—. Porque no lo tenemos, en primer lugar...

No le dije que, de tenerlo, se lo hubiera dado, porque soy cobarde. Además, me pareció tan frágil en ese instante el *angelo musicante* sin su cabellera. Pero más que por eso, hubiera deseado darle dinero con el propósito de que ese chico me quisiera. Patrick a mí no me quiere y ha declarado no tener nada que ver conmigo porque soy un tirano; sí, darle dinero a éste para que el otro no me siga considerando un tirano, escudándose, cuando yo no le permitía salir, detrás de la música atronadora del tocadiscos que compró con dinero sacado quién sabe de dónde. Lo castigué dejándolo sin salir tres días cuando llegó con el aparato, sin lograr que confesara cómo lo obtuvo, escondiéndose en un silencio odioso del que no salió —como era su costumbre en casos similares— durante muchas semanas.

—Pero estuve acertado en negarle dinero a ese chico —le dije a Carlos—. Lo pude comprobar esa misma noche.

En todo caso, Bijou —así se hacía llamar, descubrí por fin..., ¡qué dirían sus primos Lagos, que eran tan *vieux Chili!*—, cuando le negué el dinero, comenzó a hablar de Rimbaud, enervándome al declarar que él *era* Rimbaud, pese a no haber escrito nunca nada. ¡Rimbaud! ¡Ya me parecía haber reconocido la malvada suciedad rubia, el desafío perverso de los ojos claros, los inmundos dientes defectuosos del personaje de *Coin de table!* Luego, seguí contándole a Carlos, tuve una sensación perturbadora —pese a que en ese momento mi mayor preocupación era que el día antes, dos de junio, había sido el cumpleaños de mi madre, agónica pero lúcida aún, y que si la llamara por teléfono, si tuviera dinero para hacerlo, oiría su voz por última vez— de que Bijou se estaba postulando, frente a Gloria y a mí, le dije a Carlos riéndome un poco nerviosamente, como Rimbaud para el matrimonio Verlaine-Mathilde...

—Lindo chico —observó Carlos.

—¿Por qué lo dices?

—¿Y qué pasó?

—Nada.

—¿Por qué?

—Porque Verlaine tenía poco más de treinta años y yo tengo más de medio siglo; y francamente estoy con las baterías un poco gastadas. Me basta, y a veces me sobra, con lo que tengo en casa y ya no me quedan saldos de libido para gastar en exploraciones. Además, en ese momento el problema era mi madre.

—Te he oído quejarte de insuficiente estímulo en tus relaciones con Gloria. ¿No hubiera sido interesante para ustedes...?

Pasé por alto esta sugerencia que me pareció extrañamente perversa en Carlos Minelbaum, o por lo menos tan libre que la adjudiqué a nuestra diferencia de edad —Carlos tiene quince años menos que yo y procede de un ambiente menos convencional—, y seguí con mi relato: Bijou, mientras cenaba cualquier cosa que Gloria encontró por la casa, nos oyó discutir con enervamiento sobre pedir dinero prestado a alguien para llamar por teléfono a Chile. Bijou nos interrumpió y después de echarse al cuerpo de un trago toda la copa de vino blanco, se puso de pie preguntando:

—¿No sabe...?

—¿Qué?

—¿Que puede llamar por teléfono adonde sea, gratis...?

—¿Cómo?

—¿En qué mundo vive? Venga...

Un poco molesto salí tras ese mancebo cuya cabeza rapada y pómulos altos lo hacían asemejarse a una máscara egipcia. Me guió, mudo, por la noche de Sitges hasta la calle Dos de Mayo, él un poco adelante, yo a la zaga. Entró en el «Tommy's»: la clientela preponderantemente homosexual de ese bar, cuya reputación yo conocía, me hizo preferir esperar a Bijou en el umbral. Adentro acogieron a Bijou acentos catalanes, expresiones de afecto en alemán, inglés, francés, de aprecio o admiración con cadencias mesetarias, colombianas, cubanas, chilenas, argentinas: un corro cosmopolita hilarante y ruidoso pronto rodeó a Bijou, que, sin aceptar invitaciones a la barra, pedía y escuchaba explicaciones, hasta que un muchacho ya bastante mayor, que yo sabía modelo profesional y que frecuentaba todas las calles y restoranes de Sitges rodeado de admiradores y admiradoras, señaló, muy serio, con un dedo extendido, ciertas direcciones. Bijou escuchó con atención antes de dar las gracias, despedirse y salir agitando la mano. Al reunirse conmigo afuera, me dijo:

—Sígame...

Le confesé a Carlos en «Las Gaviotas» que yo estaba incómodo por haber acompañado al hijo de Hernán y la Berta a lo que mi mundo llamaba «un antro de perdición», y que yo, en el fondo, seguía considerando igual pese a mi postura de libertad, que era sólo mental, me di cuenta por mi agobio al esperar en la entrada del «Tommy's». Temí quedar en ridículo ante él interpelándolo o aconsejándolo, aunque todo me sugirió una desagradable certeza en la relación entre Patrick y Bijou. ¿Qué lo impulsaba a ir a reunirse con él en Marrakesh? ¿Por qué Patrick, que no le escribía a nadie, ni a su abuela moribunda que clamaba por noticias suyas, le escribía no sin frecuencia a Bijou, recibiendo respuestas que rompía o quemaba? Patrick, aun en su rechazo, o en su requisito de que no lo invadiéramos, rara vez llegaba a estos extremos de discreción... ¿Qué los unía, hubiera querido preguntarle, asegurándole a este niño que yo lo comprendería todo? Pero no osé hablar.

En fin, enredándonos en las calles más solitarias de Sitges, pasando al otro lado de las vías férreas, que Bijou previsiblemente cruzó por donde estaba prohibido hacerlo, llegamos a un Sitges distinto, popular y nuevo y no turístico, con pequeños bares donde bebían los obreros murcianos, talleres de reparación de coches, cerrados a esta hora, viejos y viejas sentados en sillas de paja a la puerta de casas de pisos aun más modestos que el mío, pero que a ellos, que venían de la tierra y del hambre, debían parecerles un ascenso que los acercaba al cielo. Otros, apoyados en los alféizares de las plantas bajas, miraban hacia el interior de esos pisos donde aún vociferaba la «tele». En cuanto terminara la emisión, la gente se iría a dormir y las calles quedarían repentinamente desiertas: todo esto, observó Bijou, «hacía muy pueblo».

En una esquina se detuvo ante una cabina telefónica iluminada. Adentro una muchacha hablaba, reía. Distinguí su acento argentino o uruguayo. Bijou me pidió que escribiera en un papel la característica de Chile y el número de teléfono al que quería llamar: lo hice en el revés de un papel que encontré en mi bolsillo, con apuntes sobre gente de Sitges que me proponía utilizar en mi novela. Observó que la conversación de la muchacha de la cabina parecía ir para largo, de modo que era preferible disimular nuestra presencia en el umbral más cercano. Permanecimos en la sombra un rato, mudos, Bijou jugando con mi papel entre sus dedos. Como estos silencios me incomodan, ya que pertenezco a una generación que siente que debe llenarlo todo con palabras, le pregunté, para pasar el tiempo, por qué se hacía llamar Bijou, un nombre tan ambiguo.

—Eso mismo me gusta —declaró—. Es que cuando yo era más pequeño y desobedecía a mis padres, y ellos, igual que usted con Patrick, se enfurecían conmigo con o sin razón, exasperados comentaban: «Mira la alhajita que nos ha tocado.» Entonces comenzaron a llamarme, con rabia que no dejaba de ser justificada, «alhaja», «alhajita», y con ese nombre me presentaban a sus amigos que venían a la casa a hablar del MAPU, al que los dos pertenecían, diciéndoles: «Éste es nuestra alhaja.» Yo mismo, entonces, comencé a presentarme en los corros de amigos de doce, trece, catorce años, que nos reuníamos en las esquinas del *quartier* a fumar nuestra primera marihuana, como «Alhaja». Hasta que me dijeron que Alhaja parecía nombre de argelino, o de marroquí, que son razas despreciables, como los negros y los chinos y los judíos, con las que no quería que mis amigos franceses me confundieran y tampoco quería que me confundieran con los latinoamericanos, especialmente con los mexicanos, que parecen chinos... por eso es que ahora me llamo Bijou, no Bijou Lagos, que hace muy latinoamericano, sino Bijou y nada más, que, usted sabe, es la traducción francesa de alhaja...

—Sí sé...

¿Cómo preguntarle por qué su odio a lo que él llamaba las «razas inferiores» sin incurrir en su desprecio? Antes de encontrar manera de formular la pregunta vi que Bijou se tensaba, la vista fija en la cabina.

—Venga, tío..., va a colgar —me dijo.

Mientras la chica de la cabina se despedía, Bijou leyó mis frases en el papel, observando:

—Es lo mismo que escriben todos los chilenos, la tortura, los desaparecidos..., la tontería de la política comunista...

—Comunista no...

—Esta tipa no termina nunca. Bueno, que hable. Es un placer robarle a la ITT, especialmente para los chilenos de izquierda como usted, ¿no es verdad, tío...?

Esta promoción al parentesco, tan chilena, tan infantil, probablemente enraizada en recuerdos de veladas en casa de los Lagos en Santiago durante la UP, cuando yo era «tío» para Bijou —¿cuál era su verdadero nombre?— y Hernán era «tío» para Patrick, me conmovió, emoción que quedó borrada por otra emoción a la siguiente frase de Bijou:

—Que se apure, que puede venir la policía...

—¿La policía...? —exclamé con pánico ante lo que para los chilenos de mi generación y origen, sobre todo para el hijo de un legislador que no era más que un voto, pero legislador al fin, es la gravísima culpa de contravenir una ley.

—Claro, la policía —explicó Carlos Minelbaum, apurando su whisky cuyo hielo, debido a que el sol rebasaba el borde del paraguas verde, se iba derritiendo—. ¿No sabes lo de los teléfonos descompuestos, en los que se puede hablar por el tiempo que quieras a todas partes del mundo sin que traguen ni una sola moneda? Hay peritos en descomponer teléfonos públicos. Creo que les meten un alambre no sé cómo y no sé por dónde, y otros les meten una moneda atada que después retiran..., en fin, hay mil maneras, creo. El teléfono, entonces, queda descompuesto. Circula el dato entre los muchachos sobre cuál es la cabina desde la que pueden hablar a sus casas, generalmente para implorar que les manden dinero, para oír la voz de la madre, para prometerle a la novia que van a volver, a la esposa o al hijo que los echan de menos pero que se las pueden arreglar por un tiempo más, para preguntar cómo siguen el terrorismo, la violencia política, para contar que están enfermos... en fin. Al comienzo la policía no se daba cuenta de este fenómeno, común, por otra parte, en todas las capitales de Europa y probablemente descubierto por la desesperación de los latinoamericanos en exilio. Pero en cuanto cunde la voz sobre cierta cabina telefónica descompuesta se forman grupos de muchachos y muchachas esperando, a veces horas o noches enteras, sentados en el suelo, haciendo cola, fumando porros, comiendo bocadillos, sí, esperando pacientemente y sin protestar ante las conversaciones interminables a Buenos Aires o Bogotá o Montevideo o Santiago porque saben que ellos también hablarán interminablemente a todos los rincones del mundo. Hasta que, por lo menos aquí en Sitges, la policía se dio cuenta e hizo una *razzia*, arrestando a un gran grupo que esperaba turno. Ahora, me dicen, hay que tener más cuidado. Los de la telefónica revisan los aparatos todos los días o casi. Por eso es necesario tener el dato justo, la cabina justa que ha sido descompuesta ese día, antes de que se aglomere la gente alrededor de ella y se ponga «caliente» y llegue la policía. Debías usarlas si tienes inquietud por tu madre...

Me temía que sí, que de ahora en adelante, ya que lo acababa de aprender, yo también iba a entrar en el circuito de la pequeña delincuencia, le dije a Carlos, aceptando su teoría de que robarle a la ITT no era, en el fondo, un delito: desobedecer la ley y delito son conceptos distintos. Seguí contándole a Carlos que la muchacha argentina, al terminar su coloquio, nos explicó que era sólo cuestión de meter una moneda de cinco duros, que le di a Bijou, y marcar: era un teléfono estupendo, muy bien estropeado, ojalá durara, comentó y se fue.

Entré con el muchachito en la estrecha cabina: su talle delicado quedó perturbadoramente junto al mío y además consciente de estarlo, aunque vi a Bijou concentradísimo en lo que hacía. Algo andaba mal. La moneda que metía en la ranura, en vez de obrar su magia en los misteriosos intestinos del teléfono, era vomitada sin alterar nada.

—*Merde! C'est cette conne qui l'a abîmé...* —se decía Bijou pasionalmente comprometido con su actividad, golpeando y golpeando ferozmente el aparato y repitiendo una y otra vez su operación inútil con la moneda:

esta noche yo no oiría la voz agónica de mi madre. En cambio estaba allí ese delgado cuerpo calculador y sabio que, casi tocando el mío, me di cuenta, esperaba que yo diera el paso en falso de acercarme un milímetro más. Yo no lo iba a hacer.

—De repente comprendí —le comenté a Carlos— que no era tan sexual mi atracción por Bijou sino otra cosa, un deseo de apropiarme de su cuerpo, de *ser* él, de adjudicarme sus códigos y apetitos, mi hambre por meterme dentro de la piel de Bijou era mi deseo de que mi dolor fuera otro, otros que yo no conocía o había olvidado; en todo caso, no mi código tiránico ni los dolores que me tenían deshecho...

—Claro —repuso Carlos—. Pero quizás también lo otro...

—Como componente, tal vez sí, pero no en primer lugar.

—Puede ser. O puede ser una racionalización.

—Puede.

Después de un golpe el instrumento brujo retuvo la moneda. Bijou, olvidándome, se concentró en su actividad como si en ella se le fuera la vida. Marcó el número que yo había escrito en el papel, que extendió ante sí. Atisbando por entre los carteles de Celac y Fanta que cubrían los cristales de la cabina por si alguien de aspecto amenazador se acercara, Bijou me sonrió por fin. Puso el auricular en mi oído pero sin entregármelo todavía. Dijo:

—*Ça va*... —y no sin cierto orgullo, explicó—: Satélite... Tome, tío, pero es mejor que me quede en la cabina con usted porque si pasa la policía y me ve esperando se pueden poner sospechosos. Usted tiene aspecto respetable.

—¿Y hablaste? —me preguntó Carlos.

—Sí —respondí, sonriendo como un niño que confiesa una travesura—. Hablé por lo menos una hora y media.

—Me alegro.

—Oí la voz de mi mamá, empequeñecida, pero no por la distancia que el satélite elimina...

—¿Qué te dijeron?

—Todo estacionario, igual que hace un año.

No porque me molestara la proximidad del cuerpo de Bijou en la estrechísima cabina sino porque supuse que, como todos los muchachos de su edad, encontraría ridícula la intensidad emocional que sin duda iba a desplegar hablando con mi familia, le rogué que se fuera y le di las gracias. Salió de la cabina. Al cerrar la puerta se despidió agitando la mano y se perdió, indiferente a todo, en la noche de Sitges.

—¿Te explicaron los resultados de los últimos exámenes?

—Igualmente contradictorios que los anteriores. Y sigue sin comer, con la boca, la lengua, las encías, la garganta, el esófago, llagados. Le queda muy poca vida, me dijo Sebastián, hay que alimentarla con sondas...

Después de un instante de silencio, Carlos Minelbaum dijo:

—Sabes que se va a morir, ¿no?

—Sí.

—Anorexia nerviosa. Pero es raro. Generalmente no duran tanto. Además se da más bien en la gente joven.

Medité, allí, frente a ese mar demasiado manso y a esas palmeras exangües que los fabricantes de tarjetas postales necesitan retocar para hacerlas presentables, y expresé, en voz alta para que me oyera Carlos, que mi madre, firme pese a todo, me dijo anoche que no se proponía morir antes de que nosotros llegáramos. Quería verme a mí, a Patito, mijito lindo, a la Gloria, antes de su muerte, y que iba a esperar. Me dijo también que desde su cama, por encima de las ramas del viejo damasco del jardín recién peladas por el invierno, veía la cordillera nevada hasta abajo. Ha llovido mucho este invierno, dijo, la cordillera entera blanca, los chiquillos suben a hacer esquí todos los fines de semana, el paso de trenes y el camino a Mendoza cerrados: pero eso no importaba ahora, continuó mi madre desde su lecho de enferma en su casa rodeada por un jardín aterido, porque los aviones ahora sobrevuelan tempestades y nevazones, y yo llegaría un día de éstos, ella lo sabía, y la Gloria y Pato —¿cómo obligar, por Dios, a Pato a que le escriba aunque sea una tarjeta a su abuela, que piensa tan desesperadamente en él?— llegarían conmigo para cerrarle los ojos junto con sus otros nietos, como debía ser, y moriría en su cama de toda la vida, pese a ese salvaje de Allende que nos había arruinado a todos y continuaba haciéndolo —cree que sigue Allende, Carlos, se olvidó del Golpe; reprimió a Pinochet, o los igualó, porque se imagina que Allende sigue siendo la causa de todos los desastres—, y nosotros debíamos ir a verla cuanto antes porque mi padre hablaría en el Congreso para que Allende no nos entorpeciera la entrada en el país, los diputados tenían mucha influencia, que era lo correcto, hasta los de la oposición como mi padre, que era muy respetado, y eso estaba bien porque significaba que el país aceptaba el conflicto como el motor de la política: en esencia, que seguían en pie, pese a ese salvaje de Allende, todas las reglas del juego.

—¿Eso te dijo anoche tu madre por teléfono? —me preguntó Carlos con asombro.

—Sí, mi madre es muy politiquera, como todas las mujeres chilenas. Y aunque quizás no me lo dijo con estas palabras, lo intentó decir, a su manera...

—¿Y tu hermano, qué dijo?

—Que es mi deber ir a verla.

—¡Qué mujer extraña! —murmuró Carlos—. Me hubiera gustado conocerla. Mantenerme al tanto de cómo evoluciona su enfermedad..., cómo se aferra a la vida.

—Al colgar el teléfono —continué— yo tenía los ojos llenos de lágrimas, aunque reconfortado por la seguridad de que, delinquiendo otra vez, mañana hablaría de nuevo con ella. En todo caso me alegré de haber despachado a Bijou para que no me viera en ese estado de agitación.

Le confié a Carlos que no me fui directamente a casa. A estas horas, porque era incapaz de resistir las tensiones de la espera, Gloria se habría tomado una copa de cognac y un valium para anular el mundo; Bijou de alojado, mi madre agónica a quien ella adoraba, falta de dinero endémica, sentimiento de ser usada y abusada, de inutilidad, de derrota... y amanecer al día siguiente con una buena taza de café negro para sentirse por lo menos pasajeramente fuerte para comenzar el día. Me dirigí, por eso, a la calle Dos de Mayo, al bar «Sandra», donde Cacho Moyano me recibió en su mesa, situada en esta época del año afuera del bar, en la calle misma, bajo un toldo, donde aun en este mes de población transitoria, Cacho continuamente saludaba a un sinnúmero de personas que o lo besaban, o lo abrazaban, o lo invitaban, o le palmoteaban la cabeza, o le tapaban los ojos preguntándole: «*Guess who?*» Una inglesa jovencísima y flaca con aspecto de viciosilla, francesas desfachatadas, exigentes, con el pelo teñido color zanahoria, hombres jóvenes y bronceados y alegres como él, que salían y entraban a otros bares y seguían calle abajo, gente, pensé, aun más alejada que el satélite del jardín invernal circunscrito por la cordillera blanca que mi madre veía desde su cama. Pedí un whisky, disponiéndome a borrarlo todo, disfrutando de la película que era esa calle atestada y calurosa donde se confundían todas las señas de identidad. De pronto un fotograma se detuvo en la moviola: «Tommy's», al frente, en cuyo interior la cabeza calva de Bijou atrajo el *zoom* de mi mirada. David Bowie cantaba *Kooks*, que atronaba en la calle mezclado con la música de otros establecimientos y la charla y la risa que nos rodeaban. Era difícil oír y hacerse oír. Me incliné por encima de la diminuta mesita para gritarle a Cacho:

—Mira... el chico que se perdió en La Cala...

—¿*Ése* fue...?

—Sí.

—No sabía. ¿Te interesa?

Le dije que los muchachitos no eran mi debilidad.

—Antes era más lindo, con su melena rubia —opinó Cacho—. Pero si lo querés te lo podés llevar..., tres mil pesetas...

Di un respingo.

—¿Lo conocés...? —preguntó Cacho al verme reaccionar, temeroso de haber sido indiscreto.

—Parece que eres tú el que lo conoces —le dije.

—Hace cerca de una semana que anda girando por los bares...

—¿Una semana? ¡No puede ser!

—Lo conocés, entonces...

—Es amigo de Patrick, hijo de unos chilenos amigos míos...

La voz de David Bowie los estaba amplificando, generalizando:

If you stay
you won't be sorry

'cause we believe in you...
Soon you'll grow
so take a chance
with a couple of kooks...

—¿Es...? —quise preguntar.
—¿Puto, querés decir...?
Asentí con la cabeza.
—Bueno, maricón no es. A veces se va con algún puto viejo que le paga, pero después, como si se quisiera limpiar, viene a levantarse alguna mina de los bares, siempre más jovencita que él, unas nenitas perdidas, vieras, que de repente aparecen por aquí, de ésas de trece o catorce años, y después se las lleva al Bingo o a las discotecas y supongo que después se las llevará a la cama.

Tomé un trago de whisky, que dio fin con mi vaso, y pedí otro, echándome hacia atrás en el sillón, hurtando de la luz mi rostro, sin duda descompuesto.

—¿Qué te pasa, Julito?

No me resolvía a preguntarle lo que quería preguntarle, eso cuya respuesta estaba seguro de saber, pero que sin embargo necesitaba que alguien me desmintiera o me confirmara definitivamente para saber, por lo menos, que no se trataba de un ridículo temor senil.

—Dime... —comencé a preguntar y me detuve a oír a David Bowie:

We've got
a lot of things
to keep you warm and dry
and a funny old crib
on which the paint won't dry...

Cacho Moyano había movido su silla, quedando junto a mí con la cabeza en la sombra, observando el fotograma de Bijou en el bar del frente, ahora más en evidencia porque el gentío que se dispersaba hacia las discotecas comenzaba a ralear. Cacho murmuró a mi oído:

—Sé lo que querés saber.

—¿Qué?

—Patrick.

—Sí. ¿Es...?

—No es marica. Pongo mi mano al fuego.

Di un suspiro de alivio, que por un lado me relajó, dejando sólo un odio a mí mismo, bastante manejable, por este temor a la homosexualidad de la gente de mi medio y mi generación, que yo creía haber superado. Pero claro, me dije, se trataba de mi hijo y si así hubiera sido tal vez hubiera podido ayudarlo... pero no, yo no, sólo un *kook* puede ayudar a otro *kook*. Cacho decía:

—Éste es un pibe vicioso, capaz de cualquier cosa, que sabe muy bien qué hace y qué le conviene. Patrick no, es un loco, un desaprensivo simpático que por ahí se puede perder, pero no un marica.

—¿Y... y lo demás?

—¿Qué?

—¿Marihuana?

—Julito... sos grande, sabés que eso es como tomar cocacola aquí en la Dos de Mayo, si la pedís se ríen de vos. ¿Querés una chupada?

Aspiré la yerba, esperando que me levantara un poco.

—¿Y... y lo demás...?

Cacho se puso de pie lentamente, saludando a alguien desde lejos. Se había distraído, buscando a otra gente. Nuestra conversación fue demasiado larga para su atención incapaz de fijarse por mucho tiempo. Pero me dijo con énfasis:

—No me preguntes más, Julito. Patrick es un chiquilín loco, pero no malo, viste... Ahora me tengo que ir con esa australiana que saludé y me está esperando. Tranquilo. Tomá tu whiskito y te vas a dormir a tu casa. ¡Chau...!

—Entonces —terminé diciéndole a Carlos, que se ponía de pie para recibir a Gloria y a Ana María que llegaban— me levanté para irme. Y óyeme..., cuando pedí la cuenta me dijeron que ya estaba pagada, que un chico calvo del bar del frente, que ya no estaba allí, la había mandado pagar.

Me visto y bajo a comprar pan, sin el cual, muy a la chilena, me parece no haber comido nada, y que Gloria se olvidó de traer, además de unas botellas de cerveza para la sed. Pero bajo sobre todo para cumplir nuestro compromiso con Pancho de pasear a Myshkin dos veces al día dando una vuelta a la manzana cada vez. ¡Típico de las egoístas urgencias de Gloria tener que ir al Prado justo hoy, nuestro primer día en Madrid —como si no tuviésemos aún meses para conocerlo—, dejando la mitad de sus obligaciones sin cumplir!

Encuentro a Beltrán, el portero, regando los rosales de la entrada. Deja la manguera y, limpiándose las manos en un pañuelo blanco muy distinto a los Kleenex que yo uso, sale a mi encuentro para saludarme. Myshkin salta en torno a él con la confianza de una antigua y quizás divertida amistad.

Gárrulo, como buen portero madrileño enterado de todos los vericuetos del pequeño mundo que lo rodea pero de nada más, abierto aunque no intruso ni impertinente, comenta que ya ha tenido el gusto esta mañana de saludar a mi esposa, muy guapa, por cierto, muy airosa, como dicen que son las sudamericanas. Yo tengo pocas ganas de salir. ¿Será propio pedirle a Beltrán, en nuestro primer día en el piso de Pancho, que vaya a comprarme lo que necesito y a pasear a su amigo Myshkin? Pero al ver su pañuelo blanco de hilo, tan bien plantado con su uniforme gris de botones plateados —¿de plata?—, no me atrevo. Tampoco estoy dispuesto a dedicarme al «color local» de los porteros a que me condenó Pancho con sus observaciones preliminares sobre el Madrid veraniego. Sigo a Myshkin que tira de la cadena hacia el tronco de un fresno, irresistiblemente fragante, en el borde de la acera. Beltrán me sigue, diciéndole al perro:

—Ya paseaste una vez esta mañana, de modo que nada, a casa. No te toca otro paseo hasta el atardecer —y, dirigiéndose a mí—: Por su nariz tan aplastada se agotan con el calor estos perros, y les cuesta respirar, como a los pekineses. Pero el pug es una raza mejor, más selecta. Poca gente tiene..., la duquesa tenía...

—¿La duquesa de..., la vecina?

—No, la duquesa de Windsor, pero eran negros...

—¿Quién lo paseó esta mañana?

Responde que mi esposa, muy temprano. Me avergüenzo de haber pensado mal de ella: sí, cuando está contenta, como parece estarlo en Madrid, cumple con todos sus deberes domésticos sin chistar, y más aun, con gracia, como por ejemplo haber sacado a Myshkin esta mañana y haber colgado mi ropa. Es posible que esto presagie una temporada de paz. Pero el perro tira de la cadena, quiere oler el tronco siguiente, y el siguiente; y orina una y otra vez para marcar una vez más su territorio. Lo sigo, lento, mientras le comento al portero:

—Bonito barrio...

—Lo mejor de Madrid.

—Buenas casas —observo a medida que avanzamos—. Lástima que casi todas estén escondidas por estas paredes tan altas.

—Hay que defenderse.

—Claro —le contesto sin pedirle que especifique de quién.

—Aquí sólo viven señores —dice—. La nuestra es la única casa de pisos que hay por aquí, sólo tres plantas, dos pisos por planta. Ahora todas las familias están de veraneo. La casa está vacía, menos ustedes. En general, queda poca gente en esta época del año en este barrio.

—¡Qué bonita vista desde el piso del señor Salvatierra! —comento—. Sobre todo tomando en cuenta que estamos en el corazón de Madrid, que es puro cemento y tráfico. Esto es tan tranquilo, parece mentira, hay álamos y castaños, y fresnos en las aceras, y la calzada adoquinada, es como vivir en un pueblo..., parece que ni se oyera el tráfico de Serrano y Velázquez.

—¡Ah! —suspiró Beltrán, hinchado de satisfacción—. El piso del señor Salvatierra tiene una de las vistas más hermosas de Madrid porque casi todas las ventanas dan sobre el parque del duque de Andía, una gloria, de los pocos que van quedando, no como en tiempos del general Franco, cuando toda la gente bien vivía en sus palacios...

Aprovecho un tirón y una carrera de Myshkin hacia un árbol más distante para dejar atrás a Beltrán. No estoy dispuesto a mezclar mi destino en Madrid con porteros franquistas, casi todos ellos guardias civiles jubilados que en tiempos de la dictadura eran los espías y delatores que tenían a Madrid entero en sus manos. Decido, por esta razón, que pese a que Gloria ya sacó a

Myshkin a dar su vuelta a la manzana esta mañana, pese a la advertencia de Beltrán, yo le haré dar otra.

Las casas de esta parte de Madrid, todas rodeadas de jardines o pequeños parques, son amuralladas como *bunkers*, impenetrables, adivino que defendidas por sistemas de alarmas y perros sanguinarios, como si la gente que vive aquí estuviera paranoicamente aterrorizada de lo que ella misma es —la amenaza de robo, el asesinato, el secuestro, el terrorismo, la violencia política—, sus jardines ocultos por muros a veces algo descascarados, de los que caen lujuriosas enredaderas o se asoman ramas de árboles floridos. Noto algo muy curioso en varios muros: están cubiertos de lo que la generación de mi hijo llama «pintadas»: ABAJO EL REY, ESPAÑA UNIDA Y LIBRE, CARRILLO ASESINO, MONARQUÍA SÍ JUAN CARLOS NO, VIVA FRANCO, y el *fascio* de la Falange, redivivo y amenazante, por todas partes. Sí, en Madrid existe un clima político bastante más amenazador que en el tranquilo Sitges. ¿O sucede sólo en el microclima de este barrio al que no tiene acceso más que gente que aparece en el *Hola*, que mi mujer devora en la peluquería porque le da vergüenza comprarlo? Es como una pequeña ciudad amurallada y feudal dentro de la otra ciudad, un baluarte de corazón paranoico, cuyo único signo de agresión, por el momento, es permitir que en sus elegantes muros permanezcan, sin borrarlas, y sombreadas por enredaderas cómplices, las pintadas fascistas: VIVA BLAS PIÑAR, ARRIBA FUERZA NUEVA, ROJOS ASESINOS, y hasta JUAN CARLOS ASESINO.

Al acercarme a mi casa por la calle del otro lado de la manzana, veo que Beltrán, evidentemente al acecho, sale a mi encuentro. Coge la cadena de Myshkin y lo suelta, diciéndome:

—El señor de Salvatierra siempre lo suelta en esta parte, porque Myshkin, que conoce todos los árboles y ya ha meado en todas partes, se va directo a casa, donde espera.

Pasamos bajo el gran muro descascarado que esconde el palacete del duque de Andía: comento lo mal tenido que está, en contraste con la perfección de adentro. Me responde —siento que con cierto aire de superioridad— que es preferible mantener el muro así para no tentar a los ladrones, y sobre todo a los terroristas que, adiestrados por los rojos, amenazan la paz de la gente decente. ¿Quién va a adivinar, al ver este muro, que aquí vive —me pregunta— uno de los hombres más ricos de España, uno de los más nobles, una verdadera gloria nacional? Es casado con una francesa muy elegante: así son las francesas. Ahora el palacete está cerrado porque pasan el verano afuera. La gente no quiere mucho a la francesa, ni sus hijos, que él ha visto crecer. Pero se casaron bien —un giro que no oigo desde el Chile de mi infancia, en tiempos de mi abuela—, muy a gusto de su madre. Si me fijo, me instruye, en el jardín de al lado en realidad hay dos casas: el palacete, con la piscina y el césped y el ciprés, más cerca de la calle, y luego, en el fondo del jardín, disimulada por los árboles, sobre todo los castaños que son tan espesos en esta época del año, otra casa, bonita también, pero más pequeña. Esa parte del jardín estuvo abandonada durante largo tiempo, porque por mucho que la señora duquesa les rogara que la ocuparan, ninguno de sus hijos quería vivir cerca de su madre. Él, Beltrán —estamos en la puerta de casa; mientras habla toma una tijera de podar y da unos toques a los setos—, explica que se toma la libertad de contármelo porque si bien se murmura que la señora marquesa es muy exigente con sus hijos y nueras, con el servicio, en cambio, es encantadora: sus criados, todos, la adoran y están de parte suya contra la intransigencia de sus hijos. Hacía un año, sin embargo, el menor de los hijos —casado con una baronesa austríaca de nombre impronunciable... la ceremonia del matrimonio figuró en *Hola*... él y su mujer lo recortan todo y lo pegan en un cuaderno, como todo lo que aparece sobre la gente bien que conocen, o cuyos criados son amigos suyos y de su mujer— consintió por fin en ocupar la casa del fondo. La señora duquesa mandó arreglar el pabellón, durante tanto tiempo desafectado, y restaurar el jardín. Ahora ese hijo, conde de algo que de momento él no recuerda, y su esposa, que es una «madraza» pese a no ser española, con sus dos hijos, viven felices en el pabellón del fondo del parque. La niña pequeña, la rubia sobre todo, es una «idealidad», opina Beltrán:

Guten Morgen
Margarete...

Lo de la baronesa austríaca desentraña el misterio de la canción infantil alemana en boca de la nieta de un Grande de España. Me despido de Beltrán explicándole que tengo mucho que trabajar, dejando en el aire el ofrecimiento del portero de mostrarme su libro de recortes, en el que figura, muy honrosamente por cierto, una exposición del señor de Salvatierra que contó con la asistencia nada menos que del señor de Areilza, vale decir, del conde de Motrico.

—Quizás otro día —le digo a Beltrán al despedirme y notar en su solapa una minúscula banderita española, pensando en cómo se reiría Gloria con mis devaneos mundanos fascistoides: VIVA BLAS PIÑAR..., ARRIBA

FUERZA NUEVA..., UCD ROJOS. ¿Beltrán, y los demás porteros del barrio amigos suyos, están delegados para pintar esos letreros desazonantes en los muros de este sector tan tranquilo?

Al quitarle su collar a Myshkin y dejarlo correr en busca de su íntima amiga, Irina, pienso que otro día pasearé por otros barrios de Madrid buscando pintadas de pasión contraria a la de éstas. Trago cualquier cosa parado junto al *frigidaire*, cuya puerta mantengo abierta mientras como, y bebo un vaso de vino. Luego me dirijo al dormitorio, blanco, amplio, ordenado, sereno, con la gran ventana abierta al fondo. Me coloco junto a ella, casi entre las cortinas para observar el jardín de al lado.

Lo que al salir dejé como un escenario vacío antes de que comience la función está invadido por los personajes del drama cuyo tema yo tal vez jamás conozca, que con fingida naturalidad se desplazan por él. Ahora son dos, un niño y una niña, los que juegan con la gallina de plástico amarillo bajo los olmos, el odioso niño mayor intentando arrebatarle el juguete a su hermana y haciéndola llorar. Un jardinero arrodillado junto a un arriate planta almácigos, claro, comienzos de junio, zinnias, salvias, dalias, campánulas, que florecerán —que yo veré florecer, me digo, con un afectuoso vuelco del corazón— a fines de verano. Una criada de uniforme entra por el sendero llevando un gran paquete de compras del que sobresale lo que reconozco como un atado de puerros. De pronto aparece una muchacha muy esbelta y muy rubia, el pelo formando una melena no muy larga con las puntas curvas hacia adentro, ese peinado que en mi juventud se llamaba *debutante bob*, se acerca a la criada, la interroga, saca los puerros del paquete de compras, lo examina, la criada sonríe, la señora aprueba la calidad y desaparece la criada mientras la «madraza» se acerca a sus hijos que ahora lloran ambos: zanja la pelea con ternura, los consuela, carga a la niña pequeña en un brazo, toma al niño con la otra mano, y prometiéndoles algo se los lleva a la casa, flotando en una atmósfera de sol y sombras verdes y violetas, por el sendero de lajas bordeado por manchas de caléndulas.

—Se habrán ido a almorzar —me digo, saliendo de mi escondite entre las cortinas desde donde he presenciado esta escena tan *gemütlich*, en la que sin embargo la «madraza» rubia deja, como un aura, la delgadez de su presencia y su melena lisa y cimbreante.

Entonces, lentamente, bajo la persiana para anular el verdor demasiado vivo al que nadie más que los que pintan fascios en los muros tienen acceso: me digo esto último para defenderme y odiar y justificar un brote de ira que me deja desazonado. En todo caso, afuera hace demasiado calor, uno nunca sabe calcular en un sitio nuevo, de modo que puede ser que mi simple paseo con el perro me dejó tan exangüe que rechazo toda idea de trabajar. Dormir una siesta. Es la hora del verano en que todo Madrid —menos mi mujer anhelante que anda trotando por los museos o confiándole sus frustraciones a una amiga nueva mientras toman un plato de gazpacho en un «Vips»— está durmiendo siesta. Pero —pienso al tumbarme—, ¿por qué esta gente tan rica, tan joven y capacitada para divertirse, no ha salido a veranear a alguna de sus numerosas fincas, cortijos o casas de playa? ¿Es elegante, ahora, veranear en Madrid cuando se dispone de un jardín como el de al lado, lujo del que ahora dispone poquísima gente? ¿O sucede que el marido de la muchacha de la melena rubia, que se mueve como una campana de oro al sol, hace algo tan extravagante como trabajar, por ejemplo, o anda enredado en alguno de los nudos políticos del momento? Lo mejor será preguntárselo al portero otro día, al sacar de paseo a Myshkin, sin que él note mi interés, que además no tengo. ¿Curiosidad? Supongo que sí. Pero me durará poco. Me pongo el antifaz negro que mi mujer usa para anularlo todo al acostarse a dormir, pese a que aquí, en este dormitorio sellado por la persiana, por los cristales y por la cortina, no lo necesito. Me encorvo, de costado, para dormir.

Antes de quedarme dormido, sin embargo, del silencio del dormitorio se desprende un ruido continuo e inidentificable que atraviesa todos los elementos que creí me defendían del exterior. Repentinamente siento ganas de orinar, un impulso que no tengo más remedio que obedecer al instante. Y al regresar a la cama, tendido de espalda sobre la colcha, presto atención a ese murmullo fresco, continuo, sosegante, fluvial: sí, he tenido que orinar porque es el sonido del chorro que cae en la piscina de la casa del duque. Me basta identificar ese ruido para desplomarme hasta el fondo mismo del sueño.

Me despierta el teléfono del velador: Gloria. Le pedí que no llamara. ¿Cómo me ha ido, quiere saber, en mi primer día de trabajo madrileño? Muy bien, muy bien, le digo. Me pregunta qué hice, le interesa, pero sé que cuando insiste tanto es sólo para poder, después de oírme unos minutos, poner su propio «rollo», como diría Pato, y contarme lo que desde el principio quiso contar sobre sí misma. Por eso le respondo que prefiero no contarle nada todavía: estoy contento y tranquilo, le aseguro. Me tumbé —le digo— un ratito después de almorzar y escuchando el chorro con que están llenando la piscina del duque me adormilé..., mejor decírselo por si detecta somnolencia en mi voz. Me pregunta si me importaría mucho que no llegara a cenar: comprende que es nuestro primer día en Madrid y no lo pasaremos juntos, pero es que en Katy Verini ha descubierto a un ser humano aun más extraordinario de lo que nos pareció en Sitges cuando la conocimos, y quisiera acompañarla a ver *Les enfants du paradis* en el Cine-Club, después de cenar cualquier cosa. ¿No me tienta ir con ellas? ¿No protestaba tanto en Sitges porque allá jamás daban nada que valiera la pena?

Le respondo que no, que hoy no, que tal vez prefiera trabajar o descansar... Sé que no debo trabajar mucho el primer día, pero es bueno tomar ímpetu aunque después tenga que romper todo lo que haga hoy..., siempre resulta útil para soltar la mano. Gloria intenta compartir conmigo su emoción frente a la *Lucrecia* de Rembrandt en el Prado, habla de los tonos nacarados del nautilus reflejados en su piel y en el oro de su pelo —¿oro de su pelo?, ¿una campana de oro?, no, no es una campana, y creo que tampoco es de Rembrandt sino de Tiziano, Gloria no aprende a ser rigurosa—, pero le digo que, ya que llegará relativamente temprano de regreso, tendremos tiempo para hablar esta noche, sí, porque esta noche quiero leer *Sophie's Choice* de Styron, que encontré en edición de lujo sobre una mesa del salón, y así levantarme temprano a la mañana siguiente, fresco y estimulado para trabajar. Comeré cualquier cosa. Que no se preocupe. Que se divierta. Más tarde me contará lo de la *Lucrecia*, lo de su amiga uruguaya, y volveremos a comentar, una vez más, el inagotable *Les enfants du paradis*.

No caliento nada, como jamón y una lata de algo en la mesita del repostero porque me doy cuenta de que he dormido una siesta tan larga arrullado por el chorro, que Gloria, en realidad, no podía suponer que llamándome a la hora que llamó iba a despertarme. La soledad y el silencio son lujos que sólo se pueden dar los ricos: allá en Sitges las paredes son casi transparentes, y la televisión del piso del otro lado de la calle y los gritos de los que pasan y la música vil de la discoteca nos invaden. Gloria siempre pone la radio para oír las noticias y saber qué sucede en el mundo, dice, pero sobre todo para aislarse de los ruidos de la realidad acosadora, tan acosadora que es la parte del día en que Gloria comienza a beber: tiene la presión baja, dice, o le ha bajado después del café y trató de subírsela con un poco de agua del Carmen, pero después, para cocinar, necesita un vaso de vino, y otro, y otro, alegremente, al principio, o porque tiene frío, o porque discutió conmigo, o porque no puede tolerar que Patricio ya no me dirija la palabra, y después de su alegría viene la casi imperceptible torpeza, deja caer cosas, le pone demasiada sal o se le olvida ponérsela al guiso de arvejas, se golpea una pierna contra un banco, y nada parece tener bordes nítidos y las distancias se calculan imperfectamente, y las cosas se repiten y repiten hasta que Pato se enerva y aúlla que no repita más, que está curada, que es una alcohólica, que trastabilla, que se balancea como un velero..., pero no, Gloria no es una alcohólica, pese a que yo la he acusado de lo mismo..., yo bebo también, y me cimbro y trastabillo y las cosas se ponen agradablemente confusas, bebemos juntos una botella de vino ordinario mientras ella hace de comer y escuchamos las noticias o discutimos porque ella detesta hacer de comer, es humano que lo deteste, yo la comprendo y la acompaño en el vino. ¿Por qué ya no hay «gente que toma trago», sólo alcohólicos? ¿Cuánto tomamos nosotros en comparación con los norteamericanos? Hemingway, Styron, Scott Fitzgerald, sus novelas suceden todas en bares, con gente mucho más borracha que lo que Gloria o yo jamás en nuestra vida hemos estado, pero no cuelga sobre sus cabezas ese estigma de «ser alcohólicos», como nos acusa Pato muy modernamente a nosotros. Yo sé que no lo somos. Lo malo es que a veces seguimos, pero no siempre. El fracaso es de ambos, yo no la arrastré a él, yo tengo esperanza aún, y hasta ella suele tenerla, sólo que a veces todo se torna negro, como si todo ocurriera detrás del antifaz sin ojos, y entonces el vino nos hace creer que uno tiene la culpa de la desgracia del otro: el fracaso es sólo parcialmente nuestro, puesto que uno no se puede identificar en forma absoluta y personal con el fracaso de los proyectos generales.

Después de cenar me dirijo al dormitorio donde están nuestras maletas: saco mis papeles y los transporto al comedor y también mi máquina de escribir. Lo dispongo todo a la cabecera de la mesa de mármol blanco: el papel limpio marca Galgo, el más pesado, quinientas hojas nuevecitas..., mi versión rechazada..., varios borradores para consultas. Frente a otra silla coloco la traducción rodeada de diccionarios: sí, que Gloria vea que si yo voy a trabajar, también puede hacerlo ella. Y entre ambos lugares de trabajo, el Casares, que compartiremos. ¿Qué hora es? Las diez y media de la noche. Gloria y Katy Verini están entrando al cine. ¡Cómo se alarga el tiempo en este silencio ordenado de la casa de Pancho Salvatierra! Voy a poder trabajar bien aquí. ¡Ah, no debo olvidar mi cuaderno de notas! Me siento a la cabecera de la mesa.

Alejo la máquina de la silla porque todavía no voy a usarla. Coloco la versión rechazada frente a mí porque me propongo leerla *da capo*, como quien lee por primera vez la obra de un extraño, y así «verla», que fue la palabra usada por Núria Monclús, anotando en mi cuaderno sugerencias para hacer cambios. La versión rechazada tiene tapas de plástico azul: falsamente encuadernada, pienso, una fantasía de publicación. Pero no la abro porque esa cortina blanca que tengo justo al frente, detrás del otro extremo de la mesa, me molesta. Me levanto y la abro. Vuelvo a mi asiento.

Al abrir la tapa de plástico azul de mi novela rechazada, descubro que lo que más me incomoda de todo en esta habitación es la gran persiana hermética que me aísla del exterior, sellándome aquí adentro. Bebo un trago de cognac y alzo los brazos para levantar poco a poco la persiana que va abriéndose, desplegando sus vértebras espléndidamente articuladas: por entre sus ranuras percibo luz en el jardín de al lado. Antes de continuar abriendo, apago todas las luces del comedor de Pancho por si alguien, afuera, alzara su vista hasta este primer piso y me descubriera viviendo en una casa que suponen completamente deshabitada. Sólo después de apagar termino de abrir, lentamente para no hacer ruido, y la persiana va enrollándose en su caja invisible, como un molusco bidimensional dentro de su concha.

Sortilegio es una palabra desprestigiada, ya lo sé, pero debo usarla: de golpe, el sortilegio radiante del exterior avasalla y suplanta mi pobre realidad. Por entre el encaje de unas hojas negras del primer plano, veo la piscina iluminada por dentro: una aguamarina, y focos disimulados entre los arbustos alumbran la fachada del palacete, la altura completa del ciprés plano, como de escenografía, la marquesina de lona rayada blanco y negro, los fragmentos clásicos, las sillas de caña y, oh maravilla, la gran ventana que da a la terraza ahora completamente abierta del comedor del palacete: adentro, alrededor de la mesa en que parpadean los candelabros —¿existe, entonces, de verdad, gente para quien es habitual *dîner aux chandelles?*—, veo circular a seis personas en traje de baño. Nadie los sirve: ellos, informalmente, se levantan de sus sillas, traen cosas sin duda exquisitas del aparador y las comen de pie, hablando, bebiendo, riendo, variando los grupos.

¡Ahora salen a la terraza junto a la piscina! Son tres muchachas —a una de ellas, la más rubia, dotada apenas de una dulce insinuación de pechos y caderas, la identifico como la «madraza» que esta mañana calmó a sus hijos y examinó el atado de puerros, pero no comprendo qué hace de anfitriona en casa de sus suegros, cerrada porque andan fuera; cosas de la juventud, medito: en otro plano es romper los límites que yo intento ponerle a Pato— y tres muchachos, ellas de bikinis brevísimos bajo pareos anudados a la cintura o al cuello, ellos con pantalones de baño. Traen copas, un plato de postre, el café en la mano, charlan, ríen un poco. Están contentos. Todos, tanto ellas como ellos, parecen construidos en forma esencial, por eliminación de todo lo superfluo, como por Brancusi. La plenitud sexual es directa, expresada, más que en insinuaciones o coqueteos, en una especie de elasticidad o libertad de movimientos, que parece ponerlos en contacto instantáneo con todo lo que los rodea, y unos con los otros: forman un friso rítmico de cuerpos estilizados al que no le falta ningún atributo de lo femenino o lo masculino. Ante mi vista este friso se va componiendo por medio de pequeños gestos que los unen al pasarse un vaso, al acariciar un cuello, al desanudar un pareo y entregárselo a otro para que lo deje caer sobre una tumbona.

Ella está ahí: la campana de oro, la más Brancusi y dorada y pulida de todas, con sus gestos largos que nada tienen de indolente y la jaula de sus costillas y la escueta suavidad de la pelvis revelada por el brevísimo bikini, transfigurada en un esmerilado objeto de lujo que parece no tener relación alguna con la *Hausfrau* que esta mañana examinó el atado de puerros. Los rasgos de su rostro parecen regulares. La sonrisa revela dientes brillantes, como brillan otros objetos en ese escenario, los vasos, la plata, el agua de la piscina en que el constante chorro hace rielar la luz de los focos, un hilo de oro en torno a una muñeca, las velas que han quedado encendidas en el comedor. ¿Qué edad tiene la rubia de la campana dorada? ¿Veintiséis... veintiocho... veintinueve...? No, veintinueve no... Cuando un periodista le preguntó a Myrna Loy —¿por qué recuerdo estas estupideces?, ¿dónde las leo?— cuál es la mejor edad de una mujer, la actriz respondió: «Esos diez años maravillosos entre los veintinueve y los treinta.» Esta mujer rubia, de líneas económicas, que se cimbra con los brazos en alto para incitar a los demás al baile, no tiene veintinueve, está lejos aún de ingresar en la madurez, que está en su futuro, no en su presente ni en su pasado, baila, bailan con ella los demás al son de una música que no oigo... Las actitudes de esos extraños bailes de ahora, extraños sobre todo por no parecer particularmente sensuales, o porque su sensualidad está cifrada en un código que yo no sé romper y por lo tanto me excluye. Componen un bajorrelieve de gestos estilizados: ¿*L'après-midi d'un faune?* Bailan a la luz de los focos, casi desganadamente, reflejados en el agua, cambiando pareja sin que cese o cambie, al parecer, la música, sin tensión ni esfuerzo bajo el toldo listado, vigilados por la presencia hierática del ciprés. Ahora bailan lo que Pato llama «un lento», las parejas casi desnudas abrazadas, desnudo cuerpo delgado contra desnudo cuerpo delgado. La rubia anfitriona baila con un muchacho moreno y fornido —¿el cliché del «guapo-feo» español?—, su nuca espléndida, en todo caso, que es todo lo que veo, revelada por el pelo corto de ahora. Esa intimidad... esa espalda partida, cuya línea y resplandores oscilan apenas con el ritmo, y la seguridad con que conduce a su pareja en el abrazo: siento el peligro de su atracción, y quisiera meterme dentro de él, ser él, tener la delgadez de la rubia, cuya cabeza cae sobre su hombro cubriéndolo de oro, envuelta en mis brazos; sí, ser él para cambiar mis códigos y problemas, como este ardor en el estómago que me produce el desacostumbrado Courvoisier, sí, borrar mis huellas y huir en busca de otro *superego* o, mejor, ninguno, sólo el placer. ¡Ah! ¡El esplendor..., la vieja nostalgia desgarradora de tiempos y cuerpos imposibles! ¡La parte Gatsby, Scott Fitzgerald, del mundo de acceso imposible, la terrible fiesta a la que no fui invitado y que sólo es posible soñar desde afuera! ¡Ah, fantasía infantil del terror de quedar excluido! ¿Excluido? ¿Imposible? ¿Y el arma feroz de mi novela para inaugurar la brecha? ¿Núria Monclús, Vargas Llosa, Roa Bastos, Fuentes, Chiriboga, Cortázar... tienen acceso? No. Éste es un circuito cerrado, con idioma y valores propios, un submundo de jerga y símbolos no intercambiables con mi propio submundo con estrellas distintas. El anhelo es de pasar al otro lado del espejo, que ellos habitan, y donde, tal vez, el aire sea de una densidad que a uno le impida respirar.

¿El «guapo-feo», el moreno delgado y fuerte, es su marido?

Se deshacen las parejas, charlan, beben, luego se reconstituyen de otra manera, entrelazados con parejas distintas, como si el contacto de los cuerpos no fuera parte del compromiso mayor de la pasión, envolvente y exclusiva. Lentamente, armónicamente, giran, se desplazan, y la luz que riela en el agua rechaza el reflejo de las parejas para brillar ensimismada. ¿Hay fragancias, sonidos de los que me separa el cristal de la ventana y el frágil entramado de hojas en primer plano? Todos los planos, salvo el visual, de esas seis existencias me son desconocidos: quiero ser ellos, no yo. Abro la ventana buscando fragancias y melodías: entonces, como a causa de mi interferencia, las figuras de la eurritmia, indescifrables pero conmovedoras, de *L'après-midi d'un faune* en su versión contemporánea, de pronto cambian, se tornan caricaturescas, cómicas, de actitudes y gestos exagerados que no pretenden otra cosa que la risa, no la armonía ni el contacto, en cualquiera de sus avatares:

Stop,
you're going too far,
Stop,
you'drivin' too fast
Stop
you're breakin' my heart...

Identifico la melodía de Glenn Miller que bailábamos en mi tiempo. La moda de la «nostalgia», que no es tal, puesto que no rompe corazón alguno sino que se transforma en caricatura ridícula, aunque afectiva, la ofrece a este grupo de jóvenes. Cierro el vidrio y, humillado, clausuro la fragancia del agua que cae en las hojas, los sonidos entremezclados con sus gestos, con los que ellos ridiculizan mi nostalgia, mi realidad.

De los seis, cuando el «lento» termina, cuatro se sientan a beber en el sofá de cojines y caña. La baronesa rubia y otra chica, un poco más rotunda y con el pelo revuelto color henna, como el de mi mujer, bailan separadas pero juntas, entretejiendo eurritmias distintas pero coherentes con sus cuerpos exaltados que exhiben el orgullo de ser lo que son y el placer de sus movimientos y su piel: esos dos cuerpos femeninos reconocen y aceptan la sexualidad que los pone en contacto sin tocarse, los brazos finos, las cabelleras sacudidas, los párpados bajos, el galope de los muslos bruñidos, el arco de los cuellos, ojos, dientes, oro, cristal, piel que destellan cambiantes al compás de las palmas que baten aquellos que han quedado sentados. Las palmas las excitan, frenéticas ahora al borde de la piscina, tan frenéticas que a la dueña de casa se le rompe el lazo del top del bikini ante las carcajadas de todos, y descubre sus pequeños pechos blancos, vibrantes en medio del oro de su piel. Sigue bailando pese a que el breve corpiño ha caído al suelo, casi tocando con sus pezones los más abundantes pechos cobrizos de la otra bailarina que, para acompañarla, se despoja de su top, y luego de la parte de abajo del bikini dejando expuesto su vellón púbico: la anfitriona la imita, se unen todos al baile, hombres y mujeres despojándose de sus mínimos bañadores, bailando separados, frenéticos, desnudos, hasta que el moreno fornido da un traspiés y cae en la piscina arrastrando en su caída a la rubia, seguidos por los demás que también se lanzan desnudos al agua: no he oído ni la música ni sus voces, pero oigo el chapoteo de sus cuerpos en el agua, como oigo también el chorro constante.

Y sin embargo esta intimidad de los seis cuerpos, de las tres parejas —¿cuántas «parejas», en realidad, me pregunto?—, no es sólo la intimidad de los cuerpos que se deleitan los unos en los otros: son amigos, sí, pero el lenguaje de la intimidad, cuando se tiene los años de estos jóvenes y el cuerpo y la piel tensos y hambrientos, es muy distinto, digamos, a la intimidad planteada entre nosotros y los Minelbaum, que encontraríamos ridículo entregarnos a estos retozos, no sólo ridículo por nuestra edad imperfecta sino porque nuestras urgencias son de otra índole. ¿Sublimación...? No, no debo contarme el cuento: me abro en una oquedad de melancolía al darme cuenta de la irreparable exclusión de mi cuerpo y mi mundo ante el desenfadado vigor de esos cuerpos que continúan nadando, salpicándose, riendo o nadando abrazados en racimos. Al salir del agua vuelven a bailar en la terraza, brevemente, desnudos, intercambiándose. Pronto la anfitriona cuchichea reuniéndolos en torno a ella y, entrelazados, muchachas y muchachos se pierden juntos en dirección a la casa del fondo del jardín. Corro, desatentado, a mi dormitorio: los diviso en la oscuridad del sendero, sus siluetas ensambladas de manera confusa, ahora, muchachos y muchachas, distingo el relumbre de un reloj, de un vaso en una mano, señalándome su rumbo hacia otra intimidad mayor. Queda el resplandor turquesa de la piscina, la terraza sembrada de pareos y bikinis, el ciprés impertérrito, y el comedor del duque donde centellean aún las velas en los candelabros de plata sobre los despojos del banquete.

Me doy cuenta de que aprieto el vaso de cognac en la mano: hace rato que yo también estoy bebiendo. Tomo un trago largo, quemante. Bajo, también, pero sin mirar porque duele demasiado, la persiana del comedor sobre aquellos restos, y cierro las cortinas. Duele. Duele. Vuelvo a mi máquina. La miro con repugnancia: un placebo. Un sucedáneo de la exaltación insublimable que me hace permanecer tieso y como embalsamado en mi silla frente a mi trabajo inútil, la mente confusa, el corazón destrozado.

Al oír que se abre la puerta, abro la novela rechazada y yergo el lápiz: «El cielo sobre Santiago al amanecer del once de setiembre estaba claro, como suele suceder en esa zona de Chile en esa época del año.» Falso, débil, inútil. No, el moreno no es su marido... ¿Cuál de los otros será...? ¿Qué hago intentando recuperar una experiencia que ahora no me sirve absolutamente para nada?

—¿Julio? —oigo llamar a Gloria al entrar.

—Aquí... —contesto, chupando el lápiz.

Gloria se acerca en la punta de los pies, casi sin hacer crujir el parquet, como a un tabernáculo que no adivina vacío: engañada, hace lo posible por no profanarlo.

Dice:

—No dejes que te distraiga, mi amor. Me voy a acostar. Tú sigue trabajando, mañana te cuento todo, tan interesante...

—Estoy cansado. He trabajado tanto.

—¿Está bueno este cognac?

—Exquisito. Prueba.

Al besarme, sin intención huele mi aliento.

—¿Cuánto has bebido?

—No mucho.

—Mentira.

—¿Por qué me acusas si no sabes?

—Yo misma llené esta mañana la botella de Courvoisier, la de cristal cortado, que Pancho nos dijo que podíamos tomar todo lo que quisiéramos porque tenía cientos de botellas de Courvoisier...

—¿Por qué no voy a tomar, entonces?

—Cuando tomas no trabajas.

—Bueno, a veces...

—¿Has trabajado?

—No te atrevas a interrogarme.

Me paro bruscamente. Es fea, vieja. La Odalisca corrompida, ajada, histérica, angustiada, neurótica, culpable por haberme dejado solo en nuestro primer día en Madrid, carente de languidez y reposo, ajena a todo placer, su cuerpo carente de la economía brancusiana que tanto amo, y también, ahora, hasta de la elocuente seguridad del trazo de Ingres. Me dirijo al dormitorio y tomo un valium.

—¿Un valium 10 después de todo ese cognac?

—Si no te callas me tomo otro valium 10, a ver qué pasa...

—Haz lo que quieras.

—¿Por qué tienes que hacerme sentir culpable de todo lo que hago y de lo que no hago?

Se queda mirándome en silencio un minuto, la expresión de sus ojos vacía, su rostro hueco.

Dice:

—Me voy a dormir a la otra pieza.

Pero antes la oigo sirviéndose una copa de cognac de la misma botella que yo dejé. Cierra la puerta del otro dormitorio: por la ranura de abajo me doy cuenta de en qué momento apaga la luz.

Quedo solo en la gran habitación blanca y oscurecida, escuchando cómo cae el chorro en la piscina, antes y durante mi sueño. ¿Solo? No, no solo: un gato no madrileño no deja de susurrar en mi oído durante toda la noche, como otro instrumento entretejiéndose en un dúo con el agua:

...wait without hope
For hope would be hope for the wrong thing; wait without love
For love would be love for the wrong thing; there is yet faith

But the faith and the love and the hope are all in the waiting.

Wait without thought, for you are not yet ready for thought:

So the darkness shall be light, and the stillness the dancing.

Whisper of running streams, and winter lightning.
The wild thyme unseen and the wild strawberry,
The laughter in the garden, echoed ecstasy
Not lost, but requiring, pointing to the agony
Of death and birth.[1]

---

1 ... esperar sin esperanza

Porque esperar sería esperanza de algo equivocado; esperar sin amor

Porque amar sería amor por algo equivocado; queda la fe,

Pero la fe y el amor y la esperanza no son más que expectación.

Espera sin pensar, porque aún no estás maduro para el pensamiento:

La oscuridad será luz y la quietud, danza.

Susurro del arroyo que fluye, relámpago en invierno.

El discreto tomillo y la fresa silvestre,

La risa en el jardín, ecos de éxtasis

Que no se perderán: requieren, y señalan la agonía

De la muerte y el nacer.

(T. S. Eliot, *Cuatro Cuartetos* [N. del E.].)

3

¿Cómo es posible que todo en el jardín siga igual, como si nada hubiera sucedido aquella noche portentosa, y éstas no fueran las mismas sombras que estremecidas rondan la casa en el hemisferio inverso donde mi madre agoniza, a veces lúcida, siempre dolorosa?

Es que después de que las seis figuras enlazadas se perdieron entre las frondas hacia el pabellón de atrás, yo confié en que todo cambiaría, o por lo menos en que los protagonistas —los veo dedicados a sus quehaceres diarios, recibiendo la visita de una amiga, en camino al trabajo o a jugar al *squash*, o de compras en la calle Serrano— quedarían definitivamente estigmatizados. Pero no: la de la campana de oro bruñido es la «madraza» alabada por Beltrán, ocupada de sus hijos, de dar órdenes al jardinero, ataviada con prendas que suelen revelar dos o tres temporadas de uso; y su marido —no el «guapo-feo» que le adjudiqué aquella noche sino un muchacho menos espectacular, de gafas, de pelo un poco rizado ni largo ni corto— regresa en la tarde después de lo que me imagino será su día de trabajo, y juega con sus perros y sus hijos que acuden a saltar en torno a él igual que mi padre cuando yo era niño. Su mujer trae el té en una bandeja que coloca sobre el césped bajo el castaño que centra la ventana de mi dormitorio. Hace calor, afuera: pero la contaminación, ahuyentada de este microclima por su privilegio de árboles, revela el célebre ópalo de los cielos madrileños, azul, aunque jamás primario, a veces en parte tamizado, con frecuencia luciendo la decoración de unos manojos de nubes que se disuelven permitiendo el derrame de oro en torno a la pareja que toma té, reclinados en el pasto, amparados del calor que tiñe de morado el reverso de las hojas, bajo ramas oscilantes que escamotean o revelan, en la luz recién acuñada, ese coloquio conyugal tan joven, tan confiado aún en la eficacia del placer.

Yo, en cambio, me encuentro protegido por las artificiosas comodidades de Pancho: aire acondicionado, frescura de espejos y mármoles, doble cristal en la ventana que rechaza ruidos. Hace días terminé de releer mi novela, experiencia que me dejó incapacitado para cualquier actividad, salvo la de espiar —cuando Gloria no me vigila: porque me vigila, me interroga pretendiendo interesarse por el progreso de mi trabajo— cómo se va articulando día a día una coherencia distinta a todas las que yo conozco en el jardín vecino. Leí mis casi quinientas páginas, despegándome, desprendiéndome, desatándome de ellas según me lo recetó Núria Monclús: velada por la telaraña de su altanera prescindencia tanto del énfasis como de todo matiz de duda, me sugirió que tal vez sería interesante que yo... en fin... intentara «verla», palabra seguramente puesta en su boca por sus lectores fantasmas.

Y la vi, mi frondosa, sentimental, autocompasiva, aburrida novela. Al comienzo tomaba notas con cierto desgano que no excluía la esperanza. Pero tengo un hábito de lector entusiasta, especialmente de novela contemporánea, asignatura que enseño, o más bien que enseñaba: así, al avanzar por mi copioso escrito se me fue haciendo indudable que la pasión que pretendía animarlo no era ni convincente como literatura ni válida como experiencia. Desde aquí, lejos en el espacio y en el tiempo, los «buenos» no siguen siendo tan totalmente buenos como al principio lo sostuvimos, cuando algunos, no yo, arriesgaron o perdieron la vida por ello... ¿Y los «malos» —tiemblo ante mi blasfemia al proponerme esta pregunta tal vez traidora— fueron, o son, tan totalmente malos? En el campamento, durante la hora de paseo que nos permitían dentro de la empalizada al atardecer, alguna vez, desde detrás de las tablas de la letrina o al resguardo de las sombras de un rincón, escuché el susurro de personas que temían ser identificadas, pero que sólo podían ser las voces de los mismos guardias que vigilaban nuestros paseos con una feroz metralleta en la mano. Esas voces decían:

—No todos somos malos..., nosotros también tenemos miedo..., dígaselo a los demás..., no todos somos malos...

Cuando la odio porque está fea o mal vestida o porque saló demasiado el tomate o porque no emerge de su irritante letargo para pegarle un botón a una de mis camisas, pienso que Gloria sigue necesitando simplificarlo todo para alimentar ese odio que desperdiga en parlamentos y confidencias, ahora con Katy Verini, que la tiene subyugada y viene casi todos los días. Desde mi mesa de trabajo las oigo hablar sentadas durante horas en los muelles sofás de Pancho, sus tragos en la mano, Katy envuelta hasta la nariz en chales y bufandas porque alega que se hiela en este iglú, la gata *beige* acurrucada en la falda de Gloria, el perro *beige* enrollado en la afectación de harapo de la falda de Katy:

—*Orecchini di velluto*, naricita como botón de pasamanería..., mirá toda la piel que te sobra, perro oligarca, se podría hacer tres perros populares con los rollos que tenés... —dice Katy besando la chata máscara color humo de Myshkin. Luego se dirige a mí, riendo de modo que su rostro de manzanita morena bajo la protección de su inexpugnable chasquilla de zamba se llena de hoyuelos maliciosos—: Y vos, mi amor, sos un viejo ácrata, con ribetes fascistoides como todo ácrata... Mirá a Nietzsche...

—Tu desilusión no pasó por la ilusión que genera lucha, Julio. Tu «moderación humanista» no es más que pedantería cobarde —me acusa Gloria, torturada y sin reír, víctima de las historias de Katy acerca de las miserias políticas uruguayas vistas desde una óptica impresionistamente marxista.

—El que «tiene razón» es sólo el que dispone de la fuerza —respondo, ya desprovisto, por agotamiento y repetición, de rabia—. No nací para héroe, ni siquiera para tener razón, lo que puede señalarme como un ser limitado y comodón, pero qué le voy a hacer: es lo que soy. Después de todo lo que ha pasado, es muy duro darse cuenta de que me interesan más la música de piano del romanticismo y las novelas de Laurence Sterne que tener razón en cualquier campo que sea. Les aseguro que estas conclusiones sobre mí mismo me dejan poco orgullo en pie, pese a que no niego que me queda rencor, e incluso quizás capacidad para darle curso a mi manera. Todo languidece, y pierde coherencia, y ya no soy capaz de transformar nada en teoría ni en acción que lo enmiende y lo explique todo.

Este domingo hemos quedado, Gloria y yo, en tomar el metro y bajarnos en Latina, donde Katy nos espera para conducirnos por el dédalo del Rastro veraniego, cuyos secretos ella presume conocer con la minucia de toda una autoridad: olvidar por lo menos por esta mañana mi deber de pacotilla de organizar certezas discutibles en los folios de mi novela, revueltos sobre la mesa del comedor: ensayo un desganado plan de organización mientras Gloria va a maquillarse frente al espejo del cuarto de baño, justo antes de salir:

—Voy a ponerme la cara en un minuto —dice—, y nos vamos.

Como si fuera fácil. Ella, que no tiene el inclemente espejo de una novela que refleje hasta sus más insignificantes patas de gallo, sí, ella puede darse el lujo de «ponerse la cara» que quiera, distinta cada día si se le antoja, con potingues y coloretes imitando los maquillajes de las modelos de las revistas, como una tarde la vi hacerlo con Katy, ambas muertas de la risa, jugando como dos niñas ante el espejo. Yo, en cambio, cada día debo enfrentarme con mi cara permanente: espejito, espejito, dime quién es la más bella..., no, el espejito, espejito, responde invariablemente que mi pensamiento es confuso, mi sentir endeble, y que mi estilo envarado sirve sólo para exponer: mi novela, en suma, es pésima. ¿Por qué, entonces, no quemarla?

—Quémala si quieres... —responde Gloria oyendo mis expresiones de desaliento mientras caminamos hacia el metro de Rubén Darío.

—Sí. Voy a quemarla.

Pero al acomodarnos dentro del vagón, Gloria me dice:

—No. Mejor no la quemes.

—¿Por qué te contradices?

—Quedaría encerrada dentro de ti, pudriéndose y envenenándote: mala o buena, estás condenado a terminarla y publicarla si quieres deshacerte de ella.

—¿Cómo sabes?

—¡Ah...! —suspiró Gloria, indicando con una desazonante lucecita en su mirada su certeza y mi ingenuidad—. ¡Si supieras cuántas novelas no escritas tengo encerradas dentro de mí, como gatos locos en un saco, que pelean y se destrozan...!

—¡No digas leseras! ¿Me quieres convencer ahora de que eres una escritora frustrada?

El tren se detiene en Chueca y suspira.

—En fin, ¿quién sabe? Puede ser sólo la clásica envidia del pene...

—Bueno, es normal si no haces nada.

—Supongo.

No acepto la existencia a que Gloria me condena: me ata al antiguo anhelo de prestigio parnasiano de «ser escritor», fijado en mí qué sé yo en qué etapa de mi neurótica adolescencia para vencer con mi fantasía las exigencias de mi hermano mayor, Sebastián, que ahora me exige —no, me implora— que regrese a cerrarle los ojos a mi madre.

¿Por qué seguir, a mi edad, tributando a esa vetusta tiranía? ¿Por qué no asumir el fracaso como vestidura permanente? No tengo nada que afirmar. Nada que enseñar. Soy incapaz de crear, aunque sí puedo apreciar, la belleza. ¿Cómo voy a tener el descaro de defender una postura de «humanismo moderado» si este ideal se revuelve en mi preferencia por pasar la tarde con un buen trago en la mano, mirando las películas tontas de la televisión? Aceptar que soy algo que jamás proyecté ser: tal vez un excelente traductor —*Middlemarch* yace inerte desde el advenimiento de Katy—, sin duda un eficaz profesor de literatura. No seguir esclavizado por mi pretensión de convocar un universo poético regido por sus propias leyes refulgentes como, pese al insoportable oropel de falsedades comerciales, logran hacerlo, a veces, García Márquez, Carlos Fuentes, Marcelo Chiriboga o Cortázar. Darme por vencido: la dulzura del fracaso aceptado.

—¿Almorcemos uno de esos terribles sándwiches madrileños de calamares fritos, en el Rastro, de ésos que destilan aceite venenoso para el hígado, pero que son una delicia?

Acepto con un gesto de la cabeza cuando un remezón arranca al tren de Chueca. ¿A qué hora voy a poder volver, entonces, a mi ventana, a mi jardín luminoso de paltos y araucarias y al viejo damasco que cobijaba el sillón de mimbre en que los esperó cuando la vinieron a buscar? Fresco jardín pese al sol a plomo sobre los castaños, silencioso porque alguien agoniza en esa casa rodeada de ramas que suman su susurro al silencio. Quiero volver, estar allí cuando aparezca la muchacha de la melena pesada como una campana de oro, pasando de la sombra a la luz para exhibirse como una deslumbrante contradicción de la muerte. Cuando el tren abandona la estación de Chueca, con ansias de que tal vez sus planes con Katy me excluyan esa tarde y así pueda permanecer solitario junto a la ventana, le pregunto a Gloria:

—¿Qué hay de comer esta noche?

No me interesa la respuesta. Ni siquiera el propósito con que hice mi pregunta. Es una frase vieja, suave y pulida de tan usada y manejada, eco de frases que eran siempre la misma: ¿qué me tienen de comer esta noche?, ¿qué hay de comer esta noche?, ¿qué nos tienes de comer esta noche, Rosa?, ¿qué nos tienen de comer? Jamás un bocadillo de calamares fritos..., casi murió de asco cuando le propuse probar uno aquí en España..., o más bien hubiera muerto de asco porque por fin no vino a visitarnos como inicialmente fue su idea, quería ver a Pato, nos escribía cuando aún podía escribir, pero no llegó a hacer el viaje, porque después ya no salía del jardín donde la venían a visitar las mujeres de la población que no le dieron la espalda cuando lo de Allende, y también algunas que le dieron la espalda pero que ella perdonó porque traían una nueva hambre ahora confundida con el miedo, que no era más que otra forma de hambre, no salía de su jardín, y después de su casa, y después de su dormitorio, y ahora de su cama: a veces está lúcida y los reconoce a todos brevemente antes del advenimiento de muertes parciales que la velan, dejándola convertida en un vestigio al que sólo las burbujas en las sondas y en los frascos de suero con que la alimentan separan de la muerte.

—¿Qué hay de comer esta noche?

A mi primo Sergio —¿cómo voy a negarle asilo al hijo de mi hermana Marta, aunque sea uno de esos locos criminales del MIR?— lo escondió el mismo día del golpe en su sótano atiborrado de los paquetes de azúcar, harina, arroz, té, café, tallarines, que había logrado acaparar: comida, para que en la casa no falte nada, pese a que este bandido de Allende se esté proponiendo matarnos de hambre, decía. Coman, coman de todo, que tengo de todo. Y Gloria y Pato y yo, que apenas sobrevivíamos con mi sueldo de profesor universitario, nos trasladamos a la casa de mi madre poblada de las sombras de criados de toda la vida y de la abundancia de que hacía años ni nosotros ni nadie disfrutaba. Las que no le dieron la espalda se apostaban a hacer cola durante horas, con su dinero —«hay pollos en el Unicoop, apúrate, que ya se van a terminar..., llegó azúcar al Almac»—, y sus mujeres corrían de uno a otro y ella les daba algo a cambio de la larga espera. Almacenaba el resto en sacos y cajones en el sótano, entre los cuales escondió a Sergio. La casa de la viuda del diputado liberal era, sobre todo, respetable, nadie, sabe Sergio, dudará de ella como baluarte de las tradicionales estructuras que nos identifican, que mi padre defendía con la modestia de su voto tan poco enfático. Sergio pensó: aquí no vendrán a buscarme. Pero vinieron, una tarde que mi madre estaba en cama con sus primeras fiebres: antes que entren, apúrense, apúrense, que Sergio suba y se meta debajo de mi cama, registrarán el sótano pero jamás se atreverán a meterse debajo de mi cama. Partieron sin encontrarlo, retrocediendo desde la puerta de la viuda de un caballeroso diputado. Esa noche Sergio saltó la tapia de atrás que nos separaba de una casa deshabitada en espera de demolición. Dos días después cayó con una bala en la espalda huyendo a campo traviesa por los cerros de Olmué, uno de tantos que, culpable o no, cayó en la matanza que no se debe olvidar. Luego vinieron otra vez, y se llevaron a mi madre, que los recibió sentada en su sillón de mimbre blanco bajo el damasco, y también me llevaron a mí. A ella la tuvieron detenida cinco horas. No la interrogaron. Tampoco le dieron de comer. Fue cuando le anunciaron que por fin iban a alimentarla para que recobrara fuerza, antes de ponerla en libertad, que ella automáticamente utilizó la frase que a diario le decía a su cocinera sin darse cuenta —¿quizás?— de que ahora se enfrentaba con la autoridad:

—¿Qué hay de comer esta noche?

Le vendaron los ojos —respetuosamente, reconoció, porque claro, saben quien soy— y la abandonaron en un barrio tranquilo en el centro de la noche santiaguina, donde, desfalleciendo, tomó un taxi que la llevó a su casa: Gloria, deshecha porque a mí también me habían llevado, aguardaba llamando por teléfono a la parentela influyente, movilizando a Sebastián que conoce a todo el mundo y que al cabo de seis días logró que me pusieran en libertad sin interrogatorio. Al llegar a la casa de mi madre yo también pregunté:

—¿Qué hay de comer esta noche?

—Váyanse —nos dijo ella en esta ocasión, que fue cuando comenzó definitivamente a trastabillar su razón—: Este país ya no es una república. El Congreso está cerrado. Váyanse ustedes que pueden. ¿Para qué sirve un país sin Congreso? Yo me tengo que quedar. ¿Qué voy a hacer afuera? ¿A mi edad, cómo voy a vivir fuera de mi casa, de mi jardín, sin mi cocinera de toda la vida, sin el maestro Almeda?

El maestro Almeda, su cómplice para injertar las peonías arbóreas que ganaban premios en las exposiciones de flores antes que la urgencia política arrasara con todo quehacer humano reduciéndolo a ella, había muerto sin dientes, cojo, borracho en un hospital, hacía años, en tiempos de Frei. En el minuto en que mi madre lo dijo, no me di cuenta de su error. Sólo en el avión rumbo a España, diez días después que me destituyeran de mi cargo en la universidad, quince días después de mi prisión, sobrevolando la cordillera de los Andes, de pronto le dije a Gloria, que no dejaba de llorar:

—¡Pero si el maestro Almeda murió hace cinco años...!

—¿Qué dices?

—Nada.

—¿Qué hay de comer esta noche, papá? —preguntó Pato.

No quiero volver a ver a mi madre. Ya murió: en el aeropuerto quedó enmarcada como dentro de un ataúd por la pequeña puerta desde la cual nos despidió. Esta fantasía me sirve de estratagema para mantenerme lejos: murió. Por lo tanto no hay razón para volver. Ni adónde, porque ya no existe el jardín con el susurro de hojas ni la afirmación de vida de esa campana de oro que brilla, baila, pero que no oigo tañer. ¿Qué hay de comer esta noche? Pudimos reír, aun en los dientes mismos del terror, de lo que ocurría en torno nuestro cuando supimos que ésa fue la única pregunta que se cruzó entre mi madre y los que la detuvieron. Típico de mi mamá, dijo Sebastián, dije yo, dijeron riendo los hijos de Sebastián, típico de la abuela pensar primero en la comida.

Fue justo antes del golpe, cuando el proyecto de la izquierda comenzaba a resquebrajarse bajo su propio peso y pesos ajenos, y murió mi padre porque vio venir lo que vino, fue entonces que mi madre, que jamás comió demasiado, comenzó a rechazar los alimentos junto con su inicial rechazo de Pinochet, o de Allende: da lo mismo, niño, decía, locos y sinvergüenzas los dos. Luego, cuando se dio cuenta de que «había de todo» en las tiendas y no era necesario hacer colas ni mendigar, bendijo al nuevo jefe pese a los atropellos cometidos con todo —y con ella y conmigo—, pese a que mantenía lejos a Pato, su regalón, y a Gloria, y el Congreso de mi padre cerrado. Pero a medida que pasó el tiempo, las mujeres de la población, harapientas, aterrorizadas, con maridos muertos, con hijos desaparecidos, con otra versión de ese hambre que ella no podía tolerar y ese miedo que era sólo una versión más terrible del hambre, comenzaron a volver a su puerta. Ella les daba algo, me escribía Sebastián, pero qué iba a hacer si no podía resucitar a nadie y menos a los comunistas y a los del MIR, no podía alimentarlas a todas aunque sus maridos estuvieran sin trabajo, porque cerraron la fábrica, pues, señorita, y al Facundo me lo mataron, claro que era socialista de los de Altamirano, que eran los peores, qué le iba a hacer si no podía alimentarlas a todas: olvidó el Once, borró el nombre de Pinochet de su mente, y por medio de esa nueva insania que eliminaba fechas y fronteras entre las ideologías que separaban a uno de otro,

aun lo recién comprado o regalado inmediatamente parece ajarse. Se arregla, con el tic de incesantes tironcitos, su pelo de modo que le cubra lo más posible el rostro, para defenderse y ocultarse, y poder comprenderlo todo, sin que nadie se entere, con sus negros ojos desapacibles. Supongo que su cultivo del harapo como estilo —la *femme pauvre* de hace diez años o quince—, es un residuo ya anticuado de la época de los *hippies*, cuando ella era joven y floreció como la musa de Montevideo. Ahora anda cerca de los cuarenta. Incluso su abuso de la marihuana pertenece a aquella época. Nosostros nos emborrachamos o tomamos valium o tranxilium o librium. Ellos —ella— se fuman: andan con la cabeza aun más revuelta que nosotros, riéndose siempre al borde de algún abismo. Sin embargo Katy es atrayente: despatarrada en el sofá, cuchicheando con Gloria, la cabeza brumosa con el humo de su porro, la cintura quebradiza, tiene algo de liviano, de moreno, de cálido, y siempre la risa, que contiene una especie de aceptación regocijada de su propia locura. Su marco de referencias es semejante al nuestro, lo que la hace inmediata y fácil de tratar. Su último marido fue un pintor de pasable reputación que permaneció en Montevideo en buenas relaciones con el gobierno. Pero ella se vino, cuando cerraron *Marcha*, con sus dos hijos ya grandes —tuvo el primero a los quince—, ahora profesionales, que viven en París, adonde, de vez en cuando, va a visitarlos y regresa furiosa porque son tan *square*, uno profesor de filosofía en Nanterre, otra, la mujer, casada con un intolerable *jeune cadre* de no sé qué industria: ninguno, claro, tiene mucha tolerancia por una encantadora madre *hippie* que, con acierto, prefiere vivir lejos para evitar conflictos. Ellos la ayudan con dinero, en forma relativa, claro, porque son jóvenes y tienen familias propias que mantener y no son millonarios: Katy jamás tiene un centavo. Vive entre latinoamericanos que hacen *batik* y tapicería y *macramé* y «objetos» y joyas, que cantan tangos y chacareras y zambas en sitios en que se come parrillada a la argentina, que escriben libros de poemas geniales que pocos leen, editados con dinero reunido entre los amigos, que en el Rastro tienen puestos de piedras o caracolas, de cosas de la India o de Marruecos, o de artesanía... pero, se queja Katy, ahora la artesanía está muriendo...

—Cuando llegamos hacíamos cosas lindas, che, con mucho trabajo, joyas que las minas y los pibes se colgaban y daba gusto, pero ahora, boludeces, nada más, dos alambritos y una piedra y ya está. Y fijate, hay chantapufis que los compran, no sé cómo...

De la Plaza del Cascorro hacia abajo, el Rastro es un horizonte humano tan denso que apenas se mueve, un ejército juvenil sin armas, despistado, vendiendo lo que sea para comprar un poco de *hash*, o comida para darles a los suyos, vender libros viejos, flores de papel o trapo, hacer marionetas, bailar y pasar el sombrero, el guitarrista barbudo toca Buxtehude y ella pasa el sombrero al público que no sabe quién, ni qué, es Buxtehude, argentinos que se agarran a puñaladas con españoles porque su puesto ocupa unos centímetros del suyo, robos, billeteras perdidas, niños que se pierden, los niños ya un poco mayores tomando el sol, desaprensivos y fumando un porro a la una del día en las escaleras, olor a sudor con ajo, pulseras, llaveros, bordados, horribles figuritas de piedras pegadas, de paja trenzada, cosas de plástico de aspecto tan efímero que parece que el calor las fuera a derretir, cosas indias compradas, cosas marroquíes compradas y revendidas casi al mismo precio, cosas japonesas que un amigo dejó en el piso como parte del pago por su alojamiento antes de largarse a Ibiza o a Altea, o a Suecia a trabajar de obrero en el verano y reunir suficiente dinero para no tener que trabajar durante el resto del año, lentitud, olor a cuerpo, torsos brillosos desnudos y sudados, este pulmón de la juventud contestataria que uno creyó muerta después del Mayo del 68, pero perdura como un estilo que ahora no se sabe por qué y para qué es. Los pasotas de Madrid forman un submundo que no es sólo de Madrid sino de cualquier parte, porque ya no es una ideología, sólo un manierismo, le comento a Katy, hijos de ex *hippies* como ella pero ya absorbidos por el *establishment*, hijos de nadie, hijos de docenas de revoluciones frustradas, huyen de las derrotas y del triunfo según de dónde se los mire. La cosa es sobrevivir: es el ejercicio de la juventud con declive hacia la delincuencia cuando no encuentra modo de salir adelante con un golpe de suerte o con el trabajo matador. ¿Se creen estos boludos que son los primeros que vinieron a Europa a hacer pavadas?, pregunta Katy. Si yo me arranqué de casa a los catorce y me vine a París con un pibe y me quedé haciendo todas las pavadas del mundo antes que nacieran estos chiquilines que creen que lo están inventando todo; que no me cuenten ese cuento a mí, le decía yo a la mina que me estaba psicoanalizando entonces, porque ahora me psicoanalizo con un tipo piola, mejor, tengo mejor relación con los hombres que con las mujeres, aunque vos sos una excepción, Gloria, sos víctima de un sistema pero no te conformás con ser víctima, debés psicoanalizarte, Gloria, sí, ya sé que es caro, yo puedo hacerlo porque los argentinos se lo hacen por nada a los argentinos exiliados que no pueden pagar, lo mismo los chilenos, agrego yo, y vos también, Julito, para que saqués adelante esa novela de mierda..., en fin, mirá, Gloria, esos pasotas cretinos los odio porque se creen que lo inventaron todo, cuando nosotros, que tuvimos que dar la pelea, se lo servimos todo en bandeja de plata, mirá ese chiquilín rubio, Julio, miralo, qué cara de ángel cretino que tiene, se cree un maldito, cuando lo único que hizo es coger con esa mina que tiene abrazada para obligarla a pintarle caras en esas piedritas que están vendiendo...

Yo ya lo he visto, desde lejos, punto focal hacia el que me arrastra la marea de cuerpos: el *angelo musicante* con su aureola restituida, en cuclillas junto a un trapo sucio con un desfile de monigotes de piedra, tiene abrazada a una niña también rubia, melancólica y aterradoramente joven. Hablan con los dueños del trapo contiguo, que les da una chupada de su porro a medida que somos arrastrados por la marea hasta el sitio donde Bijou está en cuclillas junto a su amiga, no resisto la fuerza de la multitud maloliente que me impulsa hacia él porque quiero ser él, quiero vestir sus harapos y su suciedad de Rimbaud y sentirme «bien dentro de mi piel», como diría él traduciendo del francés, aquí en este mundo que para él es coherente, pero que para mí es caos, porque me doy cuenta de que para mí el único mundo coherente es el del fracaso, y este niño no ha fracasado, ya que se hurta del fracaso de sus padres, rechazándolos cuando lo invitan a compartir el mundo de la derrota política, tal como Pato rechaza mi idéntica invitación cuando le digo «éstos son los años que nos ha tocado vivir y tienes que aguantarte, mala cueva, qué le vamos a hacer...».

Gloria también lo ve. Me mira, intenta enfilar en otra dirección, pero la multitud lenta y caliente y compacta de camisetas y espaldas y *jeans* y tetas y culos y panzas y sudor nos arrastra hasta el *angelo musicante*. Al vernos, de pronto se incorpora con un salto y abandona a su compañera que no se mueve de su sopor. Se abalanza hacia nosotros como si fuéramos lo que más ha anhelado en todo el mundo, gritando, muy a la chilena:

—¡Tío...! ¡ Tía Gloria...!

¡Tío Julio! ¡Tía Gloria! Lo familiar, el útero chileno en que «todos nos conocemos» en medio de esta multitud desprovista de lazos y nomenclatura, de origen rechazado o sin importancia, en el que no se conectan más que por medio de la transacción ocasional de las relaciones sexuales desprovistas de emoción..., yo te doy placer a ti si tú me lo das a mí, todo contraprestación si no es dependencia: compulsivo, obsesivo, defendido, no me comas el coco, a ése le comieron el coco los comunistas o los fascistas, da lo mismo, su padre le comió el coco para que regresara, o una puta vieja le comió el coco para que se fuera a vivir con ella, o un camello para engancharlo como su agente en Torremolinos, o un amigo para que se hiciera miembro de qué sé yo qué secta cristiana: terror y avidez de que les coman el coco.

Bijou cae riendo en nuestros brazos —¿emocionado?— como si por fin hubiera encontrado a su familia perdida hace tanto tiempo. Nos besa, nos mira, pregunta, se responde a sí mismo dejándose arrastrar por la multitud junto con nosotros, lejos de su compañera a quien abandona sin explicación. ¡Como si nos uniera algo más que el recuerdo de un momento de violencia! Gloria murmura mientras Bijou habla con Katy, no hay derecho, este chiquillo de mierda, después de todas las que nos hizo pasar: creí que estaba en Marrakesh con Pato. Le pregunta por Pato. Responde que no tiene idea de dónde está ni haciendo qué... parece que sacando fotos, le dijo alguien no se acuerda dónde, pero no entiende qué fotos se pueden hacer en Marrakesh que no se puedan hacer aquí. A él, un tipo lo trajo a Madrid en coche y se ha ido quedando porque parece que todo París —*le tout Paris...?*— está aquí en Madrid, en el Rastro, este verano que es el verano más caliente que ha pasado en su vida y ya no quiere ir a Marrakesh...

Caminamos los cuatro por entre los puestos, sin comprar nada porque ahora no hay nada que comprar en el Rastro, sólo porquerías que se pueden comprar en cualquier sitio. Uno no sabe a qué viene aquí toda esta gente, tal vez sea como un inmenso club de gente de todas partes, donde se encuentran y se pierden —¿la compañerita de Bijou... cuándo, dónde la volverá a encontrar..., quizás otro domingo, perdida en otro Rastro?— y se juntan y se separan y pelean y se reconcilian y se roban y se regalan y comen lo que pueden comer y hacen circular noticias importantes que ciertamente no son las que aparecen en los periódicos que no leen y que a nosotros nos hielan de terror: nosotros, pasotas envejecidos, tampoco hacemos nada ante los nuevos terrores.

—No, che... —me discute Katy entre el gentío vociferante, de modo que apenas la oigo porque va dos cuerpos más allá—. Ése es un cliché..., un tópico, como dicen aquí. No todos son «pasotas», ¿verdad, Bijou?

Bijou va más adelante: percibo que la interpelación de Katy es sólo una artimaña para recuperarlo. Nos espera, dejando escurrirse la viscosa multitud en torno a él hasta que lo alcanzamos. Entonces Katy continúa:

—Por ejemplo, hay gente seriamente politizada, Julito, y el Rastro, en un momento dado, puede convertirse en un polvorín. Hay grupos muy serios, que trabajan, aunque no parezca y todo esto tenga aire de verbena. Todos nos ayudamos unos con otros, nos cuidamos a los niños, nos prestamos plata, nos heredamos los muebles y la ropa..., ésta que tengo yo, por ejemplo, ya ni me acuerdo cómo se llamaba la boliviana que me la regaló. No creas que son tan cretinos, hay universitarios, abogados, arquitectos sin trabajo, gente que escribe...

Me doy cuenta de que en presencia de Bijou, Katy ha corregido su versión del Rastro: su ansiedad por agradar le borra las aristas. Llegamos a la puerta de las Galerías Piquer, ese gran patio a que se abren las viejas tiendas de antigüedades que le dieron fama al Rastro, ahora propiedad de anticuarios serios, con tiendas en la Calle del Prado, que mantienen estos pequeños establecimientos en las Galerías Piquer más que nada para atrapar a algún turista rico e incauto. Hay menos densidad de gente dentro del patio, gente distinta, mayor, mejor vestida, deambulando, buscando una peana, un tirador antiguo para una gaveta, un coronamiento de espejo isabelino...

—¿Y a mí qué me importa la gente que escribe? —le pregunto malhumorado a Katy, enfrentándola adentro del patio—. Eso no tiene ningún prestigio para mí.

—Pero vos no me vas a negar que vos sos escritor, ¿no?

—Sí, pero me da lo mismo.

Miramos una vitrina, otra donde lucen apolilladas libreas de lacayos, otra con una miscelánea de porquerías, en otra hay una opalina que entusiasma a Katy, pero sin siquiera considerar la posibilidad de compra, ya que nuestro bolsillo no está para esos devaneos. Me doy cuenta, al avanzar, de que en todo mi grupo sólo Bijou se ha dado cuenta de que mi respuesta a Katy es una fanfarronada, ya que para mí el escritor —evidente para su percepción radiográfica— está dotado de un aura incomparable. Gloria ya tiene costumbre, por defensa propia y para no sentir que se le hunde el piso, de aceptar mis mentiras sobre mí mismo como verdades. Katy se preocupa de proyectar una imagen libre y apetecible de sí misma, una imagen no física, ya que no es tonta y conoce sus limitaciones en ese sentido, sino de lo que ella llama «una mina piola»: sabe que éste es el lazo adecuado para atrapar a Bijou, ya que ahora, está casi vergonzosamente claro, de eso se trata.

Nos detenemos frente al escaparate de una tienda especializada en objetos de plata antiguos: faisanes, cestas, fruta, una carabela, gallos, candelabros, todo de gran calidad, tan caro que sólo la gente como la que vive en la casa vecina a la de Pancho puede adquirirlo. Siento junto a mí el olor sudado de Bijou, su pútrida presencia rimbaudiana, de malos dientes, de uñas tan comidas como las de Katy. En el escaparate que sirve de espejo veo su aureola de pelo rubio sobreimpuesta a los lujosos objetos de plata que habitan el interior del escaparate, cuyo cristal nos devuelve nuestras pobres, desharrapadas, vulgares presencias martirizadas por el sol.

También percibo un tercer plano: el interior de la tienda, más allá de nuestro reflejo y de lo exhibido en el escaparate, antro oscuro y fresco y hondo, donde tres o cuatro personas pausadas, pertenecientes a una raza ajena al ajetreo de la calle, cogen con sus manos sensibles algún objeto de plata, lo examinan, charlan sonrientes con el propietario, y luego lo vuelven a depositar sobre la mesa de madera mate. De pronto el *zoom* de mi vista penetra la imagen de Rimbaud, dejándola atrás en el cristal, y se fija en un personaje del fondo de la tienda, que reconozco: Núria Monclús sostiene entre sus dedos, como Palas Atenea, un búho de plata, hablando a un amigo de ese búho como si le explicara que es su símbolo. Intento huir, aterrado, avergonzado de mí mismo, de mis acompañantes, sin decirle nada a Gloria. Pero las cosas de mi vida, a estas alturas, carecen de totalidad si no las comparto con ella. Estoy a punto de decírselo cuando súbitamente mi vista se desplaza de la figura de Núria Monclús a la de su caballero y, con un vuelco del corazón herido, no puedo dejar de reconocerlo: Marcelo Chiriboga, el más insolentemente célebre de todos los integrantes del dudoso *boom*. Su novela, *La caja sin secreto*, es como la Biblia, como el Quijote, sus ediciones alcanzan millones en todas las lenguas, incluso en armenio, ruso y japonés, figura pública casi *pop*, entre política y cinematográfica, pero la calidad literaria de su obra sobresale, para mi gusto y el de Gloria, casi sola en medio de los pretenciosos novelistas latinoamericanos de su generación: pertenece al, y fue centro del, *boom*, pero en su caso no se trata de una trapisonda editorial manejada por la *capomafia*, sino de la simple y emocionante aclamación universal. Pequeño, flaco, tan «bien hecho» como una de esas figuras creadas por orfebres renacentistas que con Núria Monclús estudian, su planta aristocrática y su cuidado cabello entrecano es tan reconocible como la figura de un galán de cine: este ecuatoriano ha hecho más por dar a conocer su país con *La caja sin secreto* que todos los textos y las noticias publicadas sobre el Ecuador. Rodeado por la pátina de opaco nogal donde reluce la imaginería de plata, este ídolo —porque no puedo dejar de reconocer que es ídolo mío y de Gloria: lo citamos continuamente, hemos leído hasta la última palabra publicada por él y sobre él—, este escritor delicado y fuerte a la vez, que habla de igual a igual con el Papa y con Brigitte Bardot, con Fidel Castro, Carolina de Mónaco o García Márquez, y cuyos pronunciamientos sobre política, o sobre cine, o sobre moda causan tempestades, está a unos metros de mí. Katy y Bijou cuchichean riendo de alguna porquería relacionada con dos gallos de plata que riñen en el escaparate. Yo murmuro al oído de Gloria:

—Mira quién hay dentro.

Ella mira.

—Marcelo Chiriboga —dice con la voz sacralizada por la admiración.

—Es lo de menos. ¿Ves quién lo acompaña?

—Una señora muy importante.

—Núria Monclús.

—¿Núria Monclús? —pregunta, con un nuevo plano de asombro sobreimpuesto al anterior.

—Vámonos de aquí —le digo.

Gloria permanece donde está. Se yergue hasta la totalidad de su altura, que es considerable, esponja el artificio de sus cabellos, pasa la lengua por los labios para abrillantarlos, disponiéndose —lo veo— para dar la batalla, todo esto maquinalmente y en un solo segundo al agarrarme del brazo y arrastrarme hasta la entrada de la tienda de antigüedades. Les dice a nuestros acompañantes:

—Oigan, vamos a entrar aquí un segundo. ¿Nos esperan? ¿O nos encontramos más allá, otro ratito?

Katy, que tiene olfato para percibir ingredientes nuevos en la atmósfera de un grupo, cuando se tensan de otra manera las relaciones y cómo y entre quiénes, no deja de percibir algo. Removiéndose un poco para tomar una postura altiva que parodia a la de mi mujer, dice:

—Nosotros también vamos a entrar. No somos ningunos crotos.

Pero en cuanto traspongo el umbral de la tienda, a la cual, contra mi voluntad, como a un niño, me arrastra Gloria, siento que algo horrible va a ocurrir. El anticuario, sin cambiar de actitud ni dejar la charla con tan distinguidos clientes, por el rabillo del ojo vigila a estos pajarracos de dudoso aspecto que acaban de entrar, mientras Marcelo Chiriboga y Núria Monclús lo escuchan ensalzar los méritos del búho de plata: presionando una pluma de su ala izquierda salta la cabeza, descubriendo adentro una minúscula redoma de cristal verdoso:

—Para el veneno... —explica el propietario.

—¿Cianuro?—pregunta Núria Monclús.

—Tal vez cizaña... —sugiere Chiriboga, sonriéndole a Núria.

—Sí, cizaña —afirma Núria—. Aunque en el Renacimiento, me parece, ese veneno no se usaba tanto como ahora...

El anticuario, que no comprende el subtexto, sigue ponderando su mercancía, explicando que en las cortes toscanas de aquella época era frecuente colocar un lagrimal como éste —encontrado en túmulos romanos— dentro de la joya: una pieza verdaderamente única por lo completa, agrega el anciano. Núria Monclús cierra la cabeza del búho y lo coloca sobre la mesa frailera, sin dejarlo.

—¿No tiene un búho que contenga el antídoto...? —pregunta.

—¿Contra qué, señora?

—Contra la cizaña, claro... —afirma Chiriboga.

Núria Monclús acentúa su esbozo de sonrisa:

—Creí que andábamos buscando algo que, llegado el momento, te haga desaparecer, Marcelo. Te debe bastar con cianuro...

—Sabes que voy a necesitar un antídoto contra la cizaña cuando aparezca por fin mi nuevo libro. Van a escribir que después de la *Caja* no me queda nada que decir. ¿Cómo vamos a salir de aquí evitando las hordas que casi me despedazaron al entrar? —pregunta Marcelo Chiriboga.

—Con el cianuro... —dice Núria Monclús.

—Sólo habrá cizaña. Y con la cizaña, por desgracia, uno no desaparece.

Gloria y yo escuchábamos este coloquio de espaldas a los protagonistas, agarrotados de emoción. Es humillante admirar tanto a un colega. Es el signo del fracaso. Es mendigar escucharlo como quien escucha a un dios, encubierto, como yo, por mi anonimato y mi espalda. Pero mi anonimato no es completo: si me doy vuelta puedo saludar a la diosa de la sabiduría y de la guerra, a la protectora de este Ulises. Mi anonimato, entonces, no sería total, aunque sí más necesario porque mi mendicidad figuraría como mi único atributo. Katy acrecienta la revolución de su pelo admirándose en un espejo rococó. Bijou vaga, admira los objetos que no admira pero que adivina costosos, toda la situación resbalando sobre él sin marcarlo porque no espera nada, y este hiato en su norma podría prolongarse y transformarse en su vida misma. Gloria, que afecta admirar un candelero que lleva en la mano, me arrastra para acercarnos más al grupo que discute la eficacia relativa de otros venenos renacentistas comparados con la cizaña. Con el pequeño candelero en la mano, discreta, casual da vuelta a la pieza, y señalando la marca en la base interrumpe el coloquio de esos tres:

—Perdón... ¿Es Adam...?

—No, señora, desgraciadamente no es Adam. Imitación española de ese estilo, de, bueno, suponemos 1855... Muy bonito, eso sí, y es uno de un par...

Núria Monclús está ataviada con el mismo vestido que la otra vez, sólo que ahora es azul oscuro, y el velito que enmaraña su pelo y su mirada es, igual que el lacito de terciopelo, del tono: es de esas mujeres que se conocen tan bien a sí mismas, tan refractarias a todo lo tentativo, que sea para la ocasión que sea y en la temporada que sea, lucen igual atuendo, variando apenas el color y la tela como única concesión a las evoluciones del planeta que van determinando las horas y las estaciones. Está a punto de reconocerme, de saludarme, de presentarme al gran Marcelo Chiriboga: pero una fracción de segundo antes de que comience a desplegar sus gestos para llevar esto a cabo, Katy, en el espejo, reconoce al gran escritor y grita precipitándose hacia él:

—¡No lo *puedo* creer! ¡Marcelo Chiriboga...!

Oigo, petrificado, casi sin oír porque la rechazo, porque no puedo soportarla, la sandez infantil y humillante de la admiración de Katy. Me parece espantoso el ruido de su cháchara y su risita nerviosa, su insistencia de falderillo de ladrido histérico que salta alrededor de su amo, tirándolo del pantalón para que note su existencia, derramándose entera sobre él, vergonzosamente. Toca a Chiriboga, ríe, lo interroga, hasta que por fin —Gloria y yo asistimos a este horror definitivo cada uno con un candelero idéntico en la mano, sin lograr huir, que es lo que queremos— le extiende un papel para que firme un autógrafo mientras llama a Bijou para presentarle al escritor:

—¡Vení, che, que es Marcelo Chiriboga! ¡Qué maravilla! ¡Qué suerte! ¡No puede ser! Bijou, si es Marcelo Chiriboga...

—¿Y quién es Marcelo Chiriboga? —pregunta Bijou, mirándolo fijo.

Mi demonio se alegra del desconocimiento de Bijou: cizaña, no cianuro. Yo sé muy bien cuál es el subtexto de la conversación renacentista que sostuvo ese par en presencia del anticuario: *All admirers are potential enemies*, dice Cyril Connolly. Katy logra enredarlos a ambos durante un instante en su charla, hasta que nos percibe a mí y a Gloria, dos acólitos deslumbrados en espera del momento de integrarnos al cortejo aportando nuestros cirios a la veneración. Me tira indignamente de una manga para acercarme a Chiriboga, y me presenta —¡ella, ella, no Núria Monclús, como debió ser!— como «el gran novelista chileno». Sigue hablándole sin dejar que nadie meta palabra, asegurándole que soy el mejor novelista chileno de mi generación, que mi obra no es conocida en el extranjero, pero que merece ser más conocida, que en la novela que estoy escribiendo recojo todo el dolor de las prisiones chilenas, pero que no me han traducido...

Núria Monclús, que no se ha dignado reconocer la existencia de Katy —pero que entretanto me saluda con una cordialidad fácil que incluye a Gloria, observando, la mundana, que mi esposa no defrauda su leyenda de belleza—, interviene en ese momento, reduciendo a nuestra amiga a astillas:

—Eso no es exacto. Julio Méndez está comenzando a conocerse en el exterior. ¿Te acuerdas, Marcelo, de su cuento, que aparece junto a uno tuyo en una antología de cuentos traducidos al danés, y editados por Det Schonbergske Forlag hace cuatro años?

—Creo que sí..., por cierto..., muy interesante..., claro que es difícil acordarse de tantas antologías —declara Marcelo Chiriboga, mirando un poco nervioso su reloj. Entonces, a Núria—: Se está haciendo tarde. ¿No crees que es hora de...?

—¿No nos dijo usted que aquí hay una puerta por donde se alcanza un pasillo que nos haría evitar gran parte de la turbamulta? —pregunta Núria Monclús al anticuario.

—Por aquí —responde éste.

Antes de desaparecer por el pasillo secreto reservado para una minoría —después de efectuadas las despedidas, con sus dosificaciones justas de cordialidad—, Núria me dice:

—Julio, espero ver la nueva versión de esa novela en cuanto la termine.

Yo asiento, confundido, entre la cizaña y el incienso, al mismo tiempo que, estrechándome con calor la mano, el novelista de América le ruega a Núria:

—Y no te olvides de hacerme llegar un ejemplar en cuanto aparezca, todo lo de Chile me interesa mucho...

Y abandonan la tienda por la puerta secreta acompañados del anticuario, dejando ese ámbito terriblemente vacío, pese a la presencia de dos dependientes de aspecto feroz que de pronto parecen materializarse, terriblemente vacío y terriblemente sin esperanza, justo porque durante un momento la sentí: ninguno de nosotros cuatro, cercados por el sortilegio, nos movemos ni decimos una palabra. Luego, Gloria y yo dejamos los candelabros donde los encontramos. Uno de los dependientes se acerca para preguntar:

—¿Desean ver alguna otra cosa los señores...?

Y los cuatro salimos, de nuevo, a habitar la crudeza del sol.

Almorzamos tarde en un bar, muchos chatos de vino tinto, muchos indigestos bocadillos de calamares fritos, apoyados en una barra, parados sobre la basura de las servilletas de papel untadas de grasa y las colillas de cigarrillos que cubren el suelo, mientras los parroquianos comienzan a retirarse a dormir sus siestas, y la boca del metro de Latina se traga a la multitud.

Ya hemos hablado todo lo que se puede hablar sobre nuestro encuentro con Marcelo Chiriboga y Núria Monclús. Durante mis primeros vinos dejo transparentar admiración, pero poco a poco el vino va agriándose, y explico por qué, pese a su reputación, la obra de Chiriboga es obra inerte, en el fondo una invención de esa bruja de las finanzas que es Núria Monclús, cuya calidad ahora revela sus deficiencias: fue fabricado por ella para incrementar el contenido de sus arcas ya repletas, catalana pesetera y avara, prestamista hebrea, Fagin con faldas, los novelistas latinoamericanos utilizados por ella como Fagin utilizaba a sus muchachitos. Es proverbial su aire autoritario al desplazarse por los pasillos de la Feria de Frankfurt, basta una firma suya para que surjan colecciones traducidas del castellano en Suhrkamp, Gollancz, Feltrinelli, Farrar & Strauss, en las editoriales españolas y latinoamericanas a las que tiene del cogote, sí, sí, del cogote. De esos dos personajes, explico, Núria, no Chiriboga, importa de veras. Chiriboga es sólo un imitador de Vargas Vila, aggiornato, un oportunista —Gloria, que conoce mi admiración, no puede soportar mi amargura y mi envidia; esta noche nos emborracharemos y habrá pelea y dormiremos aparte—, como todos ellos por lo demás, y ahora siguen su ejemplo los jóvenes, que utilizan todo, incluso la revolución cubana y la tragedia chilena, para su propio ensalzamiento. Pero a los jóvenes no los engañan las editoriales: éstos ya no reconocen ni su obra ni su nombre..., el ejemplo preciso es Bijou...

—Yo lo conozco: he leído todo lo que ha escrito.

—¿Y te gusta? —le pregunta Gloria.

—Mucho.

—¿Por qué lo negaste, entonces?

—Me di cuenta de que negarlo iba a ser la única manera de que se acordara de mí.

—Es amante de Núria.

—No importa. Se va a acordar de mí: a la Katy y a usted, tío Julio, los va a olvidar. No aguanto a tipos así: me gusta ganarles la pelea.

—¿Y la ganaste?

—Sí. La gané. Una pelea chica, pero la gané.

He bebido demasiado vino, y Katy, para quien todo es un declive que la incapacita para controlarse, también. Digo que tomaremos el metro aquí mismo, en esta esquina, que nos deja al lado de casa. Katy dice:

—Yo me voy con ustedes. Es bomba dormir la siesta en el piso de Pancho, tan fresquito, mientras que en el mío uno se asa. ¿Vamos, Bijou?

Gloria y yo estamos demasiado destrozados por nuestra abyección como para resistirnos, y nos siguen. En el trayecto, Katy resume en tono íntimo para Bijou la trasegada historia de su vida: el cadáver de su amante homosexual, en Montevideo, después de una orgía de hombres en su piso que era también su consultorio de médico: fue descubierto degollado con sus propios bisturíes. Pero la historia no le interesa demasiado a Bijou, con su flaco brazo pecoso lanzado sobre los hombros de Katy que no deja de hablar. Él la interrumpe para contarle al oído el origen de su nombre, Bijou, y su disgusto de que llamándolo Alhaja, como al principio, lo confundieran con gente de raza o de clase inferior.

Claro que no es ni de raza, ni de clase inferior: eso se ve en seguida aunque se disfrace de *voyou*, de Rimbaud. Los Lagos, gente de toda la vida, son rubios «pelo de choclo», como se dice en nuestra tierra, con un desplante de dueños del mundo. Lo compruebo en la mirada conocedora que le echa Beltrán —vestido de jeans, camiseta blanca, Adidas, Bijou podría ser uno de los tantos hijos de «señores», de su misma edad, que viven en este barrio—, y en la sonrisa obsequiosa que le dirige al entrar a casa, a la que Bijou responde con deferencia de señor. Beltrán, en cambio, detesta a Katy: dice que parece comunista. Al verla llegar, siempre nos llama por el intercomunicador para avisar que va subiendo, como si fuera peligrosa. Por mucho que le explico a Beltrán que es así porque es artista —cosa, por otra parte, harto dudosa, incluso para Beltrán, que dice conocer a los artistas amigos de don Pancho de Salvatierra, que salen en todas las revistas y son muy distintos—, no la quiere. Bijou, en cambio, le parece muy diferente: pese a su suciedad, a su aire malévolo que tal vez se le escape, tiene la *allure* de un señorito, como lo llamaría Beltrán, que ha vivido demasiado tiempo por estas calles como para ignorar que los hijos de los duques, cuando quieren, visten igual que Bijou, pero que la *allure*, ah, la *allure* —¡si Beltrán conociera esa palabra!— no se compra. Sin embargo, respeta este fenómeno que desconoce. Por eso, me explica Gloria, que tiene ojo para estas cosas y ha bebido menos que yo, la sonrisa de Beltrán.

A Bijou le encanta el piso de Pancho, todo blanco, hasta las alfombras de piel y los adornos. Y las dos ventanas desnudas, con el cuadro de las cortinas colocado entre ellas. Al verlas desde el otro extremo del salón se detiene un instante, contemplándolas en silencio, mientras nosotros esperamos su reacción. Ésta es una carcajada inmediata, una deleitosa carcajada de asombro: de algún modo, está en «la misma onda» de Pancho.

—*C'est rigolo...* —comenta, riendo aún.

¿Es ése, medito fugazmente, el secreto del éxito de Pancho? ¿Esa capacidad de producir una reacción instantánea, subliminal, con su arte envolvente y seductor en que el placer es lo primero? Poseer un punto de vista tan original que se acerque a lo cómico..., pienso en Dalí, en De Chirico, en Magritte, que también son envolventes e instantáneos y divertidos. ¿Es eso lo que ansío tener, que Marcelo Chiriboga sin duda posee y yo no? ¿Es por eso que Núria Monclús no me incluye, porque elimino ese estrato de inconciencia y humor que se relaciona como un chispazo que conecta con el público, que Bijou admira, que Pancho, que Chiriboga poseen y yo no? Eso envidio. Por eso odio de manera tan incontrolable al autor de *La caja sin secreto*, que admiro, que hasta un mocoso ignorante como Bijou ha leído. Tomo un vaso de vino.

—Me voy a dormir siesta.

Me encierro en el dormitorio. Al poco rato siento que Gloria cae en la cama junto a mí, se me pega, me murmura en el oído:

—Oye...

—¿Qué?

—La Katy se acostó en la pieza del lado a dormir siesta con Bijou.

—¿Y qué?

—Qué espanto, ¿no?

—¿Por qué va a ser un espanto?

—No sé... es un niñito...

—¡Mira qué niñito! Éste las sabe todas. ¿Te diste cuenta de la puñalada que le pegó a Marcelo Chiriboga? Me gustaría a mí haber tenido los *collons* para atreverme a hacerlo...

—Pero la Katy... bueno, no sé, es abuela... tiene hijos del doble de la edad que el Bijou éste...

—¿Y qué...?

—¿No te da... no sé... cosa...?

—No. Duérmete.

—Bueno.

Siento que Gloria pega su tímida mano en el sudor enfriado de mi espalda desnuda.

—Déjate... —le digo entre el sueño.

Siento que me quita la mano. Ahora puedo dormirme.

Se llama la Condesa de Pinell de Bray, título con que agració el señor duque al menor de sus cuatro hijos, pero no he podido obtener de Beltrán el nombre personal, no genérico, de la condesita de la campana de oro. Me imagino nombres medievales, Hermenegilda, Elisenda, Úrsula, Berengaria, pero estoy convencido de que, aun portadora del más heráldico de los nombres, en la intimidad le dirán, como a cualquiera, Mimí, Coté, Lela... qué sé yo, cualquiera de los apodos que la burguesía estime elegante en este momento, y habrá bautizado a su hija con los nombres de moda: Natalia, María José, Andrea, Sandra. Pero es austríaca y se puede salvar porque lo que es moda en ese país me puede parecer exótico desde mi ventana chileno-madrileña de exiliado.

Estoy enamorado de la condesita. A menudo bajo a pasear a Myshkin con el propósito de extraerle más datos a Beltrán. Pero es curioso: esa fuente parece haberse secado definitivamente desde que nos visita Katy, y ya no ha vuelto a proponerme compartir las delicias de su álbum de recortes, cosa que lamento. A veces, cuando a través de la ventana veo a la condesita

145

vestida para salir, le pongo su collar y su cadena a Myshkin y desciendo rápidamente por si me cruzo con ella en la calle y la puedo ver más de cerca, pero nunca sucede. Siempre sale en coche: se pone al volante dentro de su garaje blindado que, con un dispositivo especial, abre el equivalente de Beltrán de la casa del duque. Más protegida que en un castillo gótico en la cima de un escarpado monte de los Alpes, donde puedo suponer que nació. Ésta no es una criatura de la calle, que uno puede seguir, mirarle las piernas, saber cómo anda, cómo es su piel, de qué color son sus ojos al cruzarme con ella en una esquina y atrapar su mirada. Aunque sí: sus ojos son azules. Eso creo que me lo dijo Beltrán antes de que Katy estableciera nuestra actual distancia. ¿Pero... azules cómo? ¿Qué azul? Hay tantos azules, aguamarina, zafiro, celeste, violeta, color vincapervinca, color mar. Pero claro, un portero como Beltrán sólo ve lo genérico. El azul es azul, nada más, lo que equivale a decir nada, ya que el matiz, unido a la expresión, es lo que cuenta. Sobre todo, lo que enamora.

¿De qué color son los ojos de la condesita? En mi mente me las arreglo de la siguiente forma: la condesita, como no tiene nombre personal, permanece siendo «la condesita» en mi fantasía, carente de la intimidad de un nombre femenino; igualmente, carece de ojos, y, como en una cabeza clásica de mármol, sus ojos son vacíos. Pero con una diferencia: en vez de ser un vacío de piedra en blanco, son dos ventanas abiertas al cielo por el cual transitan nubes o donde juegan niños en sus triciclos o, cuando mi amor es más doloroso, los agujeros almendrados me dejan ver olas rompiendo sobre riscos y, más allá, el horizonte del mundo entero.

La veo, con un traje de baño marrón completo —que opino hace más alargada y fina su silueta que su dospiezas—, dirigirse a la piscina de su suegra, con un hijito de cada mano: hoy, quemada por el sol, mate entera salvo el destello de su cabeza rubia, está más bella que nunca. Me traslado al comedor: por la ventana veo que hay varias parejas, con muchos niños, chapoteando en el agua y bebiendo refrescos: ella ríe, habla, besa, ofrece, cuida el baño de sus hijos y de los demás niños, charla con los hombres, con las mujeres, pero especialmente con un hombre que reconozco en seguida: el «guapo-feo» de la primera noche en la piscina. ¡Cómo la mira desde debajo de sus cejas sombrías, cómo ella le devuelve su mirada que desconozco! Los grandes salen del agua, dejando a los niños a cargo de una criada, jugando con el gran chorro cuyo ruido, de tan constante, ya forma parte tanto de mi vigilia como de mi sueño. Nadan, flotan en balsas infladas. Los invitados, con sus copas en la mano, se dispersan por el gran jardín, admiran los canteros en que comienzan a abrirse las zinnias primerizas, el castaño, los matorrales de arrayanes y tuyas, los tilos. ¿Pero ella, con qué túnica luminosa ha envuelto su cuerpo después del baño? Algo abigarrado, audaz, multicolor, con placas de oro, que mi fantasía ve en ese tejido que es como inventado por Klimt. ¡La condesa, nacida baronesa en los Alpes austríacos, para vagar por su jardín en compañía del «guapo-feo», mientras los demás se alejan, ha elegido una túnica que me sugiere a Klimt! Afectando admirar los árboles y las flores, se acercan al castaño. El sol se refleja en el metal de sus cabellos y destella en su larga túnica. Bruscamente, como si estuvieran de acuerdo, se escabullen un minuto y, furtivos detrás del matorral que está justo, justo debajo de mi ventana, el hombre desnudo toma en sus brazos a la mujer de la túnica que se entrega a su cuerpo en un abrazo tan sexual como el de la pareja de Klimt, en que sólo se ven las cabezas envueltas por la algarabía de colores y de oro, pero en que los ojos cerrados de la mujer describen como el placer de la entrega total. Ella, entonces, justo bajo la ventana de mi dormitorio, entre las tuyas y arrayanes, y la tapia que separa las dos propiedades, abre los ojos un segundo, y veo que son... ¡oh, prodigio!, no azules, no abiertos al cielo infinito por el que transitan pájaros y nubes, sino amarillos, color oro, como su pelo, como su túnica, que rápidamente desenvuelve a su amante. Salen de nuevo al prado y como si nada hubiera ocurrido siguen comentando la luz, la vegetación: los ojos de oro, en ese segundo en que me vio espiándola desde esta ventana —porque sí, sí, me vio, me reconoce, sabe que existo, que la espío, que la miro, que la amo—, rebalsan una expresión inconfundible.

Hace días que no trabajo. Es como si haber estrechado la mano de Marcelo Chiriboga y de Núria Monclús me hubiera paralizado en vez de estimularme. No estoy para novelas políticas que hablen de la esperanza de la vuelta a una democracia parlamentaria como la de mi padre, que es lo que de mí deben esperar tanto Chiriboga como Adriazola, sino para endechas dirigidas a una castellana medieval. Desciendo a la calle con Myshkin en busca de un encuentro, para ver si Beltrán consiente en aclarar más las cosas, pero lo único que consigo es su eterna cantinela contra los rojos y contra Suárez, y su reiteración de que las cosas no son como en tiempos del general Franco: él cree posible la vuelta atrás del reloj, que todo lo hecho se puede deshacer.

Me dedico con toda tranquilidad a los placeres del amor sin problemas porque Gloria sale ahora casi todos los días al cine, a museos, a ver amigos que cantan o escriben, a hacer telares que después venden para juntar dinero y ayudar a los exiliados argentinos —¿por qué no a los chilenos, a los uruguayos?—, o a almorzar con Katy y sus amigas. Vive, a su edad, en un mundo compuesto sobre todo de amigas: fugazmente pienso en algún «guapo-feo» madrileño que le salga al camino, pero Gloria tiene ahora la edad que mi madre tenía cuando yo publiqué mi primer libro, más edad que la que ella tenía cuando recibí mi título en la universidad: entonces, ya no pienso más en el asunto y vuelvo al jardín de al lado.

Después del incidente Klimt, durante varios días la veo tomar sol en traje de baño, en una mancha luminosa que hay frente a la ventana de mi dormitorio, cerca de los arrayanes donde se produjo la escena, como exhibiéndose para mi deleite, como comprando mi complicidad con esta exhibición. Generalmente se asolea con los ojos cerrados. Pero a veces los abre y puedo ver sus pupilas de oro que son el remanente diario de la fantasía sexual de Klimt. No puedo ocultar que, mentalmente, mientras la observo, paso mis manos por esos delgados, largos muslos pulidos por el sol. Luego, varios días seguidos, la veo asolearse quitándose los breteles, primero hasta que el sol borra esas huellas blancas en la carne de sus hombros, y luego, cada día bajándose un poco más —¡oh, cómo suspiro junto a las cortinas para que lo baje completamente!—, su corpiño, de modo que cada día revela un dedo más de la carne blanquísima de sus pechos que va tostándose. ¿Se propone llegar a descubrirlos totalmente? Tal vez mis manos sean demasiado grandes para tomarlos. Pero no son torpes, no. Manejan sensaciones en mi máquina de escribir que esa ingenua criatura del fasto ignora. ¿Se propone, acaso, dorar al sol su cuerpo entero para entregárselo al «guapo-feo», como la valiosa y sólida tersura de un lingote de oro?

Hasta que una noche, cuando aún no ha regresado Gloria después de una velada con Katy, apostado en la ventana de mi dormitorio espiando las sombras del jardín, la veo salir, ya tarde, acompañada por su marido, él vestido de *smoking*, ella con un vestido de baile blanco muy ajustado al cuerpo, sin breteles, rajado al medio hasta muy arriba por delante, donde asoman sus piernas hasta la rodilla, la imperfecta pareja perfecta de la vida mundana, en camino a reunirse con el amante, con quien ella transforma a su marido en el tradicional marido cornudo. Cuando desaparece, el jardín oscuro queda animado durante un rato por su llamita blanca, que revela tanto como es posible la piel que ha estado dorando durante días, una llamita delgada que baila entre los arbustos antes de desvanecerse.

Al llegar Gloria, me encuentra todavía junto a la ventana buscando la llamita que ya no aparece por lugar alguno.

—¿Qué haces? —me pregunta algo extrañada.

—Nada... —digo, apurando mi cognac y bajando la persiana para que ella no vea.

—¿Comamos algo...?

—Cualquier cosa...

—Sí, voy a preparar algo...

Mientras yo me encierro un instante en el cuarto de baño, ella abre latas y dispone la mesa en la cocina. Coloca frente a mí un plato de ensaladilla, jamón, huevos duros. Suficiente. Y una botella de vino. Habla —obsesivamente, pienso; sí, ha estado hablando casi obsesivamente de ello desde la aparición de Bijou— de la libertad de Katy al disociar lo sexual del compromiso del amor: ah, eso se lo envidia, dice, porque ella, educada en las monjas, claro, y en la clase y en la generación en que le ha tocado nacer, jamás podría hacerlo, y sólo me conoce a mí sexualmente.

—Mala cueva...

—¡Qué duro eres conmigo!

—¿Por qué, si no te basto, no buscas gratificaciones sexuales con otros, como tu amiga Katy?

—Ya pasaron los años...

—Para algunos gustos, todavía estás pasable...

—¡Qué piropo! Gracias.

—¿Qué quieres?

—Además te morirías de celos.

—No te financies tu miedo con esa mentira: no me importaría nada.

—No lo digas demasiadas veces, que soy capaz de lanzarme a la calle..., ya ves, si Katy está tirando como una loca con Bijou, que tiene veinticinco años menos que ella, yo quizás me pueda conseguir a alguien un poco menos verde...

—Hazlo. Me quitarías de encima el peso de tu frustración sexual disfrazada de fidelidad..., ya estamos viejos y sabemos de sobra que nadie es completamente satisfactorio para nadie, salvo por temporadas cortas... y menos cuando han estado juntos bastante más de veinte años, como nosotros...

—¿Qué dirías si me metiera con un amigo de Bijou? Me lo presentó hoy y no se despegó de mí: tiene veintinueve años...

—Me moriría de la risa. ¿Te preguntó tu edad?

—Sí.

—¿Y qué le dijiste?

—Era en un *loft* cerca de la plaza del Conde de Barajas, en el Madrid de los Austrias, y había mucha gente y poca luz...

—¿Y qué le dijiste? —le pregunto, mientras seco los platos que ella lava.

—«La edad ideal de una mujer: estoy en esos maravillosos diez años que duran entre los veintinueve y los treinta».

—¡Qué original!

—Pero se rió...

—De ti, me imagino.

—¿Te has mirado la guata alguna vez?

—Claro.

—Bueno, interpreta entonces lo que me dijo el amigo de Bijou como se te antoje. A mí me da lo mismo.

Estamos en el dormitorio. Hemos apagado todas las luces del departamento, salvo las secretas luces de leer sobre nuestros veladores. Mientras me desvisto —examino con asco la blancura de mi ligera barriga y antes de terminar de desvestirme, sujetando los pantalones caídos con una mano, me dirijo a la ventana para cerrar las cortinas, no me vaya a ver la mujer dorada a su regreso, aunque la persiana está baja—, le digo que yo acepto el hecho incontestable de que un matrimonio de más de cincuenta años, que ha pasado veinticinco juntos, carece de los incentivos sexuales que puede tener, bueno... alguna aventura novedosa...

—No necesitas darme excusas —me responde Gloria, desvistiéndose al otro lado de la cama—. Te aseguro que nada puede entusiasmarme menos que lamer de arriba a abajo a un intelectual burgués que ha pasado la cincuentena...

Paso por alto su hiriente, aunque realista, observación diciendo que hay que reconocer que a nuestra edad —aunque se dan casos de lo contrario— importan más otras cosas, la familia —¿Pato?, ¿mi madre agónica en otro jardín?, ¿Sebastián y su prole?—, y sobre todo los años de historia compartida.

Existe además, en mi caso, por ejemplo, el conocido fenómeno de la sublimación, que quema mucho combustible, dejándome tal vez más indiferente que antes, pero qué le voy a hacer.

—No te cuentes el cuento de la sublimación... Chiriboga puede sublimar. Tú, ni lo sueñes...

No le hago caso porque me he metido en la cama y he abierto *Sophie's Choice*, arreglando la luz de modo que caiga justo encima de las páginas y ella no se dé cuenta, si me observa, de que no estoy leyendo sino pensando en la llamita leve que baila en el jardín bajo nuestra ventana. Por el rabillo del ojo veo que Gloria se quita las medias, ya completamente desnuda..., esas medias que son el disfraz de su carne ya no perfecta, falsa piel, se está desollando para revelar la realidad que me niego a reconocer. Se pone su camisa de dormir. Se mete en la cama. Se amarra un trapo negro sobre los ojos y sin darme las buenas noches, me da vuelta la espalda para dormirse. Pero me dice, ya acurrucada y de espaldas a mí:

—Yo no sublimo nada...

—Mala cueva —respondo—. No puedo cargar sobre mis hombros también con la responsabilidad de eso...

—No puedes decir que te lo he hecho sentir...

—Sería lo único que faltaba para completar la dicha del cuadro familiar.

No puedo leer. Nuestra historia tan vieja, mi lazo con ese cuerpo encorvado para dormir —recuerdo a Bijou, como un feto, curvado en el asiento de atrás del coche de Adriazola, en La Cala..., ¿está Gloria chupándose el pulgar?— es demasiado largo, y mi corazón y mi vida demasiado confundidos con los de ella. Quizás esta curiosa relación insatisfactoria que tenemos, este enredo a veces amable, siempre cómplice, con frecuencia francamente hostil, quizás esta compasión misma que estoy sintiendo ahora, quizás nuestra capacidad, adquirida con la repetición en el tiempo, para salir ilesos de nuestro odio a veces mutuo y feroz, sí, tal vez todo esto fuera amor, e incluso pasión, en una pareja de nuestra edad. Dejo *Sophie's*

Choice: no, reconozco para mí, pero no se lo digo a ella, que no me hubiera gustado nada que ese muchacho de veintinueve años que conoció en el *loft* esta noche se la hubiera llevado a la cama: pero tendrían que matarme antes de reconocérselo a ella. Sí, estuve torpe..., es difícil no estarlo cuando el mundo se está hundiendo..., sí, torpe al decirle «mala cueva», esa terrible expresión chilena que tiene tal connotación de fin irremisible y descarnado. Me quito los anteojos. Apago mi luz. Pongo una mano sobre la cadera de Gloria. Siento —con placer, con orgullo— que ese cuerpo late y florece y vive bajo mi mano, mi mano que es la única bajo la cual en toda su vida ha osado, desnudo, latir. La abrazo por detrás, besándola alrededor de la oreja para deshacer con los labios y los dientes el débil nudo del pañuelo negro. Murmuro:

—Perdóneme, mi amor...

Ella se vuelve hacia mí, entonces, y me abraza y me besa. Nos abrazamos y nos besamos pese a que yo tengo una ligera panza, pese a que su piel carece ahora de ese lustre tan vivo que era casi una textura que se palpaba..., perdida la perfección de esa línea continua y ondulante que antes fue el lujo de su piel sombría. Hacemos el amor tal como, cada triste año más de tarde en tarde, solemos hacerlo. Yo pienso en la condesita, que es la llama blanca, y Klimt y la madraza, y que toma té con su marido bajo los árboles privilegiados, pero que tiene una vida ajena a todo eso, en la que reina, como en toda pasión, la fantasía, y que sólo yo conozco. ¿Cómo invocar ese cuerpo con las caricias de los transitados caminos del placer en el cuerpo de mi mujer? ¿Está invocando ella el cuerpo del muchacho de veintinueve años que conoció esta noche, al recorrer los conocidos, aburridos caminos del placer en el mío, que tampoco es ninguna maravilla, pero ambos son lo único que tenemos?

—*Very attractive* —le dijo Katy a Gloria una vez que ésta le preguntó cómo me encontraba—. Pero te confieso que será mucho más *attractive* todavía cuando logre que le publiquen su novela.

Seguramente el secreto de mi relación con Gloria sea que durante todos estos años me ha encontrado *attractive* pese a no haber publicado mi novela, pese a que Núria Monclús y Marcelo Chiriboga en el Rastro me miraron como a una mosca en esa molesta multitud que tuvieron el privilegio de evitar. Pero es importante, es verdad, lo que yo acabo de decirle antes de hacer el amor: que a nuestra edad, a cualquiera edad por lo demás, pero sobre todo ahora, es necesario sublimar. Ella siempre alega —y con razón— que es todo culpa de sus padres frívolos, que jamás la prepararon para nada, que ella no es más que una niña bien chilena que ha dejado de ser joven y bien, a quien jamás se pensó darle ni cultura ni instrumentos para vivir una vida contemporánea. «Si hubieras sido hombre te hubiera mandado a estudiar Ciencias Económicas, por ejemplo, a Harvard, o al London School of Economics», le decía su padre. «Pero siendo mujer, ¿para qué vas a estudiar nada?» Su madre la sacó de las monjas, donde era la primera de su clase, en tercer año de humanidades, y la mandó a un instituto elegante por las mañanas, donde se estudiaba el buen gusto en el vestir, cómo sentarse, cómo pararse y caminar, religión, labores, y lo más vano de la cocina, pero jamás le enseñaron cómo pegar un botón ni pelar una papa: ese siniestro Instituto Carrera, cuyo recuerdo ella odia con una pasión que es sólo comparable al rencor que conserva por sus padres que no respaldaron los ideales mundanos para sus hijas más que con una vergonzosa ruina económica producida por los años en que nació Pato, dejándola a ella sin la fortuna para la cual la habían preparado: sí, uno de los tantos traspiés de la vida que cambian el destino de la gente, aun de la «gente como uno». ¡Si sólo tuviera ese dinero —suele suspirar—, entonces sentiría que puedo ayudarte en algo, que te puedo apoyar, y apoyándote y apoyando a Pato con una educación estupenda, me sentiría justificada, pisaría algo de tierra firme! Pero no pisa tierra firme. Mala cueva. Gloria sabe servir té con elegancia en las raras ocasiones en que la vida nos presenta este problema, arregla cualquier casa con gracia pese a la pobreza, sabe —inútilmente porque jamás se ha tratado de eso— que sólo las doncellas se visten de negro, jamás las criadas de abajo, y lo de literatura y de arte que le enseñaron en el maléfico Instituto Carrera fue tan convencional, que lo primero que hizo al regresar fue olvidarlo todo para comenzar de nuevo, *da capo*, ayudada, es verdad, por algunos cargos diplomáticos que brevemente ocupó en Europa su padre... «Tengo mucho museo, es verdad..., ¿pero qué saco con eso?» ¿Cómo sublimar? ¿*Boutique*, como tantas amigas chilenas? ¿Cerámica? ¿Tapices, como Katy? No, Katy está comprometida con revoluciones, con hijos, identificada con un *hippismo* de dudoso valor pero que hace de ella un ser integrado a algo, no flotante como Gloria, que a menudo es incapaz de deshacer una maleta, y a quien tuve que rescatar una tarde en la playa de Sitges, cuando la encontré sola, gritando y llorando como una loca frente al mar.

Después del amor, dejo *Sophie's Choice*. Ella también está despierta, tendida, desnuda, dándome la espalda. Tranquila ahora, lee: su larga, bella espalda, la amplitud controlada de su cálido trasero, la cabeza erguida, de medio perfil, las largas piernas: la Odalisca de Ingres, sí, se lo dije la primera vez que hicimos el amor, en nuestra noche de bodas, porque hasta entonces Gloria mantuvo una virginidad monjil. Ingres, pienso al mirarla ahora, sabía dibujar como nadie: le bastaba la más sutil modulación de una línea, variar su espesor, su densidad, hacerla más profunda o casi eliminarla, para hacer real la sugerencia de masa y de peso y el satinado y la sensualidad y el calor de la espléndida carne de su modelo: la Odalisca, indolente y bella, el largo ojo del medio perfil, el turbante de la toalla multicolor después de haberse lavado el pelo, mientras leía ávidamente entonces el prohibidísimo *Ulysses*, que hubiera hecho desmayarse a las señoritas del Instituto Carrera que le enseñaron literatura. Ahora, la mano de Ingres titubea mientras Gloria lee a Marguerite Yourcenar: las proporciones, todavía perfectas, las masas aún correctas, pero la línea satinada y modulada, que era pura poesía sugiriendo redondeces e invitando a penetrar al animal admirado, falta ahora: es menester mirarla desde nuestra historia compartida para resucitar la sensualidad. Deja el libro. Me besa. Apaga la luz. La Odalisca dormida: ahora imperfecta, pero aún la Odalisca.

¿La edad de la condesita está en esos «maravillosos diez años entre los veintinueve y los treinta», que Gloria ha mentido tener para seducir a su compañero? No: ella no ha alcanzado la edad ideal aún, está en su futuro, no en su pasado, aspira a la plenitud, no es un recuerdo..., que no la alcance nunca, que no aspire a ella, que la evite, la rechace: su figura tiene algo de pintón —¿no decían así en Chile?—, y si pudiera morder su carne estoy seguro de que sentiría un gusto un poco agrio, en el fondo de lo dulce, como de fruta aún un poco verde.

A la mañana siguiente, Beltrán sale a mi encuentro para contarme, muy excitado después de tanto tiempo de casi no dirigirme la palabra, que anoche los señores mar-

capital. ¿Marbella, Ibiza, Cadaqués...? ¡Qué sabe uno, fuera de la información que a veces ofrece el *Hola*! Mallorca, un yate, el Puerto de Santa María... en fin... Han bajado todas las persianas. El marido entrega un manojo de llaves al hombre de botas de goma encargado de regar el césped y mantenerlo aterciopelado en torno a la piscina y al palacete. En un santiamén, todos desaparecen.

¿Para siempre? No. Sólo de veraneo, dejando el jardín vacante. Ella y yo no nos despedimos: siquiera por deferencia a mis años, en agradecimiento por guardar el secreto del abrazo, podía haberse asoleado ayer por última vez, en la mancha de sol donde preparó el heráldico dorado de su piel para la cena real. Pero ayer no la vi en todo el día: claro, los preparativos. Las criadas recogieron del prado los triciclos, la gallina de plástico amarillo, los muebles de caña, y parece que hasta las decorativas nubecillas del cielo. No la volveré a ver porque Pancho ya estará aquí cuando regresen y nosotros en nuestra azotea de Sitges, bajo las cuerdas de colgar la ropa, el mar apenas un triángulo entre dos techos en declive, más allá del primer plano de otra azotea adornada con calzoncillos recién lavados.

Nos queda aquí, sin embargo, bastante más de un mes. ¿Mi regocijo con el jardín de al lado fue fruto exclusivo de la presencia de la muchacha rubia, que ahora, con las laxas costumbres del verano, andará exhibiendo por las playas y restoranes de Marbella o Biarritz su intimidad con el «guapo-feo»? Debo reconocer que encarnó el deleite puro. Pero como lo esencial de las cosas bellas es más bien el dolor que causan al hundir sus garras, su tránsito por el jardín tal vez haya constituido un estorbo para mí, y con su desaparición el boscaje, ahora vacante, quizás resulte germinativo. Todo es posible en un jardín solitario al que uno no tiene acceso. ¿Qué...?

No sé: por ahora, el corazón me duele con la más vieja de todas las melancolías pensando que nunca la volveré a ver. En todo caso, ignorar con qué poblaré ese verdor tan opulento puede ser una ventaja: al fin y al cabo uno no escribe con el propósito de decir algo, sino para saber qué quiere decir y para qué y para quiénes. Leí en alguna parte que Marcelo Chiriboga afirmaba eso, que me pareció frívolo en ese momento de pura lucha política, pero que ahora comprendo y admiro, porque ha palidecido el sentido de misión por el que yo entonces abogaba como único fin de la literatura: queda este jardín despoblado para una luminosa inquisición.

Me dirijo al comedor, donde rechazo mis papeles, y luego al salón. Katy, sin quitarse sus chanclos, dormita tendida en uno de los sofás. Bijou, pegado al teléfono, ríe, habla, comenta, lo escucho largo rato desde la puerta entreabierta porque habla con Pato y deseo saber qué hablan: nada especial, que él no quiere ir a Marrakesh ahora, que la chica tal, que el chico cual, que Katy es una mujer formidable, que irá a vivir con ella, que venga a Madrid y vivirán los tres juntos. Los ceniceros de la mesa de cristal están sucios, latas de cerveza en la alfombra de piel blanca, las Adidas de Bijou encima de la mesa como un obsceno objeto *pop* creado por Andy Warhol. ¿Cuánto hace que está hablando por teléfono? ¿Cómo se atreve a usar el teléfono de Pancho para llamar a Marrakesh? ¿Sabe cuánto cuesta una llamada así? ¿Ha llamado también a París o a sus amigos de Suecia? Irrumpo, indignado, en el salón y mando que cuelgue inmediatamente. No, no sabe cuánto cuesta la llamada, probablemente bastante, dice, ya que los marroquíes son unos tipos idiotas y para obtener un número, allá, uno se pasa horas, y por fin conectan con sitios distintos, todos equivocados. Me doy cuenta de que desde que él y Katy vienen aquí todos los días, es muy probable que usen el teléfono para hablar con quien sea, adonde sea, como un juego que se ha transformado en hábito. Se lo pregunto mientras, tirada en el sofá, Katy ronca.

—Está fumada —explica Bijou.

—¿Tú también?

Se alza de hombros:

—Sí, pero soy joven y tengo mejor cabeza.

—¿De dónde sacas...?

—¿Qué?

—¿Kif...?

—«Hash»...

Ríe. Dice que lo venden en todas partes: en Madrid es más fácil obtenerlo que pedir una cerveza. Le pregunto, mientras coge sus Adidas —lo someto a un interrogatorio, más bien—, con quiénes ha hablado, cuántas veces ha usado el teléfono para llamar fuera del país. No miente: una de las cosas más enervantes de Bijou es que no siente jamás la necesidad de protegerse con mentiras, simplemente porque no le parece necesario justificarse cuando ha hecho mal.

—Sí, hablo casi todos los días con Patrick en Marrakesh, es decir, cuando estos idiotas me lo dan, y con Giselle en París. ¿Sabe, tío, que quizás tengo un hijo? No: voy a tenerlo, aunque Giselle no está completamente segura de que es mío...

—No me interesa.

—Bueno.

—¿Y la Katy?

—¿Qué?

—El teléfono...

—También, sus hijos, sus nietos...

—¿Pero te das cuenta de que esto es robo...?

—Tío, acuérdese del teléfono público en Sitges...

—Es muy distinto...

Sé que no es distinto. Le digo que prefiero que Katy y él se vayan. Estoy harto de ellos, de su dependencia, de sus visitas diarias que a mí me restan concentración; y a Gloria esa paz que tanto necesita, imposible con el deterioro que han traído al piso, un cojín de seda tailandesa quemado con un cigarrillo, manchas de cognac, latas de atún, de cocacola, de fabada, de cerveza, por todas partes, bolsas de plástico sucias. Hace ya tiempo que Begoña, indignada, dejó de venir: ella rehúsa responsabilizarse por esta inmundicia de gitanos, dijo. Sí, Katy y Bijou han aportado el terrible hábito del descuido tan a menudo aparejado con la derrota: lograron introducirlo en el piso de Pancho, que le ha dado vuelta la espalda tan eficazmente durante toda su vida.

Quien sufre el mal crónico del desencanto vive como Katy y Bijou, y como nosotros cuando vivimos en este piso que pertenece a otro..., sí, en Sitges vivimos un poco mejor, pero no de manera muy diferente a Katy y Bijou, porque también somos víctimas de la derrota. ¿Tan derrotados...? Pienso yo, piensan los exiliados, que no: ya que es el resultado de un complot, debe ser un mal pasajero. Pero el tiempo va horadando, la gota de agua que cae en la piedra deja una huella que los años van transformando en perfil permanente. Bijou, ahora de pie, se afirma en una cómoda veneciana de comienzos del dieciocho, cruzando una pierna sobre la otra como una garza para calzarse las Adidas sin desatar los cordones. Al hacerlo, observa un pequeño cuadro firmado por Pancho que, sobre un campo de aluminio bruñido, muestra un paquete de papel de Manila con su minucia de manchas, y atado con cuerdas.

—*C'est chouette...* —observa el niño.

—¿Y Katy?—le pregunto.

Se alza de hombros, como diciéndome que me las entienda yo con ella. Lo sigo hasta el vestíbulo donde, después de hacer una ceremoniosa reverencia frente a la pareja etrusca, Bijou se despide de ellos con besos en sus mejillas inexistentes. Parte, cerrando la puerta muy despacio, sin despedirse de mí. Siento la necesidad de verlo alejarse para siempre de mi casa: salgo a la terraza, donde arde el sol de Madrid sobre mi piel blanca, para comprobar que Bijou se va. No: se queda abajo, hablando con Beltrán, aceptándole un cigarrillo, riendo porque son amigos, hasta que al poco rato veo al cuidador de la casa de al lado, el de las botas de goma, unirse a este extraño grupo, fumando y riendo juntos. ¿De qué hablan? Deseo gritar desde la terraza:

—Ándate, Bijou...

¿Qué pensaría de mis alaridos el servicio tan elegantemente uniformado de estas casas donde es imposible romper la discreción que ellos imponen en ausencia de sus amos? En fin, ya se irá. Impulsado por la insoportable resolana, busco de nuevo refugio en el interior de la casa. Son las seis y media. Hora para trabajar, puesto que Gloria, en su afán cultural, ha ido a buscar entradas para ver *La vida es sueño* en la Plaza Mayor, y las colas son largas. Invitó a Katy:

—La Plaza Mayor es maravillosa como espacio, pero esas pavadas de teatro son para los turistas... —responde ella, y se queda en la casa fumando marihuana con Bijou.

Yo permanezco rondando el teléfono. ¿Qué derecho tengo a enfurecerme porque Bijou habla con París y Marrakesh desde el teléfono de Pancho? ¿No suelo yo hacer lo mismo con Chile, para informarme de la salud de mi madre? ¿No es tan respetable la ansiedad por el nacimiento de un hijo, en el caso de Bijou, como la ansiedad por la muerte de una madre? ¡La frecuencia y duración de mis llamadas a Chile! Las hago a escondidas de Gloria, que jamás aceptaría ser arrrastrada a tal delincuencia, como no acepta mentir:

—George Washington... —la llamo cuando contradice en público alguna de las mentiras blancas con que a veces intento ser ingenioso—. «*I did it with my little hatchet*».

Mi desdén por su falta de fantasía, sin embargo, va mezclado con respeto por su integridad, que yo no tengo: caigo fácilmente en la pequeña trampa, en el delito insignificante de los seres que ya no tienen proyecto, como, por ejemplo, el delito de hablar por teléfono con Chile. Yo sé que Pancho llama casi diariamente a su madre: gana tantos dólares con los precios que alcanzan sus cuadros, que puede pagarse ese lujo. De modo que si en las cuentas aparecen llamadas a Chile..., claro que sería durante un período en que él no ocupó su piso..., en fin, para qué pensar en eso ahora..., sí, es un pequeño robo, de modo que no tengo derecho a tirarle la primera piedra a Bijou por llamar a Pato a Marrakesh, a Giselle a París. Como lo es, también, aceptar que Katy y Bijou abran latas de la despensa y coman lo que se les antoje —fue imposible impedírselo una vez que los descubrí, pero les rogué que lo hicieran sin que Gloria se enterara—, y en una ocasión les mendigué un plato de esos espárragos gordos, deliciosos, especialísimos, blancos, que nosotros no osamos tocar.

Después de que parte Katy y llega Gloria, decido no llamar a Chile: me da vergüenza tocar el teléfono cuyo uso censuré. Pero a las cuatro de la mañana, insomne con el ruido del chorro que cae en la piscina del vecino, perforándome hoy los oídos, sin lograr vencer mi vigilia con valium y sin que ninguna novela acapare mi atención, me levanto mientras Gloria duerme a mi lado. Y con los ojos enormemente abiertos fijos en el jardín fosforescente, marco el número de la casa de mi madre en Santiago: allá son las diez de la noche.

Mi madre acaba de morir, me dice Sebastián. Esta tarde cayó en coma. Le quitamos las sondas. Murió hace dos horas. Sí, estamos todos reunidos, me dice. Y para que el dolor me penetre con más fuerza, agrega: sólo faltan ustedes tres. Todos reunidos, la casa entera iluminada, mi madre en su cama de toda la vida, las criadas de toda la vida la lavaron y ataron su rostro para que no se le caiga la mandíbula, y Andrea —la hija mayor de Sebastián, ya casada y con hijos—, muy contra su voluntad de hombre serio, ha puesto un poquito de colorete en sus labios y en sus mejillas. Él prohibió apagar ni una sola luz en toda la casa: nada de tinieblas, nada de lutos de parientas beatas, nada de ronroneo de los rezos de las criadas, que abajo desmigajan sus gastados rosarios. Para anular sombras y quejidos ha puesto en el tocadiscos —puedo reconocerla vía satélite— la *Misa de réquiem para la muerte de Luis XIV*, de Lully, que a mi padre tanto le gustaba, y le parece apropiado para la muerte de nuestra madre. ¿No encuentro esto preferible a los viejos ritos de la oscuridad y las lágrimas? ¿No me parece que mi madre merece esta música dorada y luminosa en su última noche en su cama, en su casa, rodeada por su jardín silencioso?

—Sí —digo.

Anorexia nerviosa. ¿Cuánto tiempo hace que no comía? Pesa menos que un recién nacido. No se podía mover en su cama: la Andrea la mueve para que no sienta dolor... para que no sintiera dolor, mejor dicho, porque ahora es de presumir que no siente nada, y él, Sebastián, el fuerte, no se acostumbra aún a utilizar, al referirse a mi madre, el pasado histórico que yo utilizo hace ya tanto tiempo. Estoy seguro, eso sí, de que las viejas oraciones en las mismas cuentas de siempre, cayendo de los labios de las mujeres acumuladas en el repostero, en la cocina, en los dormitorios «de adentro» prevalecen sobre Lully: las sobrevivientes fueron las fieles, pese a Allende, pese a Pinochet, las mujeres de las poblaciones que se dan cuenta de que las cosas ahora están mejor que antes, me dice Sebastián por teléfono. Él vive sin dificultad porque importa radios del Japón y juegan al golf como toda la vida, mi dulce y tranquilo hermano mayor, que ha sobrellevado el peso de la agonía de mi madre que esta noche murió de hambre.

Ahora no soy hijo de nadie: ahora yo soy tronco, yo soy raíz. Ahora me tocará el turno a mí. ¿Dijo mi hermano que venderían la casa de mis padres? No lo recuerdo. Espero que no, aunque no sé qué se podrá hacer con ella: que aguarde hasta que yo regrese para decidir.

—¿Vuelves? —pregunta Sebastián.

—No sé —respondo.

Ahora que mi madre ha muerto podría volver sin miedo a quedar atrapado allá por mi emoción, y habitar el auténtico –no el reflejo en esta artificiosa agua de lujo– jardín de al lado. Patrick, entonces, volvería a ser Pato, y Gloria a beber sus pisco-sours charlando con sus amigas, entregada a una versión contemporánea y, si es posible, politizada de la labor que desarrollaba mi madre con «sus mujeres». No, tendrá que trabajar en algo que nos dé dinero porque yo no tengo nada y la herencia de mi madre será insignificante.

No puedo volver. ¿Cómo? ¿Sin un libro publicado en España, con la cola entre las piernas, sin trabajo, sin reintegrarme a la universidad de la cual me despidieron? En España por lo menos es posible rondar las editoriales mendigando trabajo... escribir solapas... traducir del inglés... corregir estilo... apenas suficiente para sobrevivir. ¿Pero allá? Nada. No hay nadie a quien rondar para pedirle trabajo: un exiliado interior, no exterior como ahora, aunque tengo que sacudirme para recordar que yo no soy como Adriazola, que no soy un «exiliado» exterior, como dice que él ha llegado a ser: puedo volver y transformarme en un exiliado interior, si eso en verdad existe. Pero no regreso. Porque..., sí: porque aquí están Seix Barral, Alfaguara, Argos Vergara, Bruguera, Plaza & Janés, Planeta, nombres deslumbrantes que podrían, sí, podrían interesarse por mi novela. Entonces, claro, ya sería imposible el regreso: las autoridades leerían mi condena de ellas por mi encarcelamiento y el de otros. La policía, en el aeropuerto mismo, impediría nuestra entrada. Pato, Gloria y yo nos veríamos obligados a regresar a Europa en el avión siguiente: exiliados de hecho, esta vez. ¿Otra novela? No sé.

—No sé. No sé nada todavía. Adiós, Sebastián. Saludos. Ya te escribiré... —y cuelgo.

Esta novela que estoy escribiendo es lo único que importa. Avanza un poco a medida que avanza este agosto en que ha muerto mi madre, después de que esa heráldica presencia dorada deja vacío el jardín, y va adquiriendo una forma que puedo manejar y un idioma en que me reconozco. Gloria concentra su desgarro de dolor por mi madre trabajando con el grupo de Katy en los telares, y Pato permanece en Marrakesh en una dirección que a través de Katy nos procuró Bijou: lo llamo por teléfono para contarle esa muerte. Su llanto ante la noticia me sorprende. Pero es un llanto suyo, me doy cuenta, no se suma al mío y al de Gloria, es el llanto de una persona que ahora tiene una dirección definitiva en una calle de Marrakesh, distinta de la nuestra. Patrick: nunca más Pato.

—¿Por qué no podemos vivir de otra manera? —le pregunto una noche, abriendo una lata de sardinas, a Gloria, que se propone preparar una *salade niçoise* según la receta de una revista.

—¿Cómo?

—No sé, con otra clase de latinoamericanos, no con estos latinoamericanos sórdidos, amargados, con que vivimos...

—Porque nosotros somos sórdidos y amargados. En todo caso, te aseguro que las mujeres con que trabajo en los telares son macanudas, con fuerza, convicción, no sienten el fracaso como nosotros.

Puede ser dura, Gloria, y descarnada.

—Minelbaum no es sórdido ni fracasado... —comento.

—No me vas a decir que los Minelbaum viven bien.

—No: Carlos da más de la mitad de lo que gana como gastroenterólogo a los comités de ayuda política.

Gloria, sarcástica, dice:

—Podríamos hacer lo mismo nosotros con nuestros ingresos para tranquilizar nuestras sucias conciencias.

—¡Qué dura eres!

—¿Hay razón para que no lo sea?

Lo pienso un instante y concuerdo:

—No. ¿Volvamos a Chile?

Ahora es ella quien lo piensa. Responde:

—No. Pato no se iría.

Al pasar junto a mí, sentado a la mesa del repostero, me acaricia el pelo, y mi mano palpa esa cadera que no es la cadera de la vecina que se fue, sino la amplia cadera de Gloria. Prosigue, reventando de convicción:

—Quedémonos. Escribe *la* gran novela del golpe, Julio. Si estuvieras comprometido y convencido como Carlos, entonces podrías escribir la gran novela chilena...

Yo revuelvo mi sopa melancólicamente al responder:

—La gran novela no ha sido jamás una novela de convicciones, ha sido siempre la novela del corazón.

Gloria está parada junto a la cocina, derritiendo algo. Se da vuelta:

—Entonces, ¿por qué no la escribes? ¿No tienes corazón?

Hay desespero en su voz hecha añicos. Pero no respondo, porque mi respuesta sería que esta sensación de derrota en todos los campos y, más que nada, mi falta de fuerza para sumarme a un proyecto colectivo, que es un problema mío, personal, no generalizable, me han deshecho el corazón igual que la margarina que en ese momento ella está derritiendo en la sartén que sostiene sobre la hornalla. ¡Pero uno de estos días, esta hija de puta de mi mujer, a quien odio, se va a llevar un chasco conmigo...! Trago una cucharada de la más desabrida sopa que he tomado en mi vida. Ella se acerca. Pone su mano en mi hombro. Yo le rodeo las caderas con el brazo que no tengo ocupado en llevar la cucharada de sopa a la boca. Gloria dice:

—Tienes tiempo... —en un susurro, y vuelve a la cocina.

—Va bien mi novela, ahora...

Ambos sentimos, sin decirlo, que ha llegado el momento de cambiar de tema:

—Hace más de una semana que no veo a la Katy —digo.

—Yo la veo en los telares. Pero voy a ir menos. Quiero concentrarme en esta traducción interminable mientras tú trabajas.

—No, no quiero privarte de ese placer, ya nos arreglaremos —le digo, temeroso de que estropee mi día solitario en el piso de Pancho.

—¿Sabes una cosa bastante rara? —me pregunta de pronto—. El otro día divisé a Bijou caminando hacia la esquina de la otra calle...

—¿Qué tiene de raro?

—Es que era un día que no estuvo aquí... hace tiempo que no viene...

—Lo debes haber confundido con otro chiquillo, son todos iguales y se visten con el mismo uniforme...

—Pero ese balanceo amariconadito...

—También igual: Travolta...

—Puede ser.

La noche de esa conversación es negra: mi hermano Sebastián llama por teléfono desde Santiago para comunicarme que ofrecen una suma de dinero inesperadamente alta por la casa de mis padres, la que, naturalmente, después de la muerte de mi madre, puso en venta. Mi padre, poco previsor porque vivía en un mundo exento de riesgo, carecía de bienes fuera de su jubilación y de esa casa. La suma que ofrecen es muy sustanciosa, me asegura Sebastián. Yo grito que no, no, no, no, por ningún motivo, está loco al ofrecer en venta la casa de mis padres dejándome en la intemperie. ¿No es él quien no cesa de repetirme que vuelva, que las cosas no son como antes, que no voy a tener problemas, que los asuntos con la universidad se pueden arreglar? ¿Adónde, si se vende la casa, quiere que vuelva? Uno no vuelve a un país, a una raza, a una idea, a un pueblo: uno —yo por lo pronto— vuelve a un lugar cerrado y limitado donde el corazón se siente seguro. Cuando yo era muy pequeño, casi no había más casas que la nuestra por esos contornos, uno de los primeros *chalets*, como entonces se decía, la calzada de tierra rodeada de potreros donde pastaban las vacas. La gente consideró loco a mi padre por comprar una casa tan lejos del centro. Recuerdo que en brazos de mi madre —de los primeros recuerdos que salieron en la breve psicoterapia que emprendí en Sitges a raíz de la conmoción de mi salida de Chile; no seguí por falta de tiempo y de dinero, aunque me la hizo un generoso terapeuta chileno que regala la mitad de su tiempo atendiendo a sus compatriotas—, siendo muy, muy pequeño, me llevaba hasta la esquina por donde hoy pasa el más furioso tráfico, pero que entonces era el comienzo de los potreros: a comprar leche al pie de la vaca, con que llenaban un lechero de metal, de esos que existían antes del advenimiento de las botellas de vidrio y de plástico, para dármela de beber a mí, que era debilucho, no como Sebastián, que era fuerte y nunca requirió cuidados especiales.

Es una locura, decía mi hermano en sus cartas, que mi madre siga viviendo en esa casa: está destartalada y vieja, hay goteras, siempre es necesario arreglar el tejado antes de la temporada de lluvias, lo que vale un dineral, es casi imposible calentarla durante el invierno, cuesta una fortuna mantener las cosas como ella quiere y el servicio como a ella le gusta, y todo eso, claro, sale de su bolsillo, del de Sebastián, que por suerte es abundante y generoso. Pero la idea de que Sebastián se empeña en que el objeto-casa desaparezca, me hizo insultarlo por teléfono, y por primera vez en su vida el paciente Sebastián se encolerizó, gritándome que soy un inconsciente, un romántico sin sentido de la realidad, que qué me figuro, que es absolutamente necesario vender esa casa cuanto antes, lo demás es insensato..., que desaparezca el jardín, que al levantarme y abrir la ventana, los árboles, los prados, ya no estén allí, sólo un vacío, ni siquiera el chorro continuo, ni aire, no tengo dónde pisar, caigo... grito:

—¡Gloriaaaa...!

Me ve exánime sobre el sofá, pálido, y se aterra. No puedo respirar ni hablar pero luego sí, un vaso de agua, no, cognac para reanimarme, no, un valium, quizás dos, que me muero, me estoy muriendo, un médico, no, es pura angustia, psicosomática, mijita, angustia porque van a vender la casa de mis padres y yo no quiero. Gloria deja caer mi cabeza, que sostenía samaritanamente:

—¿Cuánto pagan?

Digo la cifra. Entonces es ella la que grita:

—¿Estás loco? ¿Cómo no la van a vender? ¿Te imaginas lo que puede significar para nosotros la mitad de esa herencia? La tranquilidad económica. Te imaginas..., yo podría instalar una boutique en Sitges, donde, digan lo que digan, el comercio es bueno, de artesanía, por ejemplo, que cuesta poco y da bastante, y con eso lograríamos desprendernos de la pesadilla de las traducciones y correcciones de estilo, y tú podrías tener tranquilidad para escribir mientras yo vendo en la tienda. Soy buena vendedora y tengo gusto, podría asociarme con Cacho Moyano, que una vez me lo propuso..., estás completamente loco, no vender Roma...

No es locura, insisto, ni es lo que ella llama sentimentalismo pequeño burgués. Es otra cosa. Es arraigo, historia, leyenda, metáfora, territorio propio, término en que habita el corazón. ¿No entiende? ¿El Instituto Carrera eliminó entera, entonces, su sensibilidad? ¿Se imagina el vil alboroto del remate, la casa invadida por un público de nuevos ricos de este régimen, comprando y llevándose nuestras cosas de toda la vida? ¿Se imagina la fea cama de mi madre en una habitación distinta a la suya, ocupada por otra persona que dormirá, que quizás morirá en su lugar? ¿No siente el sacrilegio de los árboles talados para hacerle lugar a un respetable edificio de extraños ocupando el terreno de nuestra historia? Sebastián quiere venderla porque es un comerciante de mierda, nada más, mira cómo se ha hecho millonario con este régimen. ¡En cuanto ve un negocio, se lanza en picada como ave de rapiña sobre los despojos de nuestros padres!

—Eres injusto —alega Gloria—. Sebastián es un ángel, y tiene sentido común.

—¿Y yo soy el loco de la familia?

—Así te estás portando.

Me adormezco al son del chorro del agua de la casa vecina. Más tarde me despierta el teléfono, que contesta Gloria:

—Chile... —dice—. Cobro revertido. Qué cosa más rara, ¿no?

—¿Qué es cobro revertido?

—Que paga este teléfono, no el que llama. Aló, sí, sí... ¿Sebastián Méndez? ¿Si Julio Méndez acepta la llamada?

—Hijo de puta..., sabe que no puedo dejar de aceptarle su llamada, aunque yo soy un pobretón y él está nadando en los millones de la burguesía pinochetista.

Hablo con Sebastián: hay tres años de cuentas de médicos sin pagar, arreglos de techos y calefacción, sirvientes sin pagar, años de contribuciones atrasadas, el entierro, la tumba, teléfono, todo..., es necesario pagar. ¿Cómo quiero que lo hagamos? Tenemos que ir a medias, ya que somos dos los hermanos. ¿Le puedo mandar un cheque en seguida...? Las cifras son muy altas, pero la casa..., sí, la casa, que antes era casi campo y ahora queda en el corazón mismo del barrio comercial más caro de Santiago, está rodeada de altos edificios, un islote verde en medio del cemento: una propiedad muy buena. Ofrecen tanto por ella que se podría pagar todo lo que se debe con holgura, dejándome a mí, además, un margen bastante amplio aun después de pagarle a él los préstamos que me ha estado haciendo durante mis años de exilio, y si invierto bien —los Fondos Mutuos, en Chile, de lo que todos viven ahora, dan una buena renta— ese pequeño capital me podría ayudar a vivir...

No, no, no: mis labios irracionales no pueden pronunciar otra palabra que la negación ante las diabólicas tentaciones de mi hermano. No, no, le propongo comprarle la parte de él con mi parte..., ¿se puede? Ríe, no de mala manera, sino con algo de tristeza o amargura: ¿con qué, pregunta, si la pobre Gloria le escribe que a veces no nos alcanza para el mes y yo no consigo que me publiquen mi novela que no termino nunca?

—¿Se lo dijiste? —le pregunto a Gloria, que asiente—. Has estado vigilándome, desgraciada de mierda. ¿No sabes que eso es suficiente para castrar a cualquiera? No firmo nada. La casa no se vende y se acabó.

Adiós. Cuelgo. Gloria llora. ¿Cómo puedo ser tan irracional? ¿Para qué quiero conservar la casa de al lado si ahora está vacía? ¿Para qué, si nadie quiere ni puede vivir en ella? ¿Por qué tengo que vivir mi vida entera ahogado por estas metáforas, en vez de metabolizarlas para reanimar mi obra? Hay que vivir lo que nos toca vivir en el extranjero, luchando con el fin de que la calidad de la vida cambie para todos y no sólo para unos pocos: es nuestro sacrificio, algún día lo reconocerán. Pero yo no. Soy inerte, castrado, mal escritor, sí, lo sé, lo sabe ella porque en secreto ha leído lo que he escrito en esta temporada en Madrid, y es como escrito en el limbo: la otra versión que Núria Monclús, con acierto, rechazó, era quizás mejor. Todos me seguirán rechazando. Soy un excelente profesor de literatura —eso, además, se nota en tu novela, opina Gloria—, pero ella es opinión porque es «el lector común», pertenece al grupo de gente a que Virginia Woolf se refiere, ese público que tiene suficiente sensibilidad para exigir que la literatura sea literatura y no sólo un manoseo de las heridas propias, que es lo mismo. ¿O ahora es otra cosa? Este volver a rumiar otra vez la tragedia chilena no me lleva ni a la lucha, que está en otra parte, ni a la literatura. Si ambiciono integrarme en la lucha, ¿por qué no presto mi nombre —me lo piden con frecuencia— y mis colaboraciones a tantas revistas que desde el exilio combaten a Pinochet? No eres ni chicha ni limonada, grita Gloria, igual que en la cama. Me doy cuenta de que está completamente borracha. Vulnerable, la veo a punto de romperse. Sin embargo, le respondo a gritos:

—¿Cómo mierda sabes tú que no soy ni chicha ni limonada en la cama si no has probado más pico que el mío?

—La Katy..., ella me cuenta...

—Esa puta vieja. ¿Qué sabe ella de cuestión cama si se acuesta con ese mariconcito de Bijou? ¿Tú crees que no me he fijado cómo me trata de seducir a mí?

—¿A ti...? ¿Quién cresta va a tratar de seducirte a ti, pobre ave, si ni siquiera eres capaz de cortar el cordón umbilical con tu mamacita, el niño lindo, el hijito menor pero guatón y con olor a viejo cochino?

Me levanto, me sirvo un buen vaso de cognac en el comedor y vuelvo al dormitorio con el propósito de hacerle saber a mi mujer lo que es un buen macho. Está dormida, completa, profunda, y temo que irremisiblemente, dormida: ronca. Me tiendo a su lado. Me tomo de un trago todo el cognac, apago primero la luz de su velador, luego la del mío, y me duermo.

Despertamos abrazados. No sé cómo. Ni por qué. Costumbre. Miedo. Lo que sea. Ni sé qué hora es porque las persianas y las cortinas están cerradas. Ya no existe el jardín de al lado. Lo vendieron. Liquidado. Nada: sólo este abrazo, que era jardín, pero ahora es otra cosa.

—Vendamos la casa de Roma —es lo primero que Gloria, cariñosa, me susurra al oído al despertar en mis brazos.

Divaga sobre un viaje que le gustaría que hiciéramos juntos a Marrakesh, por ejemplo, una visita a Pato, que tendría que ser sorpresiva para que ante nuestra llegada no huyera en dirección al Atlas, o al Sahara, o haga alguna locura como enrolarse en la Legión Extranjera.

—Tonta —digo—. Ya no existe la Legión Extranjera.

—¿De qué se tratan las películas ahora, entonces...?

—No sé, de ser pobres, y de matrimonios mal avenidos, Fassbinder, que te gusta tanto...

—Pero una suspira por una buena película donde la Gaby Morlay acompaña a Jean Gabin cuando se va a enrolar en la Legión..., ...tomar el avión a Tánger, alquilar un coche, hacer Tetuán, Chechaouan, Fez, Meknés, Marrakesh, dicen que Marrakesh es toda color mandarina, y ver a nuestro hijo que no vemos hace tantos meses, pero que está allá, no sabemos haciendo qué, pero ahora por lo menos tiene una dirección estable... o a Italia, sí, sí, Italia, no hemos viajado nada desde que estamos en Europa, un mes en París, tan lindo pero tan caro, luego Barcelona..., Sitges..., hemos estado demasiado pobres para siquiera intentar movernos, y ahora, con esta herencia, un viaje, sí, aunque sea corto, y barato, a tu mamá le gustaría habernos proporcionado esta oportunidad de placer, tal vez ir a Venecia, me la imagino irisada en otoño, me encantaría ir a Venecia en noviembre, por ejemplo, y a Florencia, o Roma..., sí, sí, Roma, aunque no esté allá Pato, qué importa, para los desagrados que nos da ese chiquillo de mierda, vámonos a Venecia y a Roma en vez de ir a verlo a él, a Venecia, que dicen que se va a hundir...

Gloria me implora, me abraza, me besa, pero su boca tiene olor a la borrachera de anoche. Me ruega, me acaricia, vibrando como a punto de caer en la histeria, pero yo permanezco tieso entre las sábanas. Como un cadáver: Myshkin duerme a mis pies. Gloria me implora un poco de placer. Ya ha olvidado qué es el placer, sepultado bajo preocupaciones y trabajo. La veo encerrándose en la cárcel de la depresión, en la que nada, ni siquiera lo más simplemente positivo, puede tener otro signo que el de la amenaza, la agresión de los otros —especialmente mía—, la inaccesibilidad de la gratificación más primaria, y sólo se ve cercada y aprisionada por la derrota. Otra cárcel, distinta a la mía, pero cárcel al fin: ambos, aquí y allá, incomunicados.

Un poquito de placer, ruega de nuevo, restregándose contra mi cuerpo que no responde, aunque ahora a ella no le importa que no responda. Ahora importa sólo la imaginación: este placer —llamado conyugal: de yugo— desde hace años es sólo la demostración de otras cosas, de poder, de fidelidad, de vigencia, y sirve para comprobar, para continuar, para dar seguridad: cualquier cosa, menos esa cosa que existió cuando éramos un poco más jóvenes, aventura, regalo, peligro. Ahora no es eso. La prueba es que Gloria intenta utilizarla para obtener la rendición de Roma: al besarme exige Italia, huir ante el vendaval de su depresión que se anuncia hacia esas ancianas piedras que conservan todo su vigor, el ópalo de Venecia que yo tampoco conozco y ansío conocer, y ahora propone modestamente un viaje aunque no sea más que a Sevilla, o a Granada, la Alhambra, todo está tan cerca y no lo conocemos..., los *Cuentos de la Alhambra* cuando éramos chicos en *El Peneca*...

—Ilustrados por Coré...

—¿No era Atria?

—No, creo que Coré, era un dibujante genial, sería necesario hacerle un *revival*...

—Atria no lo hacía mal.

—No, pero Coré...

Si llamo a Sebastián ahora, hará la transacción en seguida, y con eso nos podríamos ir mañana mismo a ver la Alhambra o a Venecia. Gloria, que me muestra tantas cosas apetecibles con sus palabras, se levanta de la cama y abre las cortinas. Alzando sus bellos brazos maduros, levanta la persiana, y la magnificencia del jardín de la casa de mi padre en pleno verano, solitario, mío, permanece estático ante mis ojos, salvo por una mariposa blanca, leve como un trocito de papel de copia, así de tenue y liviana, volando entre las ramas del grave castaño.

—Cortarían los árboles..., no, no puedo soportar que los corten, los paltos, los naranjos, el magnolio, el damasco. ¿Adónde aterrizaría a mi regreso, cuando caiga Pinochet?

—Honradamente, ¿crees que Pinochet va a caer?

—Claro.

—¿Entonces por qué cresta eres tan maricón que no haces nada para ayudar en esa lucha? Yo ayudo. Yo firmo cartas de protesta. Yo desfilo. Yo escribo —me dicen que bien— para revistas relacionadas con la lucha, con esa esperanza de que todo cambie. Tú, en cambio, no...

—Yo, a mi modesta manera, con mi novela, también hago algo...

—No te cuentes el cuento. ¿No te acuerdas de la cara con que te miró la Núria Monclús en el Rastro? Simplemente no existes. Acéptalo.

—Fue culpa de la Katy...

—Siempre es culpa de otro. Nunca culpa tuya. Eres como la Virgen María, sin mancha concebida.

—¿Qué hablas tú...? ¿Crees que a los diecisiete años que Pato tiene ahora podríamos arrastrarlo de vuelta a Chile? Jamás. Se quedará en Europa a hacer la vida que pueda, rondando, me figuro, distintas formas de la delincuencia menor. No te vas a ir a Chile dejando al chiquillo aquí, aunque no quiera ni oír hablar de nosotros. Tanto que lo quería mi mamá...

Gloria, de pie ante mi cama, se cubre la cara con las manos, sin llorar, sólo para no tener que ver las cosas que está viendo, la mariposa tan ligera que no logra caer entre los árboles del jardín de Roma, sí, para no ver la mariposa y así reconocer que está plantada eternamente en la desdicha. ¿Qué se está quebrando en ella? ¿Qué se ha quebrado ya? Antes Gloria no era así: era la encarnación misma de la danza, la Diana de andar airoso y maneras atrevidas, la cazadora, luminosa como la luna, con una soberbia vocación para la risa que los años y la historia y Pato y yo y la mala suerte económica de su padre conspiramos para arrebatarle: Gloria es la mariposa atrapada en una red, no una araña que, como Núria Monclús, sabe tejer su propia red. No una red que ahoga, como las redes ajenas que ahogan a Gloria, sino una red que Núria luce como un adorno, utilizándola: Núria es libre, es pre-psicológica. Eligió eliminar la vida privada: no le interesa el ámbito de lo lírico. Ése es sólo un ámbito más, ordenado y planchado y organizado entre sus vestidos todos iguales, colgados unos detrás de otros en su armario ajeno a la incertidumbre: es la Diana verdadera, que no necesita más flechas ni carcaj que una serie de teléfonos y computadoras, araña que caza a los escritores que valen la pena con su tela manifiesta en la forma de un velito que le confiere cierta suavidad a su expresión que no engaña a nadie. Es terrible ver cómo hace sufrir a Gloria. Núria tiene la culpa, puesto que ella me impide triunfar: ella tiene atrapada a Gloria en una telaraña, que es su cárcel.

—No llores —le digo.

—No lloro.

—¿Entonces?

—No sé.

—Yo sólo sé que no puedo, amor mío...

—¿Ni por mí?

Se quita las manos de la cara. Sus pobres ojos están borroneados por las lágrimas que disuelven el maquillaje de ayer: sus ojos sucios que imploran no logran nada. Y yo sólo logro murmurar:

—*«O, it's only Dedalus whose mother is beastly dead»*.

Gloria huye a sollozar en el cuarto de baño.

Es curioso considerar cómo cada ser humano reproduce inevitablemente sus circunstancias, sea cual sea la localidad que transitoriamente habita. Arrastra consigo sus limitaciones, y con ellas traza una vez más su perímetro, propone las reglas del juego y elige por contrincantes a los que las aceptan. Es una especie de condena en la que sólo se puede fantasear la elección, jamás practicarla de hecho; un encierro donde, supongo, se juega a que pueden coexistir la libertad y la seguridad. En Sitges, Cacho Moyano me presentaba como «el gran escritor chileno». Esto me causaba risa porque lo sabía falso, y podía soportarlo como falso comentándolo con Gloria en privado para que ella no fuera a creer que yo lo tomaba en serio: esta mentira me daba sin embargo un suelo que pisar, me sentía hasta cierto punto a salvo dentro de la mediocridad cuya medida proporcionaba Cacho. Seguro entre periodistas chilenos que eran *free-lance* porque no podían ser otra cosa, entre psicólogos uruguayos carentes de clientela que atendían en un bar durante la temporada; entre médicos peruanos haciendo méritos en los hospitales hasta que los pudieran contratar cuando revalidaran sus títulos al cabo de tanto papeleo y estudio; entre bolivianos profesores de flauta traversa, mexicanos profesores de yoga, cubanos profesores de mímica, restos tirados a la playa después de tan variados naufragios, gente que llegaba de París porque estaba harta de vivir como ciudadanos de quinta clase en los aledaños de las universidades, escasez de dinero, familias atomizadas, matrimonios rotos o intercambiables y demás males endémicos de la gente hacia la que Gloria y yo, pese a nuestra edad más que suficiente para estar en otra categoría, aunque sin credenciales para ella —¿cuántas veces estuvo a punto de ser realidad mi nombramiento interino para una cátedra de literatura inglesa contemporánea en la Universidad Autónoma de Barcelona?—, nos veíamos inevitablemente arrastrados: nada de lo que hacíamos dejaba la menor huella.

Tuvimos la ilusión de que en Madrid todo sería distinto. Allí, sabíamos, los grupos políticos eran serios y activos y de todos los matices, no dogmáticamente marxistas, ni muchachitos-de-la-bomba-en-la-mano de uno y otro lado. Los grupos literarios eran más abiertos y generosos, se sentían menos amenazados por el avance de la falange latinoamericana que los de Barcelona, y existían cafés, tertulias, y quizás hasta «salones», lo que sería divertido. Las agencias noticiosas, los periódicos más importantes, las presiones de la política interna de España, tenían allí su sede y se estaba en contacto directo con el extranjero. Por otra parte, toda la escuela psicoanalítica argentina fue forzada a abandonar el país, porque para los militares en el poder psicoanálisis y marxismo eran una y la misma cosa: la salida de estos eminentes profesionales fue como hacerle una lobotomía a la Argentina. Sus miembros más prominentes se establecieron en Madrid. Yo no podía esconder mi ilusión de que nuestra vida social se desarrollara entre ellos, gente que me estimulara a vivir mi desarraigo con una eficacia para hacer obra, dejar huella, como ellos, que están renovando la psiquiatría española que nadie ignora que hasta ayer estuvo en pañales.

No resultó, sin embargo, así. Carlos Minelbaum, con toda buena intención, nos lanzó en brazos de Katy Verini, divertida, inteligente y encantadora en dosis bien medidas, pero también náufrago que se agarra de cualquiera —en este caso de nosotros— para no hundirse. Y en la medida en que aquí convivimos con alguien, lo hacemos con los amigos de Katy. No es que no sean dignos de admiración: la solidaridad entre chilenos que sufren depresión nerviosa a raíz de una separación, de argentinos que deben esconderse para que no los «vengan a buscar», de uruguayos que cantan tangos pero pierden el trabajo por borrachos en el *pub* o el restorán, del correo de noticias entre peruanos, mexicanos, salvadoreños, dominicanos, bolivianos, es orgánica, efectiva y no sólo, como la de Sitges, parte del folclor del decenio. Un crecido número confiesa que jamás volverán a sus países, aunque las cosas cambien para bien: éstos son los más jóvenes, los que no tienen razón para no encontrarse cómodos aquí, los cineastas sobre todo, o aquéllos involucrados en actividades como la televisión, ya que aquí se cuenta con el material técnico que no hay en sus países, y no tienen, allá, un arraigo en una ciudad, en un barrio, en un jardín que está a punto de desaparecer. La mayoría, sin embargo, maldice, sueña, recuerda.

La noche que vamos a comer anticuchos donde un peruano cineasta —cineasta *pour ainsi dire*, ya que en su país ha hecho poco, y aquí apenas logra sobrevivir como ayudante en televisión—, el dueño de casa, alto, fuerte, aindiado, con gran coleta de pelo canoso, exhibe slides hechos en la selva amazónica como parte de un proyecto para una película basada en *La casa verde*, de Mario Vargas Llosa. Pero el proyecto fracasó debido al precio que exigió Núria Monclús por esa obra.

Los *slides* son, en algunos casos, prodigiosos. Sentados en el suelo y en las escasas sillas del piso de Lavapiés donde el peruano reside, el grupo contempla, haciendo preguntas pertinentes, siempre desgarradas, comparando la selva peruana con la boliviana y con la brasileña. Algún conocedor pronuncia un nombre técnico, y un discreto tañedor de quena, de cuando en cuando, pronuncia también con su instrumento, otra definición de nuestros ámbitos.

Es imposible que Katy se concentre en cualquier cosa que no sea ella misma. Sobre el diván de cojines multicolores donde me acomodo, Katy viene a instalarse junto a mí en la oscuridad. Comienza interesándose inteligentemente en los *slides* y en el proyecto que el peruano describe, que se ajusta al *élan* poético que tiene ésa, la única novela de Vargas Llosa que ha resistido el tiempo, según opinan no sólo algunos escritores jóvenes, sino también los mayores, como yo, los que vimos nuestras carreras literarias coartadas por la *mafia* de escritores del *boom* que saturó el mercado, dejándonos afuera. Mi rencor contra ellos va montando a medida que avanza la proyección, pese a que Katy cuchichea en mi oído.

De pronto, al tomar un trago de sangría, me desconecto del proyecto del peruano porque las palabras de Katy me galvanizan. Dice que tiene miedo y es una confidencia sólo para mí porque cualquier día la pueden venir a buscar si saben que lo ha contado: no, Víctor no murió asesinado en una juerga de camioneros borrachos que invadieron su piso y, después de sodomizarlo en masa, como a T. E. Lawrence, lo degollaron. La verdad es otra: Víctor, que pese a su homosexualidad era incomparable como amante, médico joven e inteligente, con un prestigio creciente entre la buenísima burguesía de la que formaba parte, atendía en la más absoluta clandestinidad a los torturados que salían hechos unos guiñapos de los campos de concentración uruguayos: éstos le contaron muchas cosas irrepetibles, datos que él suministró a la resistencia. Cuando el gobierno uruguayo supo esto, y supo que era homosexual, montó en escena, en el piso de Víctor, una falsa orgía con personas pagadas por la policía secreta que lo asesinaron, y así, aduciendo su homosexualidad, dejaron sin investigar el crimen.

Katy me cuenta todo esto con abundancia de detalles, en voz muy baja, con todas sus afectaciones de timidez, de risitas, de reiteraciones subrayadas, cubriéndose una y otra vez los ojos con tirones de su chasquilla, reflejando en su rostro agitado los colores de los *slides*. A medida que avanza el relato de Katy sobreimpuesto al relato del peruano, estas afectaciones se van perdiendo y Katy queda como desnuda, conmovida, haciendo un alegato apasionado, certero, en contra del estado policial en que se ha convertido su país:

—Soy rara, por eso me psicoanalizo, no me vengas a decir que no es raro que una mina como yo no haya alcanzado el orgasmo más que con un marica... Por eso me vine, por miedo, y vivo con el terror de que vengan a buscarme, por eso es que cambio tanto de domicilio y a veces duermo en el piso de ustedes o me voy a Francia..., ahora me voy con Bijou a Marrakesh: hay más uruguayos dispersos por el mundo que en el mismo Uruguay, mirá qué país...

Le aprieto la mano. Es tan fácil entenderla, a ella, a todos, tan fácil perdonar: tomamos más y más sangría juntos —¿qué cresta le han echado a esta pócima infernal?—, contemplando escenas de la selva, escuchando las notas de la quena que salpica los verdes de Vargas Llosa.

Cuando nos despedimos, ya muy tarde, después de la inevitable sesión de vidalas y chamamés, tonadas y cuecas, valsecitos y alguna canción de Chabuca Granda y por cierto de Atahualpa Yupanqui y de los Parra, estamos todos bastante borrachos con la sangría venenosa de la velada. Alguien ofrece llevarnos a casa en su coche, apretados en el asiento porque el dueño del vehículo apiña a demasiados pasajeros, ya que el suyo es el único coche. Al bajarnos, oigo más de una pulla sobre la elegancia de nuestra morada, sobre todo de la boca de mis compatriotas, aunque estamos demasiado borrachos, Gloria y yo, para preocuparnos de una pulla más en un mundo en que la pulla es el arma de defensa más corriente.

Al abrir la puerta del piso y saludar a los etruscos, Gloria y yo nos afirmamos el uno en el otro para no dar traspiés y nos dirigimos a nuestro dormitorio. Pero aún borrachos no podemos dejar de sentir el olor a mierda y meados de perros y gatos. Es verdad: no sacamos a pasear a Myshkin con la regularidad necesaria y la arenilla de Irina está sin cambiar. Además, algunas especies del jardín de invierno desfallecen. Otras se calcinaron debido a nuestra dejadez. Tengo la sensación de pisar algo resbaladizo, fétido: en el dormitorio me quito los zapatos inmundos, mientras Gloria se tira en la cama con la intención de dormir vestida, y dice:

—¡Qué asco, este olor!

—Claro, si no te preocupas de sacar al perro y se te olvida cambiar el *kitty-litter* para que cague la gata y dejarle la ventana abierta, qué quieres. Mira, acabo de pisar una plasta...

—¿Y por qué no la sacas tú?

—Yo estoy trabajando.

—No me hagas reír. Cámbiate los zapatos asquerosos y saca al Myshkin, pichito lindo, el papá que es tan bueno lo va a sacar a dar un paseíto a pesar de que se tomó hasta el agua del florero en la fiesta en que estuvimos...

—Las huevas que te voy a sacar, Myshkin...

Me estoy cambiando zapatos para salir, dejando los sucios en la terraza para lavarlos mañana. Gloria, al mismo tiempo, se incorpora en la cama: hace el esfuerzo, lo adivino, porque se propone salir conmigo. Me parece que en esta ocasión su solidaridad tiene algo de defensivo y protectivo, no quiere quedarse sola, no quiere dejarme solo, miedo a la soledad y a la mugre, necesidad de estar juntos, pese al rencor mutuo que nos produce esta degradación de la que ambos somos culpables. Con Myshkin tirando la cadena, porque adivina que lo vamos a sacar, pasamos por el salón de las dos ventanas y las falsas cortinas que produjeron la hilaridad de Bijou, donde él y Katy han dejado su huella de descuido que no hemos intentado borrar. Es preferible salir. Bajamos a pie hasta la planta baja. Salimos a la calle. Lentamente, casi sin hablar al principio, comenzamos a dar vuelta alrededor de la manzana, el perro oliendo cada árbol, orinando un poquito aquí, un poquito allá al guiarnos por su territorio. Le cuento a Gloria, muy en secreto, lo impresionado que estoy con lo que Katy me contó:

—¿No lo sabías? —me pregunta incrédula—. Yo ni lo había comentado contigo porque lo sabe todo el mundo y supuse que te lo había contado a ti también. A mí me lo contó el primer día que me conoció en Sitges, figúrate, hace meses, y volvió a contármelo el primer día que fuimos juntas al Prado... y a Bijou y a medio mundo. Es compulsivo en ella, como si quisiera dejar rastros de papelitos para que la sigan, como en una *gimkana*, hasta que finalmente la encuentren y la maten dos enmascarados con sus metralletas irrumpiendo uno de estos días en su piso...

Continuamos nuestro paseo nocturno en torno a la manzana. El aire químico, caliente, que arde en el cielo rojo sobre el centro, quema nuestros rostros como en una amenaza ecológica de ciencia-ficción, y tengo la fantasía de que volveremos a casa tremendamente envejecidos. Pasan poco coches. Por Serrano, de vez en cuando, la lucecita verde de un taxi que disminuye la velocidad al vernos, los únicos transeúntes a esa hora, los únicos clientes en perspectiva. Nos introducimos de nuevo en el microclima de parques y jardines abandonados durante el verano, que es donde vivimos: desde detrás de alguna reja aúlla un perro al que Myshkin responde como por cortesía, para que la bestia no haga el ridículo.

Al enfilar de nuevo por nuestra calle, por el otro lado, de regreso a lo que estamos habituándonos a llamar «nuestra casa», llegamos a la región ocupada por el murallón descascarado de la casa del duque de Andía, ahora sin ocupante.

ROJOS CULIAOS

Enormes letras doradas..., ¿cómo es posible esta pintada en este muro? Es como si al verlo nos despertaran con un puncetazo eléctrico: ROJOS CULIAOS. En este barrio no es infrecuente encontrar pintadas que permanecen durante cierto número de días en los muros de los propietarios, hasta que la fuerza oficial ordena que las borren. ¿Pero... ROJOS CULIAOS? ¿Quién que no sea chileno pudo poner allí esas palabras? ¿Quién, por otra parte, que no desconozca el léxico callejero español se ha

188

dado el trabajo de escribir en el muro esa palabra ininteligible para todo transeúnte no chileno, y que designa a alguien a quien, como dicen los españoles, se le ha «dado por el culo». Sólo un chileno pudo haberlo hecho. Un chileno desconocedor del léxico callejero español, y desconocedor, también, de la ortografía del chilenismo. Bijou. Naturalmente. Gloria y yo lo decimos al mismo tiempo. Beltrán, el portero perteneciente a Fuerza Nueva, lo ha impulsado a hacerlo, tal vez incluso pagado para hacerlo, sin estipular una frase más efectiva, ahora que los duques están ausentes y nadie puede inculparlos. MONARQUÍA SÍ JUAN CARLOS NO; VIVA BLAS PIÑAR: no hemos visto pintadas como éstas más que en nuestro barrio y en los barrios aledaños. ¿Pero... ROJOS CULIAOS? ¿No inculpa a todos los chilenos de Madrid esta pintada, que mañana será descubierta y descifrada por la policía? Para Gloria y para mí se hace urgente eliminar esta pintada, salvarnos, salvar a los chilenos que pueden quedar manchados por esas letras. Borrachos, aunque electrizados por la necesidad, corremos a nuestro piso para inventar algo que hacer: pintura con pintura porque esa mancha no se puede lavar. Pintura blanca, mucha. ¿Dónde? ¿Cómo? Tiene que ser antes de que amanezca: ese resplandor rojizo puede ser el alba.

Gloria recuerda haber visto una serie de llaves en un tarro en la parte más alta de la despensa. ¿Quizás una de ésas es la llave o su duplicado de la puerta del estudio de Pancho..., no encontraremos allí, con seguridad, pintura blanca? Junto a la puerta del estudio, Gloria, sentada en el suelo, los ojos llenos de lágrimas, los labios balbuceantes de horror, apremio, borrachera, saca las llaves del tarro, y yo, chapucero, intento introducirlas en la cerradura para abrir esa puerta detrás de la cual encontraremos la solución.

No sé cuánto permanecemos allí, metiendo llave tras llave, confundiéndolas todas, sin hablar, casi perdido nuestro propósito, hasta que por fin la cerradura se abre. Bebemos nuestros cognacs y entramos al *sancta sanctorum*. Encendemos la luz: adentro, el mundo prístino y gratuito creado por Pancho Salvatierra nos avasalla bajo la claridad que hiere las pocas telas colgadas, luciendo bellos rostros de plata, la fantasía rescatada de su escondrijo dentro de los objetos diarios, paquetes, el esqueleto seco de una rama de tomillo, pan, todo elevado, por medio de la justa observación y la técnica insuperable, a algo más que, y distinto de, la realidad. Coexisten, junto a estas telas que son obras de arte, los materiales, la materia no transfigurada, los objetos de la cocina de estos cuadros, telas y tablas, sacos, martillos, cajas, grandes botes de pintura, láminas de aluminio bruñido, brochas y pinceles, papeles de colores, mesas de dibujante técnico, toda la materia prima que Pancho utiliza para animar esas locuras suyas, tan ajustadas y tan distintas. Buscamos en los grandes botes: sí, blanco, y brochas, las más gordas.

Apagamos, cerramos y, al pasar por el comedor —el corazón atravesado por la injuria del muro, por la traición de Bijou, heridos por la falta de ortografía que pregona su mano desconocedora de su idioma y sin respeto por él, sin respeto por nadie, ni siquiera por sus compatriotas heridos de exilio, por su padre, por su madre, por nosotros, tío Julio, tía Gloria—, para poder enfrentarnos una vez más con el horror de esa pintada, tomamos, de la botella de cristal mismo, cada uno un largo trago de Courvoisier. Veo en el rostro de Gloria una expresión extrañísima, como si de pronto, rechazando todo lo exterior, se hubiera vuelto entera hacia adentro, hacia la cárcel de su dolor que le proporciona un pozo por lo menos más aceptable que éste: no puede soportar lo que está sucediendo, la fantasmagoría de la idiotez, que es una forma más de la traición y de la derrota.

Bajamos. Gloria, tambaleando, se apoya en un farol apagado, mientras yo trato de borrar las letras con la gran brocha, CULIAOS..., eso es lo más necesario de borrar, es lo chileno, lo incriminatorio. Pero como estoy muy borracho porque el cognac se me sube a la cabeza, doy un traspiés en el gran bote de pintura, que vuelca su contenido entero, derramando una mancha pastosa, de óleo blanco, que crece lenta en la acera.

—¡Huevón...! —me chilla Gloria.

Y ambos nos lanzamos sobre la pintura blanca volcada en la noche, intentando recobrarla con nuestras manos, pintando con nuestras manos pintadas la pintada, tratando de empastar con nuestras manos sucias las palabras del muro, pero sin lograrlo, sólo lo ensuciamos, hasta que no nos queda más que huir dando traspiés y desertando la inmundicie pegajosa, viscosa, blanca, llevando los zapatos en la mano para no dejar huellas de pintura, de modo que nada demuestre que nosotros fuimos los ineficaces soldados de una causa perdida. Sí, alguien puede echarnos la culpa a nosotros de esa pintada en el muro del duque de Andía, porque somos los únicos chilenos del barrio, tan elegante que algunos compatriotas no pueden dejar de echarnos pullas por vivir aquí.

Dos días después aparece Bijou por casa, fresco, como si tal cosa, silbando. Nosotros ni siquiera nos hemos atrevido a salir para no vernos obligados a enfrentar a Beltrán, ni el mundo, ni el muro sucio con las huellas de nuestro fracaso.

Gloria está tendida, muda, irascible, víctima de un dolor de cabeza que no se le va desde la noche aquélla, y yo, tendido a su lado en la cama, no miro el jardín vacío, su muro vejado por la pintada de Bijou. En cuanto le abro la puerta del piso le grito que es un desgraciado, un hijo de puta. Cierra la puerta tras de sí, saluda a los etruscos con su habitual beso en sus mejillas inexistentes, siguiéndome al dormitorio, donde me tiendo junto a Gloria, ambos fatigados hasta la muerte por este chiquillo perversamente sentado a los pies de nuestra cama, que se come las uñas como única señal de risueña alteración. ¡Que no se atreva a acercarse más a esta casa! Si lo hace, llamaré a la policía. Es el colmo que un hijo de Hernán y la Berta Lagos se deje enredar por la imbecilidad de un portero reaccionario, que no es más que un impensante reflejo de sus amos reaccionarios. La pintada sólo señala lo que la falta de conciencia cívica y política de un imbécil como Beltrán puede hacer con la conciencia reblandecida por el *hash* de un niño como Bijou. Esta misma noche llamaré a la Berta y a Hernán a París para contarles.

—Si le dice algo a mi papá —y noto que he logrado atemorizarlo porque cambia toda su alquimia ante mi reto—, si me acusa, yo le digo a Patrick, que llegó a Madrid, que no los venga a ver.

—¡No me amenaces...! —le grito.

—¿Dónde está? —pregunta Gloria, incorporándose como para volver a asomarse, por un minuto, al mundo de la realidad, de la posibilidad—. ¿Cómo está...?

—Bien, muy bien —dice Bijou, sonriendo de nuevo sin ansiedad al ver que la situación es suya—. Pero no tiene muchas ganas de venir, aunque yo le digo que venga porque el piso es formidable. Está con unos chicos marroquíes, que no son mala gente pese a ser marroquíes. Nos vamos todos juntos mañana a París.

—Quiero verlo —implora Gloria.

—¿Para qué? —la interrumpo—: Anda con marroquíes. Qué sé yo que traerá entre manos.

—¡Ah! ¿Así que usted también es racista y fascista, tío, y desprecia a los marroquíes por ser marroquíes?

—Yo no... —comienzo a defenderme airado, pero mi indignación contra Bijou sólo me permite gritarle que se vaya, que se vaya, que no quiero ver a Patrick, que a él no quiero verlo nunca más, mientras Gloria me implora que me calle, que, por favor, Patrick la venga a ver, que quiere darle una platita que ha logrado ahorrar, no es mucho, pero...

Bijou habla desde la puerta de nuestro dormitorio:

—Ni Patrick ni yo necesitamos la plata de ustedes: somos jóvenes, y si la necesitamos, ya veremos de dónde sacarla sin tener que humillarnos delante de esa Núria que a ustedes los espanta. A mí, no se preocupen, no me volverán a ver... y despídanme de la Katy, vieja pero buena tipa, aunque tonta como todos los viejos con sus obsesiones por salvar al mundo con sus ideas políticas liberales o comunistas o fascistas, como ese cretino de Beltrán, ya no sé qué son ni ustedes ni mis padres ni nadie...

Sale. Es casi de noche. El jardín de al lado está quieto y nos quedamos uno junto al otro, sin mirarlo, sintiéndolo adormecerse antes de que se agote completamente la luz. Debo haberme dormido. Despierto en el dormitorio: un alarido de Gloria desde el salón:

—Juliooooo...

Salto de la cama y corro a buscarla. Veo a Gloria, la cara cubierta con sus manos con su habitual gesto de dolor, que es una defensa y una cárcel y un rechazo, parada frente a la cómoda veneciana, y frente a un espacio vacío en la pared, hasta anoche ocupado por un cuadro de Pancho Salvatierra que era un paquete pintado sobre una lámina de aluminio bruñido. Ahora no está. Se lo han robado. Bijou. Bijou se lo robó al salir anoche.

—Voy a buscarlo —digo.

—¿Dónde..., cómo...?

—No sé..., ya pensaré. Valen miles, cientos de miles de dólares los cuadros de Pancho. ¿Te imaginas...? Chiquillo delincuente de mierda. ¿Quién diablos nos mandó a enredarnos con él?

Comienzo por tomar un taxi hasta la casa de Katy, que no sabe nada, hace semanas que está peleada con Bijou, pero Katy está en contacto con toda suerte de submundos, y se acelera, y sabe compartir la aventura del dolor de otros. Su amigo, Bolados, es falsificador de grandes pintores latinoamericanos —Matta, Botero, Cuevas, Antúnez, Conde, Salvatierra—, y además, gracias a sus relaciones con submundos mejor colocados que el suyo, hace de marchante de cuadros robados. Un español, me explica Katy en el taxi, pero hijo de mexicanos, a quien le da vergüenza ser hijo de mexicanos —sin embargo, es en México, el México nuevo, el del petróleo y de los veinte millones de habitantes del D.F., donde tiene su más incauta clientela— y parece más madrileño que todos los gatos de Madrid. Lo visitamos en su estudio de Onésimo Redondo. Es casi un solo enorme invernadero lleno de plantas tropicales y guacamayos, sus paredes cubiertas con cuadros de las grandes firmas: abajo, no muy lejos, el Palacio Real iluminado, como un extraño objeto de hueso construido con los despojos del Pudridero, rodeado de fuentes y árboles. Todo Madrid, todo el centro, todo el cielo rojo se ve brillar desde el inmenso ventanal de su estudio.

—No —dice, atusándose sus bigotes rancheros—. Sería de cine, vamos, tener un Salvatierra, sobre todo del período a que, por tu descripción, pertenece el cuadro que andas buscando. Pero si eres amigo de Katy, me comprometo a ayudarte y te llamaré en cuanto tenga alguna noticia. Déjame tu número de teléfono.

Cuando se lo doy, lo anota. Consulta una libreta y llama a Katy a otra habitación, donde se secretean un rato. Luego regresan y me da dos o tres direcciones escritas en un papel. Se despide con gran cordialidad. Pero ninguna de las direcciones que nos da Bolados nos sirve para nada, o no está la persona, o no la conocen, o no sabe nada de cuadros. Agotados, nos disponemos, pasadas las once de la noche, a ir fuera de Madrid, a Somosaguas, más allá de la Casa de Campo, a la propiedad de un millonario que es coleccionista de Salvatierras y puede saber algo.

—Yo te dejo aquí, mi amor, mi perrito querido —me dice Katy al parar un taxi—. Se me está viniendo una pálida con lo que he fumado y todo este quilombo, que ya no aguanto más. Además, ir fuera de Madrid..., yo soy como Sartre: odio la clorofila, viste, aunque no se puede decir que en Castilla haya mucha. Además, ¿cómo creés que te van a recibir en la casa de un millonario a esta hora? ¿Sos loco? Volvé a tu casa, querido, mañana seguís pesquisando mientras yo por mi parte hablo esta noche con algunas personas en una guitarreada a la que voy a ir. Bijou no ha tenido tiempo para venderlo todavía, aunque es tan boludo que lo puede haber cambiado por un paquete de cocaína o qué sé yo qué cochinada, en todo caso esas cosas son difíciles de vender. Además, es tan loco el Bijou, viste, que puede haberlo robado nada más que para jorobarlos a ustedes, y capaz que lo tire al río, qué sé yo...

Lentamente, como si lo temiera, vuelvo a nuestro piso. El muro de la casa del duque de Andía está perfectamente blanco, recién pintado, parece que sólo esperaron la ausencia de los señores para arreglar ese muro que, en verdad, no estaba en muy buenas condiciones. Jamás ha ocurrido nada desagradable. Todo ha sido como una de esas películas de terror que pasan en la tele y después hay fragantes comerciales donde gente joven es bella y feliz entre gasas y flores. Durante un segundo, abrigo la esperanza demente de que, así como afuera no parece haber pasado nada porque hasta la mancha de pintura del suelo desapareció, al entrar en el salón de Pancho voy a encontrar el cuadro, igual que antes, colgado sobre la cómoda veneciana..., pero no: Bolados lo va a encontrar, sí, sí, estoy seguro, me digo, mientras subo a pie hasta mi piso, porque Katy me dijo que lo que cuchichearon en la habitación de al lado fue que Bolados comprobó en su libreta que el teléfono que yo le di como mío era el de Pancho, y ella le aseguró que yo ocupo su casa porque soy su gran amigo, y esto lo impresionó. Espera que, haciéndome un favor de esta especie, yo le presente a Pancho, con el cual quizás piensa hacer algún negocio.

El cuadro no está colgado encima de la cómoda veneciana porque Bijou se lo robó esa tarde, tal vez para venderlo, tal vez sólo para molestarnos..., no, para venderlo y para irse a París con Pato y unos amigos marroquíes traficantes en kif, aunque espero que no, quizás sólo sean traficantes en cuentas de piedra, en bolas de ámbar, en objetos del Atlas, en lo que fuera pero no en drogas. No. No en drogas. Pato no sería capaz: lo siento en la materia misma de mi cuerpo. Todo, menos eso.

Antes de entrar en el dormitorio —está encendida la luz— debo hacer un esfuerzo para calmarme e inventar un cuento que le dé esperanza a Gloria: concertaremos una búsqueda inteligente, reclutaremos amigos, gente que podrá ayudarnos, que conozca a los amigos de Bijou en Madrid, ese tout Paris de que habló y que este verano parece haberse concentrado aquí...

Cuando entro en el dormitorio veo a Gloria a medio vestir, lacia una pierna con la media enrollada, caída en la cama, roncando de una manera extrañísima: tiene los ojos cerrados... como muerta, pero no está muerta... en el suelo una copa vacía, sobre el velador la botella de Baccarat... los zapatos puestos, la blusa abierta, la falda por las rodillas..., está increíblemente borracha, toda la habitación huele a cognac. Atemorizado, me arrodillo junto a ella:

—Gloria.

El ronquido se hace más profundo, más acelerado. Agita una mano. Intento subirle la pierna a la cama pero está pesadísima, mueve otra vez la mano, esta vez casi como para acariciar la mía, buscándola como una ciega, y luego pasa sus dedos lacios y torpes por mi rostro como para reconocerlo.

—Gloria, por favor...

—Uhhh... —murmura, abriendo mucho los ojos y luego dejando caer sus párpados como quien deja caer algo demasiado pesado que ya no tiene fuerza para seguir sosteniendo.

—¿Gloria..., qué pasa?

—...*love me...?*

—Está borracha, mi linda..., la voy a desvestir...

—¡No me toques!

—Mi linda...

—No estoy borracha...

—Bueno, ya está, no está borracha...

Queda inerte después del esfuerzo de sus frases. Le quito los zapatos, la falda que la aprieta demasiado..., así no puede dormir cómoda, está al borde de la cama, si se mueve, cae, intento moverla... con una bofetada que surge desde el fondo de su sueño me rechaza...

—Gloria, por Dios...

Se mueve y, tal como preví, la mitad inferior de su cuerpo queda tirado por el suelo mientras yo intento subirlo de nuevo a la cama. Pero cae también la parte de arriba, como si perteneciera a otra persona, exangüe, muerta, los ojos cerrados...

—¡Muerta...! ¿Qué has hecho? —grito.

—Valium.

—¡Con todo ese trago...! ¿Estás loca? ¿Cuánto...?

—Tres... cinco...

No sé para qué intento incorporarla, ni sé qué hacer. Siento —quizás por un atavismo de dignidad, o simplemente por mis prejuicios burgueses— que debo devolverla a la cama, aunque la alfombra de piel blanca es casi tan mullida como la cama y bastaría ponerle una almohada debajo de la cabeza. Peligroso, pero no suicida, pienso. Está pesada, difícil incorporarla, hasta que logro levantar su tronco un poco, su cabeza quebrada en su cuello hacia atrás, de la que cae la tormenta cobriza de su pelo. La incorporo más y con esto voy sintiendo la emoción del triunfo, hasta que queda sentada, apoyada en mi brazo, su cabeza hacia atrás, sus ojos cerrados. De pronto, desde el fondo, le surge un estertor que la hace enderezarse y levantar la cabeza, dejándola caer hacia adelante, y vomita sobre mí, la materia viscosa y fétida empapando mi cuerpo y mis manos, y otro estertor y más vómito caliente sobre mí, sobre la alfombra blanca, sobre su propio cuerpo semivestido y desprovisto de dignidad y humanidad, murmurando apenas audible, y llorando:

—*I want to die... I want to die... you don't love me...* Pato no me quiere... *you don't love me...* Morir, morir... *I want to die... I want to die... you don't love me...*

—¿Quién no la quiere...?

—*You, my love*... morir, morir...

Aterrado, la dejo en su charco de inmundicia, en el dormitorio fétido a trago añejo, a vómito, a cognac, a vino, a abyección, a dolor. Voy al otro teléfono, no sé para qué si puedo hablar desde donde estoy, sólo que no quiero seguir oyendo su plañidero llamado a la muerte. ¿A quién recurrir? Llamo, primero que nada, a Carlos Minelbaum y le relato lo ocurrido: no, opina, no es un intento de suicidio si la cantidad de valium ingerido no pasa de tres o cuatro —lo que puedo comprobar—, y, sobre todo, no tiene importancia, porque vomitó. Que intente levantarla, limpiarla, que duerma todo lo que quiera, que no me preocupe, que me consiga a alguien que me ayude porque yo no voy a poder valérmelas solo. Él, mañana, tomará el primer avión que pueda en el puente aéreo Barcelona-Madrid y estará en mi casa alrededor de las doce y media. Gloria estará dormida todavía, es verdad, pero quiere verla, y verme a mí que necesito apoyo antes de que ella despierte. Que esté tranquilo. Lo más grave es el daño psicológico, suyo, pero también mío. Que intente reaccionar. Que busque ayuda.

Katy no tarda más de veinte minutos en acudir a mi llamada. Logramos lavar a Gloria, subirla a la cama, asearle el pelo, limpiar la alfombra, cambiar las sábanas, enjuagar los vasos, todo esto con movimientos precisos como de enfermera, como si estuviera habituada a ayudar en casos parecidos..., porque se repiten, dice, se repiten entre los nuestros estos casos de depresión: Katy se transforma, de pronto, de *hippie* locuaz e inútil, incapaz de cruzar una calle sin aferrarse del brazo de alguien como si esa aventura le causara terror, en una mujer solidaria y práctica que sabe compartir las desdichas de otros porque otros han compartido las suyas, o como si sacara del inconsciente las antiquísimas artes femeninas del consuelo y la reparación, que ahora emplea para asistir a la amiga que sufre y al marido de la amiga.

Abre las ventanas del dormitorio, la persiana, las cortinas para que circule el aire verdadero de la noche, no el aire artificial de la refrigeración: es como si al instante nuestro dormitorio vomitara toda su suciedad al jardín adyacente, en cuyo vacío murmullo de hojas se disuelve, y nuestro dormitorio queda purificado. Cuando todo está limpio y liso me pregunta si quiero que me caliente algo para comer. ¿Quiero que me prepare otra cama si tengo sueño? No, ella dormirá en el sofá del salón o velará, no sabe, no tiene sueño, que yo duerma tranquilo, el sofá del living es delicioso, ella hasta ha hecho el amor con Bijou sobre el sofá, pero claro, agrega riendo por fin otra vez, ella ha hecho el amor en casi todas partes, de modo que eso no tiene nada de raro.

Cuando Katy va a preparar camas y comidas, yo permanezco un rato en el dormitorio, mirando el rostro como un pan sin hornear de Gloria. La vejez, el dolor, el pelo oscurecido y revuelto y pegoteado sobre la almohada: de cuando en cuando mueve la cabeza, sus labios intentan balbucear algo, una de sus manos sugiere, con su esbozo de movimiento, que intenta espantar una mosca imaginaria de su frente, frunce el ceño, y después, como los últimos círculos que deja una piedra al caer en el agua, sus labios ensayan hablar hasta que ese esbozo se disuelve por fin en el lago total del sueño.

Me dirijo a la ventana. Es tarde... es decir, temprano, porque hemos pasado la noche en vela. Un alba roñosa comienza a dibujar los contornos de los edificios que se alzan más allá de nuestro microclima de árboles y parques privados donde todo esto está sucediendo, aunque parezca imposible que aquí suceda —para que no suceda son los letreros VIVA FRANCO, DIOS Y FAMILIA:

para impedir, justamente, estas cosas— esta pequeña tragedia de la abyección, que, por fin, no será ni siquiera una tragedia, asegura Carlos.

A medida que avanza el alba y los ruidos de los coches despiertan a los inquilinos de los pisos menos afortunados que el que yo habito, el jardín contiguo se va animando con leves movimientos y ruidos: pájaros de nombres desconocidos comienzan a agitarse entre las ramas del castaño, y luego a piar, y las ramas mismas, de negras se tornan violetas y luego azules, y más tarde todo es verde, hasta que por fin se trazan sombras sobre el césped, y se desenvuelven largas cintas amarillas de sol, que son, en realidad, verdes, el verde asoleado y descompuesto por el *pointillisme* de la luz de pleno día.

¿Pueden ser tan totales las derrotas en una mañana como ésta?

5

Carlos Minelbaum viene a visitar a Gloria día por medio al comienzo, luego una vez por semana. Toma el puente aéreo desde Barcelona, pasa el día con nosotros, y toma el último avión de regreso. Se encierra con Gloria, una, dos, a veces tres horas para hacerle una ardua psicoterapia de apoyo y, sobre todo, prodigarle su cariño, que ella acepta. Es difícil hacerla hablar —imposible la primera semana, en que me vedó toda entrada a su habitación—, pero después, cuando para ver cómo reacciona Carlos me deja entrar, ella grita y me quiere arañar, chillando que soy el culpable de su vida destrozada, de su incapacidad para enfrentar cualquier lucha, incluso cualquier acción o proyecto porque yo la he devorado. Carlos, entonces, me vuelve a prohibir la entrada, y oigo la cacofonía de su voz histérica dialogando entrecortadamente con el terapeuta desde detrás de la puerta. También la oigo sollozar cuando está sola. A Katy, a quien por lo menos acepta los oficios de su ayuda, no le habla, ni le pide nada, ni siquiera por indicaciones, igual que a Begoña, que tiene que adivinar cuando Gloria necesita algo. Luego, con el transcurso de las semanas, cuando se encierra con Carlos, siento que su balbuceo híspido se va trocando en una suerte de diálogo. Carlos mantiene ansiosas conversaciones conmigo, que también son una amistosa psicoterapia destinada a apoyarme para soportar toda la culpa que Gloria apila sobre mi cabeza, la culpa del fracaso de su vida, dice ella, pero que yo debo entender, dice Carlos, como el fracaso de algo mayor, de una educación, de una clase, de un mundo, de un momento en la historia, todo lo cual ella me adjudica a mí. No es un caso único. Basta ver las cicatrices en las muñecas de Katy.

—Tal vez algo de culpa tendrás —sugiere Carlos.

—No sé, no creo...

—En una pareja no hay un solo verdugo y una sola víctima, ambos son verdugos y víctimas. Para sanar hay que reconocer por lo menos eso... y, sobre todo, darle jerarquía a lo que importa de veras.

Supongo que estoy bastante lejos de la curación, porque no acepto mis culpas con relación a Gloria, ni puedo aceptar todas sus acusaciones. Cuando Carlos parte y Katy duerme, mi rencor monta, y comprendo menos y menos, porque si bien ella siente que yo he estropeado su vida con mi mediocre pusilanimidad, ella ha coartado la mía con sus exigencias, que son lo que me ha hecho sentirme mediocre. Las conversaciones con Carlos son largas, confunden más la maraña, a veces ahondan mi sufrimiento, pero son mi único desahogo. Parte después de cenar lo que Begoña —de regreso después de que se lo imploramos— cocina para él porque lo quiere mucho: unos calamares rellenos con jamón serrano que a Carlos le encantan.

Es Carlos quien pone orden en nuestros asuntos porque yo no soy capaz. Es él quien, tomando un taxi hasta Getafe, donde vive Begoña, mantiene una conferencia con ella explicándole los males de que sufre Gloria, logrando que vuele en nuestra ayuda, y después de una semana, limpiando y ordenando, incluso mandando a la tintorería alfombras y cojines, y llamando al tapicero, logra restituir el orden en el piso de Pancho. Begoña llega al extremo de tener un enfrentamiento con Katy, que ahora vive aquí, en que la conmina a cooperar en el restablecimiento de Gloria, que no va a ser fácil: que se ocupe de que tanto Gloria como yo tomemos nuestras distintas dosis de Deanxit a las horas prescritas, las vitaminas y demás pócimas, y que la enferma coma bien y en forma regular. Pero más importante aun —y Begoña alza un dedo—, que tenga cuidado de no ensuciar ni desordenar. Begoña viene todos los días para vigilar que las cosas anden como deben.

—¡Qué mina ésta, che! ¡Mirá si mi madre hubiera sido como Begoña! ¡Qué maravilla! No me hubieran casado con el boludo de mi primer marido a los quince años, y tendría una chamba con sueldo fijo en algún ministerio, sin problemas económicos ni políticos, y quizás hasta ni sexuales.

En cuanto Katy llega a nuestro piso, después de darles la mano a los señores etruscos de la entrada, que según ella son los verdaderos dueños de esta casa, se enfunda un abrigo de piel que descubre entre la ropa de esquí en el armario del cuarto de vestir, para entregarse a sus quehaceres de enfermera y dama de compañía..., basta que vaya a ver una película en un cine con refrigeración, dice, para que le duelan todos los huesos como a una anciana de asilo.

—¿Qué le voy a hacer? —discute con Carlos cuando se encuentran—. Sí, si sé que es psicológico: la mina que me psicoanalizaba decía que es porque mi madre se pasaba el día jugando al *bridge* y el tipo que me analiza ahora dice que es porque mi padre se pasaba el día jugando al golf. ¿A quién le va a creer una? Y las aspirinas no funcionan contra los padres y las madres. ¿A mí, cómo quieren cambiarme...? ¿No ven que soy un producto histórico, una indigestión de Sartre y Marcuse y Flower Children y MacLuhan, y qué sé yo qué porquerías más? ¿Viste, esa época en que creímos que la conquista de las libertades sería irreversible, y nos vinimos todos a Europa a fumar marihuana y a disfrazarnos de Joan Baez? Yo, querido, no soy más que un lamentable fenómeno arqueológico sin importancia, un residuo, lo que botó la ola. O por lo menos así es como me ven los jóvenes *punk* de ahora, o los pasotas, o los *organization men*, o los técnicos de informática, que es lo que parece que son todos los que no son pasotas.

—Sentí un poco, che Katy —intenta interrumpirla Carlos—. Gloria no tiene nada de grave, nada orgánico por lo menos, pero hay que mantenerla como entre algodones..., no sos la única que perdió su norte, querida, todos, cada uno a nuestra manera...

—Pero vos creés en Dios, che, sos marxista, mirá qué diferencia, Carlitos.

—Un dios que se me está desintegrando. Incluso el eurocomunismo me parece dudoso, para no decirte nada del extraparlamentarismo de nuestros tiempos...

—¡Pero, che, te me estás viniendo un revisionista, un desertor, un disidente vulgar y silvestre, lo que vale decir un agente de la CIA...! ¡Pero qué maravilla...! «*Dieu est mort, Marx est mort, et moi-même je ne me sens pas très bien!*» No puedo creer que vos también te has convertido a ese *cliché*...

Se abalanza sobre él para besarlo mientras yo me río de los excesos ideológicos de Katy, que se ha portado, como dicen las señoras en Chile, «como una reina» durante la enfermedad de Gloria. Me doy cuenta, sin embargo, de que tanto ella como Carlos siguen manteniendo una visión panorámica y colectiva de las posibles soluciones, mientras que a mí se me ha achicado el mundo, y la visión se me ha hecho minúscula, subjetivísima: la política, en suma, como una reacción íntima frente a la contingencia; la lucha como un subgénero de la lírica. He descartado toda posibilidad de soluciones, y la lírica, justamente —en el momento de alzar mis compuertas— es lo que invade mi novela, novela que, con el cautiverio de Gloria dentro de su ahogante depresión, se hace accesible, y avanza mientras vigilo a mi mujer y la cuido. Empecinadamente silenciosa en la sillita de respaldo alto frente a la ventana que da sobre el jardín, igual a la diligente araña que siempre ha aspirado a ser, teje un interminable chal de ganchillo —*crochet*, en Chile— con un punto que recuerda de la odiosa clase de labores del Instituto Carrera, algo sin forma, que, yo sé, no terminará jamás porque jamás termina lo que emprende, pero que ahora constituye su único vocabulario: lo importante es mantener siquiera los dedos vivos y activos, ocupados con esa eterna reiteración del mismo punto, de idénticos movimientos... esos minúsculos movimientos de dedos que son su único lazo con el mundo. Carlos y Katy son jóvenes, casi cuarenta años, otro mundo mental, otra generación. Nacieron cuando Gloria y yo fuimos al baile de las Amunátegui Vadillo en el entonces llamado «Palacio Real de Azúa», yo vestido de frac, ella de tul blanco, y nuestra mitología eran Hedy Lamarr y Carole Lombard. Carlos y Katy ven esas películas como pura *nostalgia*, ingenuas, absurdas. Y Deanna Durbin —a quien Gloria intentaba parecerse en aquellos tiempos— ahora les, y nos, causa risa. Katy y Carlos se han comprometido con sistemas, aunque Carlos sea doloridamente crítico del suyo, y Katy sea una drop-out: a pesar de estas modalidades de la desilusión, el haber creído y estado comprometidos con movimientos colectivos les da una seguridad y un piso en que pisar. Yo, siempre un poco fuera de eso, hijo al fin y al cabo de un liberal escéptico contra el que me rebelé por su debilidad, terminaré siendo igual a él: un hombre que hacia el final de su vida ni siquiera leía los periódicos, pese a haber sido tanto tiempo diputado. Su jardín era su cárcel, como mi novela es la mía, como la depresión la de Gloria..., el secreto es que en el fondo ninguno quiere salir de su respectiva cárcel, lo que es la esencia de nuestras enfermedades. No hay soluciones, ¿cómo va a haberlas si Pinochet cerró el Congreso? Y de haberlas, son parciales, contingentes. ¿Terminaré mis días como mi padre, sentado en el banco bajo el palto, mirando como mis nietos juegan con un objeto de plástico amarillo? Tortura, injusticia, derechos humanos, sí, desgarrador, es necesario tomar parte en esa lucha. Pero a mi modo, por favor, a mi modo y no ahora, no me exijan que ahora piense en las cosas de que todos hablamos —«se les quedó pegado el disco», dice Patrick—, déjenme tranquilo, por lo menos hasta que la demencia de Gloria haya logrado exhumar del acertijo de este jardín sus propios, y tal vez nuestros, fantasmas: y cuando termine la pesadilla de Gloria, comenzaría a prepararme para la comodidad de no ser. Chapete, Tallullah, Lisca, China, aquí, vengan, los perros que mi padre llamaba para que lo acompañaran...

—Ésa es tu dolencia, Julito —dice Katy—, creer que el mundo va a estar arreglado cuando podás llamar a tus perros desde un banco bajo el árbol de toda la vida. Eso ya no existe, viejo, se acabó, aceptalo. O saltamos todos por el aire con una bomba de treinta megatones, o seguimos siendo los típicos exiliados zarrapastrosos que no tenemos la más puta idea de para dónde nos lleva todo este quilombo...

—No —dice Carlos, mientras yo hojeo un *Time*—. No hay exiliados típicos, tú, yo, Julio, Gloria, Patrick, Bijou, no tenemos nada de típico, no se puede inferir reglas generales a partir de nosotros para después remediarlo todo con un sistemita, no...

—Estás hablando como un burgués, querido. Te felicito por haberte transferido de la KGB a la CIA, que son las únicas alternativas con que nos engañan estos hijos de puta...

No hay forma de encontrar el cuadro. Katy baja hasta el fondo de todos los submundos relacionados con el arte, llamamos a París, a Zürich, a Nueva York, a las galerías, pero nada. Telefoneamos a Patrick a Marrakesh, por si estuviera allí y no en París, y está y responde de mal modo: no vino este verano a Madrid, es mentira del enredoso de Bijou que se mete en todo... que lo dejemos tranquilo. Llamamos a Berta y Hernán Lagos, que creen que Bijou vive con nosotros. Están a punto de separarse, Hernán volverá a Chile, Berta se quedará en París estudiando psicología: Carlos opina que no vale la pena inquietarlos diciéndoles la verdad sobre el robo de Bijou. Que esperemos. Que pronto sabremos algo. Por otra parte, si le contamos a Pancho lo sucedido y es tan buen amigo, comprenderá, perdonará..., no es tan grave ni tiene toda la dimensión que nuestro estado nos hace darle a esta situación.

Carlos besa a Gloria en la partidura canosa al medio de sus cabellos, donde no queda tintura. Le dice que ya no podrá venir a verla con tanta frecuencia, sino sólo de tarde en tarde. Falta relativamente poco tiempo para el regreso de Pancho y nuestra vuelta a Sitges. A mí me asegura que ahora no es urgente que vea a Gloria tan seguido. A él le resulta un poco pesado venir porque, claro, es su único día libre de su trabajo en el hospital. Nos despedimos, entonces, hasta dentro de un tiempo: yo estoy bien, me asegura, adelantando en mi trabajo, buscando caminos nuevos con mi novela. Y convalecer es, al fin y al cabo, una de las actividades más placenteras que es posible concebir.

La estación que madura dispersa a la gente: pocos días después Katy nos anuncia que debe partir a París a ayudar a una hija que acaba de tener otro niño —¡hasta cuándo me hinchan las pelotas haciéndome abuela, che, qué sé yo de criar nenes si mi madre me crió a los míos, y no me gustan nada!—. Se despide de nosotros con besos y lágrimas, prometiéndonos visita en Sitges, donde, estoy seguro, se perderá para siempre. Besando emocionada a los personajes etruscos, y a Begoña también con lágrimas, recomendándole —inútilmente, porque Begoña lo hace todo con una perfección y una reserva increíbles en una andaluza— que nos cuide, Katy nos deja, a Gloria y a mí, en el gran piso silencioso, esperando el regreso de Pancho y el momento de las explicaciones.

Todo queda vacío. La casa ordenada, el jardín de al lado desierto, como un escenario lleno de sombras que ahora, a comienzos de septiembre, comienzan a alargarse sobre el pasto. Cada brizna de hierba, cada florcita, lanza sobre el césped el minúsculo significado de su sombra particular, inalienablemente suya —aunque uno no perciba, desatento, más que un prado de terciopelo—, hasta que dentro de unos días las siegue el hombre de las botas de goma, que es amigo de Beltrán y Bijou, restituyéndole la tersura al tapiz verde rayado por la larga luz dorada de septiembre. Los días se acortan más. Gloria, con el ceño ya no fruncido, sólo tenso, contempla estos días desde su sillita, sin decir, hace ya tanto tiempo, ni una sola palabra. En fin, por lo menos ahora no se encabrita cuando yo entro en su habitación, donde comienzo a pasar gran parte del día, mirándola, cuando no trabajo. Incomunicada, sólo tolera su situación de encarcelamiento dentro de su enfermedad. Pienso en mis seis días de calabozo en Santiago, en lo distinto y en lo iguales a esta enfermedad que fueron, y lo iguales que son, también, a esto en que se está transformando mi novela.

Pero sucede algo curioso. Irina, la gata siamesa de Pancho, con sus ojos azules y el refinamiento de su pelaje *beige* y color humo, es arisca, egoísta, salvo con Myshkin, a quien, quizás por solidaridad de colorido, la une una apasionada amistad. Sin embargo Irina, un buen día, mientras Gloria hace ganchillo obsesivamente, salta a su falda y se instala allí, mientras Myshkin, celoso, se echa a sus pies. Al comienzo, Gloria parece no notar estas dos vidas calientes que eligen pegarse a su cuerpo. Pero pronto me doy cuenta de que, muy de tarde en tarde, descansa sus dedos del ganchillo y acaricia el lomo de Irina, o se inclina y rasca la cabeza de Myshkin que a sus pies alza su cabeza para responder a la mirada de Gloria con el metal oscuro de la suya. Intuyo que no debo inmiscuirme en estas relaciones desde mi cama, donde suelo tenderme para acompañarla. Oigo que Gloria a veces hace ruidos de afecto para responder a los ronroneos o gemidos de amor que ambos bichos le dirigen, y hasta, me sorprende, retazos de palabras. Una vez la veo ponerse de pie dejando que el chal resbale de sus rodillas, y tomando a Irina en sus brazos le enseña el jardín vecino: el verdor se refleja en el celeste de los ojos de la siamesa. Al ver esto, Myshkin comienza a gemir de envidia. Gloria le dice:

—Tonto...

Y deja a Irina para mostrarle a él también el despoblado jardín del duque. Es la primera palabra que le oigo. Ahora teje menos. Ya no es sólo Irina que ocupa su falda, ronroneando y calentándola, también está Myshkin pesando en ella, y Gloria les habla, sobre todo cuando la gata le acaricia la barbilla con su morro aterciopelado, haciéndola sonreír, ¿de placer?

Yo, entretanto, en la soledad establecida en el piso, avanzo mi novela que, buena o mala, debo terminar. Desde el comedor, donde trabajo, escucho las conversaciones que Gloria mantiene con los dos animales que calientan su falda, pero ni a mí ni a Begoña nos habla, sólo señala algo que necesita. Esquiva, arisca, un intento mío de besarla en la mejilla. Pero sabe cuándo estoy tendido en el lecho. Una tarde, estando yo en el cuarto, ríe conmigo, invitándome con los ojos a compartir su risa, con las monerías de los dos animales que juegan a sus pies. Al día siguiente se lo comento a Begoña, que aprueba sólo con la cabeza, contenta, también ella tan avara de palabras.

Un día Begoña entra en la habitación: Gloria, desde su silla junto a la ventana, le dice:

—Por favor... comida... agua... aquí, sobre un plástico para no ensuciar.

Begoña, casi llorando, corre a comunicármelo. Yo vuelo a su lado para decirle Gloria, Gloria, habla, háblame, amor mío, no te quedes así. Sólo le sonríe a Irina que acaricia su barbilla con su suave morro oscuro, la vista fija en el jardín desplegado frente a ella. No me ve, no me dice nada. Suavemente Begoña me aparta. Veo a Gloria tomar en un brazo a Myshkin y en otro a Irina, y les señala el jardín, tan verde, tan vacío, donde, de pronto, aparecen tres perros corriendo y jugueteando felices. Ella se los va señalando en mi presencia:

—Un afgano..., un *wire-hair*..., un perro viejo y feo, pero simpático...

Deposita a los animales en el suelo. Vuelve a concentrarse en su labor de ganchillo, y después de esperar cinco minutos junto a ella para ver si me dice algo, cuando me dispongo a regresar a mi trabajo, me dice:

—Van a volver.

—¿Quiénes?

—Los de al lado.

—¿Cómo sabes?

—Ya llegaron los perros...

—Ah, sí...

—¿Lo sacaste hoy?

—¿A quién?

—A Myshkin.

—No.

—No se te olvide.

Llamo por teléfono a Carlos Minelbaum para contarle la novedad de este diálogo. Está feliz con esta noticia: que no la fuerce, que la deje tranquila, es el comienzo largo de una mejoría. Pero es una mejoría curiosa: se niega a decir o a contestar nada que no se refiera a los animales, a Myshkin y a Irina, y a los tres perros que en espera del regreso de sus amos juegan con el jardinero, frente a su ventana. Cuenta sus gracias, no a mí, las recita, se las dice al aire, pero me recuerda que debo comprar Friskies para ellos, de dos clases, para gato y para perro, y luego, para Myshkin, de carne y de hígado, para que tenga variedad. Parece totalmente absorta en el mundo animal, como si sus necesidades fueran los únicos requerimientos que soportara.

Yo también, como quien convalece, voy llegando al fin de mi novela. No sé lo que he escrito, ni lo que a mí me ha ocurrido al escribir. No logro verme, ni «verla». Sólo sé que me quedan las llagas de una prolongada enfermedad, y que llegar al fin no significa quedar restablecido. Eso sí, siento que me he extirpado algo maligno que era necesario extirpar, y que el dolor de antes, el de la enfermedad, sólo ha tomado otra dimensión al sacármelo de adentro. ¿Qué significa?, ¿qué es?, ¿qué importancia tiene?, ¿qué dirán —ay— de ella? Sí, incluso la vergonzosa y vergonzante pregunta: ¿gustará?, ¿a quién le gustará y a quién no?, ¿es mi salvación o mi condena? Núria Monclús —o su equipo fantasma, los lectores que la informan y sopesarán y valorarán esta obra que es parte de mi ser viviente, buena o mala, y dictaminarán sobre ella— tiene mi destino en la punta de sus ensangrentados dedos.

¿Me ofrecerá o no un bombón cuando la visite para recibir el veredicto?

Cuando termino la novela me doy cuenta de una cosa: primera, antes de que la lea Núria Monclús, es necesario que la lea Gloria porque ella ha ocupado el primer plano de mi imaginación al terminarla. ¿Hubiera podido terminarla sin el silencio de su enfermedad, sin la paz que me han proporcionado su dolor y su encarcelamiento? Es dudoso. Pero sé que la novela es para ella, y para ella la he escrito, y su opinión, su visión, es la que más —la única, en realidad—, la que verdaderamente me importa.

Se suceden unos cuantos días en que la oigo dialogar con los animales, a veces con Begoña refiriéndose a las cosas más primarias, sin descubrir una manera de decirle que he terminado: está lista su *Rayuela*. Hasta que un día, simplemente, me acerco a ella con el original en la mano y lo deposito en su falda, junto a Irina, que ocupa su otra rodilla: desde los pies, Myshkin observa esta intromisión. Gloria no deja de hacer ganchillo, ni mira a este animal que he instalado junto al otro. No lo toca, no lo abre. Mantiene sus ojos fijos en el jardín de al lado y sus dedos siguen ocupados con su labor. Pero cuando, a la hora de ayudarla a acostarse, Begoña intenta quitar de su rodilla el pesado manuscrito, ella, furiosa, se lo arrebata, y Begoña se ve obligada a ayudarla a desvestirse y a acostarse sin lograr que suelte los papeles, que coloca junto a su lámpara en el velador. Apaga la luz y se duerme. Yo me voy a dormir, como suelo hacerlo ahora, a la otra habitación para que descanse más tranquila.

A la mañana siguiente la encuentro ya vestida, tejiendo junto a la ventana, con el perro y el gato, y el manuscrito como un tercer animal, aglomerados sobre su falda. Pero no toca las páginas, aunque sí veo que una vez las toca, pero igual como si tocara a Irina o a Myshkin. Pasan varios días en que se acuesta con el manuscrito en el velador, junto a su cabeza. Acepta que le dé un beso en la mejilla antes de retirarme a mi cuarto. Hasta que una mañana la encuentro frente a la ventana con el chal tirado a sus pies y los animales acostados sobre él, mientras en su falda tiene abierto el original que es mi obra, leyéndolo, pero más allá de la mitad.

—¿Por qué empiezas por ahí? —le pregunto.

—No empiezo.

—¿Cómo entonces?

—De noche.

—No debes.

—¿Por qué?

—Debes descansar.

—Descanso.

—¿Y por qué lees de día ahora?

—Porque sé que te dará gusto saber que la leo.

—¿Y te gusta?

—No sé todavía.

—¿No te cansa leer?

—Sí.

—¿Quieres que te lea yo?

—Bueno.

—Pero no mucho.

—Sí, para no cansarme.

Y me siento a su lado leyéndole trozos cada día, mientras ella, con la mirada fija en el jardín vecino y las manos ocupadas con el ganchillo, no dice nada, ni logro descubrir en su rostro reflejos de la lectura: es como si no me oyera, como si yo, como si mi voz, como si mi novela, no existiéramos. Pero yo voy sintiendo que cierta fuerza se acumula detrás de la fachada de ese rostro impertérrito —otrora tan variado como el mar— y que algo en ella se va afirmando.

Una mañana casi se me cae el manuscrito de la mano con la sorpresa de ladridos agitadísimos en el jardín de al lado, donde irrumpen niños, sirvientes, gente joven, la muchacha rubia, su marido de gafas, personas que traen maletas y el prado vuelve a animarse con una vida ajena, a perder el carácter de espacio en blanco propicio a nuestros fantasmas. ¡Debemos irnos! ¡No soporto esta intrusión en mi territorio! Por fortuna, le comento a Gloria, he logrado terminar la novela antes de que esa gente interrumpa su elaboración. Me levanto y voy al comedor. Subo la persiana y veo por primera vez que todas las ventanas del palacete están abiertas: criadas corren las cortinas, el chorro de agua vuelve a adquirir presencia, y en las tumbonas junto a la piscina, en los sillones de caña, hay gente que nunca antes he visto, intrusos tomando copas, alguna en traje de baño, todos con el cuerpo bruñido por el sol, varios en el agua, atendidos por criados que traen bandejas y luego desaparecen detrás del ciprés cuya prestancia yo había olvidado.

—Sigue —me dice Gloria cuando regreso a nuestra habitación, donde continúa su labor como si nada hubiera cambiado.

—Bueno.

Y sigo leyendo, deteniéndome de vez en cuando para tomar aliento y hacer una nota, y mirar por la ventana: ella pasa, envuelta en su amplia túnica Klimt. Se ha cortado el pelo. Ya no posee la campana de oro, sino uno de esos cortes de pelo sin forma que se hacen las mujeres cuando quieren «estar cómodas», o porque pasan por un estado neurótico del que la primera víctima es el pelo. Es otra persona. Han pasado demasiadas cosas. No necesito su amor para terminar mi novela: el espacio usurpado por su presencia y la de los suyos es mi pérdida mayor. Continúo leyendo hasta el fin, sin volver a mirar hacia la casa contigua a la nuestra durante los dos días que dura la lectura. Doy vuelta la última hoja. La novela está fechada en Madrid.

—¿Qué te parece? —pregunto, titubeante.

—No soy Núria Monclús ni sus lectores ni informantes —declara dolorida.

—¿Qué quieres decir con eso?

El gato le acaricia la barbilla como si intercediera por mí. Temo, por su inexpresividad, que no le haya gustado: pero el gato la convence de que tenga compasión. Y entonces, reanimada como por un esfuerzo inmenso que ordena todas sus facultades, y les da estructura, Gloria despierta de su sopor y me habla largo de mi novela, mostrando una inteligente admiración crítica: percibo que este esfuerzo termina de rescatar a su ser de las tinieblas, y la deja firme sobre sus pies. Comprendo, claro, que no le ha gustado tanto como dice que le gusta, pero también me doy cuenta de que le ha gustado no sólo lo suficiente para no considerar una impertinencia enviársela a Núria Monclús: vuelve a ser capaz de sentir compasión, a tener conciencia del otro, y también a matizar. Regresa lenta pero entera desde la sombra.

—...el mérito de retroceder tanto en tu recuerdo y en tu historia como para hacerla tan nuestra..., aunque también...

—¿Qué?

Perdió la rigidez de su silla y, al respirar hondo para hablar, su cuerpo volvió a adquirir variedad, una ligera movilidad emocionante.

—También su riesgo: puede ser que nadie que no sea chileno entienda nada y que nadie que no sea de nuestra generación se interese. No todos somos Pablo Neruda, que universalizó el caldillo de congrio. Pero dime, ¿quién, que no haya vivido en nuestro mundo y tenga nuestra edad, aun en Chile, va a acordarse de quién era la Blanca Fredes, y los hermanos Trullenque y la Anita Lizana? ¿O quién era la Eglantina Sour, o Juan Carlos Croharé, o la Nena del Banjo y la Rosa Valenzuela? ¿Y cómo eran los sándwiches de «La Novia», y qué eran el Capulín y el Charles, y el paseo de Ahumada, y la cortada de pelo en Gath & Chávez? Para mí lo haces vivir todo porque reconozco los signos cifrados, y puedo romper el código: los llenas con una vida que es mi vida. ¿Pero y los que no comparten con nosotros esos signos? Yo no puedo juzgar, estoy demasiado cerca de todo esto. Si tienes suficiente arte, si manejas las palabras y los planos y el montaje con la sutileza de los grandes artistas, y eso no lo puedo juzgar, estas cosas se te meten debajo de la piel sin que te des cuenta, y basta una coma bien puesta, un plural en vez de un singular para que se te llenen los ojos de lágrimas y se ilumine, desde el interior y como con su propia fuerza, una calle de Kiev como lo hace Chejov, el alma de una gata como lo hace Colette, o hace verosímiles todas las coincidencias de Thomas Hardy..., no sé. No le oigo el tono porque es mi tono. Ha cambiado totalmente: esto es «grande» y has sabido introducir, con el mismo tono, una auténtica exaltación política. Tu novela tiene todos los elementos, pero no puedo juzgarla porque es tan mía como tuya y te quiero... Mandémosla. Ahora. En galeradas harás las correcciones. Mandémosla ahora mismo. En la despensa hay un rollo de papel de Manila y una madeja de cordel..., tráelos... yo te haré el paquete aquí encima de la cama mientras tú escribes la carta...

La novela está en manos de Núria Monclús. Quizás ya la esté leyendo o haciéndola leer.

El correo de la mañana trae una gruesa carta de Chile, de Sebastián. Gloria, que almuerza en cama servida por Begoña, generalmente temprano, antes de que ésta se vaya para que yo no tenga que lavar los platos, ya duerme la siesta. Es una carta insólita por su peso y su grosor, que me atemoriza de inmediato. Me siento en el salón, dando la espalda al sitio vacío donde, antes de que se lo robara Bijou, colgaba el cuadro del paquete.

Pero no es carta: es una cantidad increíble de fotocopias de cuentas, recibos, facturas. Las acompaña una nota brevísima de Sebastián: OFRECEN 300.000 DÓLARES. SI QUIERES, QUÉDATE CON LA

CASA. PERO ME TIENES QUE PAGAR LA MITAD DE ESE PRECIO, MÁS LAS CUENTAS QUE TE INCLUYO, LA MITAD DEL MONTO TOTAL. SEBASTIÁN. Ni un saludo. Ni siquiera me pregunta por Gloria, por Pato. Está harto. Me encuentra idiota, irracional, y lo soy. Sebastián ha estado manteniendo solo la casa de mi madre durante los últimos siete años: sueldos de criadas y jardinero, pagos al almacén, comida, contribuciones acumuladas durante tanto tiempo. Médicos, radiografías, biopsias, enfermeras, entierro, tumba... en fin, todo. Me lo manda todo para que me sienta culpable por idiota y empecinado, por negarme a vender la casa en esta ocasión excepcional que el mercado en alza ofrece. Sumándolo todo, y partiéndolo por la mitad, resulta una cantidad considerable de dinero, sin incluir los adelantos en efectivo que él me ha hecho de su bolsillo, que tengo que devolver enteros. Estoy seguro de que Sebastián, que es rico y generoso, no me hubiera cobrado nada ni pasado cuenta alguna si yo hubiera obedecido al llamado de mi madre y vuelto a Chile con la Gloria y Pato para cerrarle piadosamente los ojos. No, no hubiera habido cuentas, eliminando esta sensación de vacío rabioso en el estómago, que es pura culpa. De haber obedecido a esa llamada, seríamos iguales a esta familia que llega después de un viaje, cargados, igualmente, de maletas y rodeados de perros y criadas y de verdor: una familia normal, que es lo que a Sebastián le interesa. Pero ya no hay familias normales. Se acabaron. Ese mundo ya no existe. El Congreso está cerrado, pintadito y bien cuidado, es cierto, pero cerrado: nada sucede dentro, y la imagen paterna que encarna una tradición orgullosa quedó borrada. ¿De qué color eran los ojos de mi padre? No lo recuerdo. Es un detalle que jamás noté: ojos, simplemente, y bellos o no, servían para lo que son los ojos, para mirar. Sus ojos están cerrados, como los del Congreso donde él sirvió desde siempre: abrirlos, abrirlos, por algo se empieza. Pero estoy aquí, y no quiero quedarme encerrado allá, de regreso, cuando me falta aún tanto que ver en Europa, Hilaria del Carretto reposando con el perro a sus pies en su tumba de Lucca..., Stonehenge..., el jardín de Giverny donde Monet pintó esos nenúfares que pueden consolar todas las penas del mundo..., tomar helados en el café Florian en Venecia, rodeado de los espectros de Byron y Teresa Guiccioli, del Barón Corvo y Henry James..., la derrota de llegar sin un libro publicado por una editorial española. ¿Cómo voy a volver antes de que Núria Monclús me diga que puedo volver? Es cuestión de días. Entonces, como me negué a ir a ver a mi madre moribunda, y como ahora me niego a hacer lo racional, que es vender la casa, Sebastián, harto, con toda razón, me envía esta dura notita dictada a su secretaria incluyendo fotocopias de todo lo que hay que pagar..., incluso el dolor de despedir a las empleadas de toda la vida y darles algo de dinero para que se retiren a la oscuridad indígena de sus provincias..., él, ahora, no está dispuesto a seguir haciéndose el ciego con un hermano que ha sido tan mal hermano, tan mal hijo que no quiso acudir... y dicen que hasta comunista me estoy poniendo aquí en Europa, yo que era moderado en comparación con la Gloria, que era más loca: por eso la afrenta de estas fotocopias vergonzosas, la humillación de la derrota definitiva en manos de mi hermano mayor, y este dolor en el estómago que casi no me deja respirar, y las lágrimas que me escuecen en los ojos y no caen...

¿Qué hacer?

Vender Roma es imposible. No sólo porque no debo dejarme torcer el brazo por Sebastián, sino porque llegó la familia del vecino, ocupando con su presencia, y despidiéndome del jardín de al lado. Dentro de diez días llega Pancho. Debemos marcharnos antes. Carlos Minelbaum dice que Gloria ya puede viajar a Sitges. Ana María, práctica y cariñosa, se está ocupando ya de poner orden en nuestro piso para recibirnos, porque nuestros inquilinos lo dejaron «a la miseria». Pronto estará listo. Como si la viera: Ana María comprará flores para nuestro dormitorio, y plantas nuevas para reemplazar las que el letargo veraniego dejó calcinar. ¿Volver al piso de Sitges? Desde nuestro dormitorio, allí, no hay vista: un muro de ladrillo en un viejo patio interior; desde el living, el comedor de la casa de enfrente donde la televisión no se apaga jamás; desde la azotea, techos de calamina, en alguna casa excepcional, de tejas, una azotea decorada con ropa lavada colgando, media palmera agobiada, y una lejana promesa de profundidad en el pubis de mar entre dos tejados en declive. ¿Volver a eso como a algo definitivo? ¿Saber que Patrick no regresará? ¿Y que si regresa nuestras peleas con él serán tan ruidosas que se asomarán los vecinos para gritarnos que no gritemos tanto? ¿Vender Roma para no tener dónde posarme, en fin, ni siquiera una rama? ¿Cómo me puede exigir eso Sebastián? Claro, él no conoce la miseria ni lo que es andar por el mundo sin piso bajo los pies, sin aire, sólo aire hueco, perteneciente al vecino, o el apestoso aire con olor a pollos *al ast* y a papas fritas de Sitges. Gloria me llama desde el dormitorio. Meto las cuentas debajo de los cojines del sillón donde estoy sentado.

—Quiero levantarme. ¿Trajo algo el correo?

—No, nada..., el *Time*..., cosas para Pancho..., nada, duerma un poco más, mi linda...

—Un poco, pero no quiero dormir demasiado a esta

hora porque después no puedo dormir en la noche y tendría que tomar un valium...

—*Verboten*, le dijo Carlos.

—Usted tampoco debe tomar.

—No. Tampoco. Ahora duerma un poquito más.

—Despiérteme en una hora.

—Sí. Duerma.

Cierro la puerta. No saco nada con merodear por la casa en busca de soluciones, ni mirar a las muchachas que se lanzan a la piscina del duque, ni observar meticulosamente las cortinas falsas que me recuerdan el falso paquete, cuya ausencia debo justificar en forma tan urgente como el pago de esas cuentas. Mejor olvidarlas. Deshacerse de ellas. Es importante no sumar esta preocupación a la fragilidad de Gloria: podría destruirla. Y si pido consejo a Carlos, claro, como cualquiera, me dirá: vendé. Aunque no sea mucho, ese dinero te ayudará a vivir con menos zozobras: estás en la edad del infarto, Julio, eso lo sabés, y si no te cuidás te puede pasar algo, vendé, que te dará alivio. Pero él no conoce la casa de la calle Roma y por lo tanto no tiene solvencia para aconsejarme. Sería, al contrario, la zozobra de ya no tener esa casa donde posarme lo que me produciría infarto. Que manden a Sebastián a la cárcel si no paga, a mí no me pueden embargar nada porque no tengo nada. Saco las fotocopias de debajo del cojín y las elimino echándolas en el incinerador. Abro el *Time*. Más tarde despierta Gloria. Cenamos algo frío que nos dejó preparado Begoña. Después del silencio de la cena, Gloria dice:

—¿Saquemos a Myshkin a dar una vuelta por la manzana?

Es primera vez que manifiesta deseo de salir y me olvido de todo con el alborozo de esta nueva señal de vida. Digo que muy bien. Se mete en el cuarto de baño y sale maquillada y peinada. Hace mucho que no lo hacía.

—Estoy hecha un desastre: mañana me voy a teñir el pelo.

—Me alegro —le respondo, bajando en el ascensor.

No ha oscurecido del todo en la calle, y lentamente, endeblemente, como si yo también convaleciera o como un par de ancianos tomados del brazo para ayudarse mutuamente, seguimos a Myshkin por la semisombra de las nueve de la noche. Las ventanas y el cielo están iluminados en esta hora Magritte, pero alegres, vivas, con carcajadas de niños o llantos, con criadas atareadas en las terrazas y señores que llegan en sus coches: este Magritte no es terrible porque lo conozco. En los prados riegan los jardines con sus mangueras, y la fragancia del pasto mojado, del olivillo, de la madreselva, del jazmín, me acomete con la frescura renovada del agua sobre las hojas y el pasto: esa fragancia es la *madeleine* perfecta del barrio donde nací, donde mi madre acaba de morir, de donde mi hermano sensatamente quiere arrancar mis raíces para dejarlas expuestas al aire químico de Madrid.

Caminando muy lento alrededor de la manzana recito, para alejarla de su cárcel por medio del placer, ya que sé que le gustan tanto, estas líneas:

So we'll no more a roving
So late into the night,
Though the heart is still as loving
And the moon be still as bright.

For the Sword outwears its sheath
And the soul wears out the breast,
And the heart must pause to breathe
And love itself have rest.

¿Cuándo, pienso, cuándo va a descansar el corazón para recobrar aliento? Jamás, supongo, ya que el anhelo es lo que anima el corazón. Pero consuela que alguien, alguna vez, lo creyera, transubstanciando su falacia en líneas tan conmovedoras y directas. En todo caso, le explico a Gloria, como lo he explicado tantas veces en clase, que Byron, pese a sus posturas tenebrosas, sufría del mal romántico del optimismo: por eso era tan ingenuo como para creer que la espada sobrevive a la vaina, lo que es falso. Basta mirar alrededor nuestro a todos los chilenos, argentinos, uruguayos, cubanos, bolivianos, como fundas sin espada, sobreviviendo pese a que nuestras espadas nos fueron arrebatadas. Y en lo que se refiere a mi madre, ella era la espada, pero sobrevive su funda, que es la casa de la calle Roma; que contra todo, especialmente contra Sebastián, es necesario preservar para que quede algo suyo. Al volver al piso, Gloria dice que está agotada con el paseo y se duerme al instante. Para seguir olvidando, yo me duermo también al instante junto a ella.

Despierto a las siete de la mañana. Me quedo dándome vueltas en la cama; ha pasado tiempo de sobra para que Núria Monclús conteste. Tiene mi novela hace dos semanas y todo depende de su respuesta. Resuelvo llamarla por teléfono a las nueve —o mejor, diez minutos después—, hora en que sé que, regularmente, cuando está en Barcelona, se encuentra con su velito envolviéndole la mirada, detrás de su escritorio, vigilando, decretando, elevando, condenando, inventando, cortando cabezas, aserruchando pisos, enchufada con el mundo entero.

Que lo siente mucho, me responde. Que en cuanto llegó mi manuscrito acompañado de tan melancólica carta, encargó tres fotocopias de mi novela. Ella guarda el original en su caja de fondos, como acostumbra hacerlo. Ha distribuido las fotocopias entre las tres editoriales de más confianza, encomendándola muy especialmente a los lectores amigos. Ya tiene la respuesta negativa de dos editoriales. ¿Quiero saber la de la tercera?

Casi le digo que no importa: intento mostrar que no me afecta. Pero me pide mi teléfono, se lo doy, y dice que me llamará dentro de diez minutos: los diez minutos más largos de mi vida, que terminan, ¿para qué dudarlo?, en una negativa.

—No —dice Núria Monclús—. Ninguna de las tres editoriales se interesa. Menos aun que la otra versión. Dicen que es pura retórica, imitación de lo que está de moda entre los escritores latinoamericanos de hoy. No tiene vocación para el lirismo. Y toda la adjetivación, demasiado opulenta, suena falsa. La construcción, derivativa de *Conversación en La Catedral*, de Vargas Llosa, y las disquisiciones y el humor, que es muy forzado, parecen arrancados de *Rayuela*. No, no puedo dejar de serle franca y decirle que a todos les ha parecido un error de perspectiva y de gusto. Era mejor, me parece, la otra versión, la primera, ésta es como ésa, pero hipertrofiada, enferma, declamatoria, chillona. Pero si quiere puedo intentar con otras editoriales, aunque todo sea mucho más largo y más difícil. Quizás le interese a alguna editorial mexicana, o argentina... en fin, tendría que ver. En todo caso, aquí en España, sólo estas tres editoriales que he abordado se ocupan de literatura latinoamericana y se arriesgarían a publicar a un escritor desconocido si lo encontraran de una gran calidad...

Desconocido. La derrota. «Si lo encontraran de gran calidad...», después de la enfermedad que ha sido todo esto, paralela a la de mi mujer, que está saliendo de su cárcel mientras yo reingreso en ella, en una distinta y peor. Se cierra la puerta. Ya no serviría más que como un chiste mostrarle a Núria Monclús mi libro de recortes donde con Gloria, cuando la condena para ninguno de los dos parecía irrevocable, pegábamos todo lo que se decía sobre mí: «una visión muy matizada y fina...», «la decadencia de la burguesía...», «bonitos toques de imaginación...», «amplias referencias culturales...», «se espera mucho de su pluma». Mucho, sí, pero no el fracaso. Emulación no es imitación, es darle mayor vigor, tal vez simplificar y reducir, no hipertrofiar como yo lo hice, según la Monclús... en suma, es ser uno mismo: la limitación como esencia de la personalidad de escritor, eso es lo que les enseño a mis alumnos, y que la totalidad debe ser descompuesta y refractada por esa «limitación», que es el yo del escritor. ¿Por qué, por qué no fui capaz? ¿El no ser capaz es mi verdadera cárcel y no los seis días de calabozo que creí que serían la llave para evadirme de la cárcel a que me condenaban los críticos chilenos? Antes de colgar, escuchando palabras de Núria Monclús que no oigo ni entiendo ya, conservo suficiente presencia de ánimo para mandarle saludos a Marcelo Chiriboga, porque lo más importante de todo es que Núria Monclús no sepa que ha tenido la fuerza para destruirme por completo. Cuelga: cierra la puerta y se guarda la llave para siempre.

Es importante que Gloria no sepa que Núria me ha deshecho y que ahora todo acceso me está vedado: no debo decirle que sus últimos juicios sobre mi novela fueron una equivocación. Que justamente aquello que ella señaló como méritos, son los defectos, los errores, las vulgaridades. Es protegerla a ella para proteger lo poco que queda de protegible en mí mismo. El primer bañista del día se lanza a la piscina. El ciprés está blanco de sol, carente de sombra, como recortado por un niño en cartulina y puesto al lado de su concepción infantil de un palacete. Es demasiado tarde para echar pie atrás y vivir de otra manera, una que no termine en derrota. Hay algo muy claro: Gloria no debe enterarse de esta derrota..., sí, otras editoriales. ¿Qué tiene de malo una editorial mexicana, pongamos por caso? Núria Monclús se encargará, sí, no va abandonarme..., es necesario construir algo para olvidar y poder esperar, y negarle a Gloria la existencia de este fracaso que puede matarla. Es verdad que ella me hizo casi los mismos reparos que las editoriales: ella y Núria son, igualmente, mis verdugos. Pero la matará comprobar que tiene razón, a ella, a quien tanto le gusta acertar y a quien es necesario asegurarle una y otra vez que sí, que tiene buen ojo, que adivinó que ese cuadro que no parece Rothko es Rothko como ella dice, que su comida es buena, que es buena madre, buena crítica, que está bella aún pese a sus años, y elegante pese a nuestra pobreza, y deseable, y divertida: «*Say it, say that you love me, say it, you must say it...*», insiste Gudrun, insaciable, en esa novela que ambos amamos.

Vago por la casa. Gloria no despierta hasta las once, hora en que llega Begoña, que no ha tirado a la basura este montón de invitaciones que le llegan a Pancho, no, mejor que no las tire y las deje como están, en una especie de caldera de plata..., pero no son todas para Pancho. Hay una para mí. La abro. PATRICK MÉNDEZ. LES PLUS BEAUX CULS DE MARRAKESH. PHOTOS. VERNISSAGE. LUNDI LE VINGT-HUIT SEPTEMBRE 1980. TRATTORIA LUIGI. MARRAKESH. Vaya, vaya..., algo muy *off, off Broadway* de Marrakesh, me figuro, para el temita idiota que se le ha ocurrido al idiota de mi hijo, en fin, por lo menos algo está haciendo..., ¿pero por qué Marrakesh? ¿Por qué no Madrid, no

Sitges, para que Gloria no lo sienta tan lejano? Cuando Patrick se entere de mi fracaso se reirá de mí, y se alegrará... lo estoy viendo.

—¿A quién le toca llorar ahora? —preguntará.

Es él, no yo, quien tiraniza. Quiero romper la puerta, evadirme de esta cárcel verdadera. Lo malo es que lo que menos me gusta de todo este piso son las puertas, no sé por qué. Ésta, por ejemplo... tiene algo de... no sé, de pretencioso que el resto del departamento no tiene. La abro. La gran ventana del estudio de Pancho descubre el cielo de Madrid, que comienza a agobiarse de otoño, a no ser inclemente, los cielos velazqueños tamizados, la anécdota de una nube que promete celajes al atardecer. Un azul muy distinto al de este cuadro, por ejemplo, que tiene un fondo azul fosforescente, eléctrico. Es el único que veo porque me absorbe la mirada desde el momento de entrar: un bello cuerpo de mujer desnuda, sentado, pero invadido por cientos de insectos meticulosamente pintados que cubren como joyas la carne fresca y bella de esa mujer, cochinillas, libélulas, moscardones, escarabajos, grillos, saltamontes, arañas. La figura sentada tiene un batracio sobre una rodilla, de modo que le cubre el sexo: los ojos del bicho son penetrantes, y la boca húmeda y lívida, está abierta. El marco es un listón de plata que decapita la figura, cuya cabeza queda fuera del cuadro. No es un cuadro grande, pero sí bellísimo, lujoso, bárbara metáfora de todos los miedos que desde adolescente yo reconocía en Pancho sin que jamás, pese a nuestra intimidad, habláramos de ellos. No es un cuadro grande. ¿75 x 50? Debe tener el nombre escrito atrás: Retrato de la condesa Leonor de Teck. Hermana de Carlota, supongo, Pancho nunca cesa de hablar de «las Teck», como en Santiago hablaba de «las Vergara». Es un cuadro liviano. Sobre una mesa hay papel: lo envuelvo. ¿Qué estoy haciendo? No, lo desenvuelvo: con pintura negra anulo *Retrato de la condesa Leonor de Teck*, y escribo: *Retrato de la señora Gloria Echeverría de Méndez*. Lo envuelvo otra vez porque sé muy bien qué estoy haciendo. Allí mismo, en la mesa de diseñador, tomo un lápiz y una hoja de papel, y escribo: LINDA: NO TE QUISE DESPERTAR PERO TUVE QUE IR DE UNA CARRERA AL BANCO, BUENAS NOTICIAS: NÚRIA DICE QUE SÍ, QUE BRUGUERA ME TOMA, Y VOY A ABRIR CUENTA EN EL BANCO DE LONDRES PARA QUE ME HAGA UNA TRANSFERENCIA INMEDIATA A CUENTA DEL ADELANTO. BESOS, YA VUELVO, JULIO. Sí, huir.

Al taxista le doy la dirección del mexicano de Onésimo Redondo. En el trayecto soplo sobre la pintura del nuevo nombre para que se seque: he usado mucho aguarrás, y dejo que el aire entre por la ventanilla para que seque bien el nombre de mi mujer. El mexicano me mira con curiosidad. No estoy tan nervioso como para dejar de percibir que este hombre, habituado a tratar con delincuentes ocasionales, se ha dado cuenta de algo. Ha tenido que efectuar demasiadas transacciones con gente perdida y débil y acorralada como yo para no reconocerme como miembro de esa secta. Sin embargo, sabe que soy amigo íntimo de Pancho, ¿cuántos meses llevamos ya en su casa, que dicen que es palaciega? Cuatro meses, uno más de lo presupuestado. Por suerte agrego: Pancho ha tenido que partir a una exposición suya en Nueva York que coincidió con una enfermedad de mi mujer, por lo que nos resultó conveniente no volver a Sitges. Este comerciante ha oído demasiados cuentos de mujer enferma, de hijo paralítico, de necesidad de chequeo porque me estoy quedando ciego, de urgencia de partir a Noruega a visitar a mi hijo enfermo, allá tratan muy bien a los exiliados, pero hace frío y comen otras cosas y a otras horas, por eso hay que ir a consolarlos: sí, lo ha oído demasiadas veces para darle importancia al dolor de Gloria. Dice que este cuadro vale mucho, que me puede adelantar el equivalente a cinco mil dólares y haremos un papel prometiendo que dentro de un mes redondeará los quince mil.

—¡Pero si este retrato de mi mujer vale mucho más!

Se alza de hombros con expresión de impotencia ante mi rabia y dice:

—*Ana mezkín...*

—¿Qué?

—Que soy pobre.

—¿En qué idioma?

—Árabe.

—Creí que usted era mexicano... —le digo, con un último intento de doblegar a ese traficante, mientras, indiferente, acaricia a un loro blanco que al sentir la caricia, como si tuviera una erección, despliega obscenamente el abanico de su cresta amarilla.

—No, marroquí, de Tánger.

—Mi hijo —presumo de inmediato—, que es fotógrafo, está por inaugurar una exposición de fotos en Marrakesh.

—¿Dónde? ¿En el Hotel La Mammounia?

—No, en la Trattoria Luigi.

—¡Ah...!

Ese ¡ah! desalentado me confirma todo lo que he supuesto sobre el sitio en que tendrá lugar la exposición de Pato. Hacemos la transacción, firmamos papeles que intercambiamos, me entrega el dinero y salgo.

Camino hasta la Plaza de España. Luego por la Gran Vía, de una prisa y laboriosidad casi catalanasas esta hora, comparada con las noches cuando Gloria y yo solíamos, de tarde en tarde, venir a ver una película por estos lados. ¿Ha transcurrido una hora? Tal vez no. Begoña no ha llegado. Gloria no ha despertado aún. Air Maroc. Tánger. Sí, sí, Tánger, huir a Tánger, no a Marrakesh, porque sufriré allí la humillación del éxito, relativo, es verdad, puesto que tendrá lugar en la Trattoria Luigi y no en La Mammounia, de la exposición de fotografías de Pato: Patrick Méndez. Tánger: «*Come with me to the Kasbah...*», le decía Charles Boyer a Hedy Lamarr, pero no era en Tánger sino en Argel, aunque la diferencia geográfica es un tecnicismo que después de tantos años no vale la pena tomar en cuenta. Tánger: el palacio de Barbara Hutton, Paul Bowles atrapado y destruido por el lugar, la palmera de Matisse pintada desde el balcón del Hotel de France. Tengo mucho dinero contante y sonante, que es como hay que tenerlo, en el bolsillo. Dos a Tánger para mañana. Y contrato un Avis por quince días —¿podré mantener la comedia del regocijo durante quince días, hasta que Gloria esté vigorizada por el placer, hasta que yo me sienta capaz de decirle la verdad sin perecer de vergüenza?— para viajar al interior, no, no al Atlas ni al Sahara, aunque sí hasta Marrakesh: allá reestructuraremos nuestros planes según los de mi hijo, y me pondré en contacto con su gente allá, le digo al agente. R.D. Laing, a quien Gloria leyó con tanta fruición hace algunos años, pero a quien tiene totalmente olvidado, como lo tiene olvidado casi todo el mundo porque «se pasó de moda», igual como ciertas convulsiones de las cuales tantos fuimos víctimas, sí, Laing declaró al regresar después de vivir un año en Ceylán: «De tanto en tanto es necesario cambiar de contexto cultural para renovarse.» Sí, Tánger, y de allí, Tetuán, Chechaouen, Fez, Meknés, hasta llegar a Marrakesh, con encantadores de serpientes y exposición de culos marroquíes, firmados por mi hijo. ¿Afincarse allá? ¿Por qué no vivir en Marrakesh, que es mucho más barato que Sitges?

Llego de regreso a casa a las once con los bolsillos repletos de billetes de avión y de dinero. Gloria, desnuda en la cama, sonriente y recién bañada, su carne artificialmente fragante, leyendo *Sophie's Choice* en la amplia luz matinal, la toalla multicolor enrollada en la cabeza como un turbante para esperarme convertida en la Odalisca que tanto amo: soy el triunfador y hay que complacerme.

La miro desde la puerta. Frágil aún voltea el rostro: su medio perfil y su espalda, su larga espalda y sus largas piernas, el trasero enternecedor, el largo ojo mirándome bajo el turbante como los que encontraremos en Marruecos, y afuera el verde del jardín de nuestra juventud, recién casados y éramos... ay, éramos todo lo que ya no somos y ya no volveremos a ser. *What a pity that youth is wasted on the young.* Cierro con llave la puerta para que a la discreta Begoña no se le vaya a ocurrir interrumpirnos. Me acerco: el falso triunfador, el macho falsificado, el ladrón, el delincuente, el mentiroso que se convence a sí mismo de que miente para protegerla a ella, y no, como es la verdad para protegerme a mí mismo. La tomo, entonces, con el regocijo del pleno día, como hace años que no lo hago porque temo la realidad imperfecta, de ambos, de todo. *Est-ce que je suis toujours ta belle grappe de glycine?* Desgraciadamente, no: y yo tampoco soy, hace tiempo, su equivalente masculino. ¿Qué importa eso? Ahora estoy seguro de mi triunfo que durará por lo menos los mentirosos quince días de vacaciones del viaje por Marruecos. Eso aplazará todo. Será el último regalo que me haga a mí mismo antes de aceptar el fin.

Rodeo su garganta con el collar de ámbar oscurísimo, casi negro, de gran calidad, las cuentas dulcemente desgastadas por el uso y trabajadas con filigrana de plata bereber: le propone una tibia armonía de tonos quemados a su tez mate, a su pelo rojizo, en ese bazar atiborrado de objetos polvorientos, abollados, patinados, ajados, que poseen un deslumbrante aspecto de autenticidad pero por eso probablemente son falsos. Así me lo advirtió Bolados, el tangerino que se hace pasar por madrileño, cuya clientela murmura que es mexicano nacido en Nueva York porque hace negocios con México y habla inglés con acento norteamericano.

La recomendación de R.D. Laing surte efecto: al aterrizar en Tánger dejamos nuestras maletas en el Hotel El Minzah —ya que hacemos las cosas, por una vez hagámoslas bien y, en lugar de alojarnos en un hotel de segunda, conozcamos este hotel legendario— y salimos inmediatamente a la calle, ansiosos de mirar, de oler.

—Es demasiado caro este collar —dice Gloria.

—Regatea...

—Bueno. Oiga, señor...

¿Cuánto tiempo toleraré el aplazamiento? Hoy, aquí, a esta hora indiferente entre el día y la noche, encuentro bella a Gloria, lo que me hace desear estar cerca. También porque está alegre, alegría que tengo que quebrar si quiero acercarme de veras: reconocer el rechazo de Núria Monclús, atreverme a destruirla de nuevo, el robo, la montaña de deudas incineradas pero no por eso anuladas, aunque por ahora me las arreglo con este subterfugio. Gloria me va a repudiar cuando sepa el origen de la «pequeña fortuna» que me permite comprarle un collar no de los más baratos, a ella que exige tan poco en este sentido y sale airosa a costa de pura inventiva. Y nuestro alojamiento en ese sitio extraño que es el Hotel El Minzah: una fuente fluye en medio del patio, los sirvientes tocados con fez y ataviados con una especie de chiripá rojo corren a atender a los oficiales ingleses vestidos de civil, de bigote rubio y mirada azul, que han cruzado el estrecho desde Gibraltar para pasar en Tánger un fin de semana «viviendo su vida».

—Pero los dormitorios no son nada del otro mundo —comenta Gloria.

—¿Qué importa?

—Nada.

Afuera, están a punto de cerrar las tiendas que nunca terminan de cerrar, sólo mezquinan un poco las luces, ahora tímidas. Bajo capuchones medievales y velos encubridores, las miradas se encandilan en los rostros de los paseantes. Los ojos transfigurados por el *kohl* de las mujeres de rostro oculto, y de los muchachitos esbeltos y sobreexcitados por la noche que los espera, sonríen con descaro invitador. La juventud tiene un prestigio de mercancía en estos países, le explico a Gloria para justificar esas miradas y ciertos gestos procaces que no le pasan inadvertidos: en Madrid, ningún muchacho se dignaría a mirarme, mientras que aquí, en cambio, mi aspecto respetable, intelectual, los despojos de mi desplante de clase, que es de lo poco que no se pierde con la edad y el fracaso, se traducen para ellos en poder, fuerza, autoridad, experiencia, sabiduría: por eso no les soy indiferente.

—¿Y ellos a ti?

—No sé. *I'll think about it tomorrow in Tara*. Por ahora tengo la cabeza en otras cosas.

—Entonces no te perturban.

—Creo que no.

Gloria acaricia las cuentas de ámbar en su garganta y me pregunta:

—¿No hay nada que te perturbe?

Inmediatamente me pongo la máscara:

—Patrick...

Gloria me aprieta el brazo que llevo enlazado al suyo:

—Estaremos sólo un rato con él. ¿Por qué nos mandó la invitación, entonces, si no quiere tener nada que ver con nosotros? ¿No significa que hay una ambivalencia, un lado positivo en su rechazo? ¿No es que necesita que lo admiremos? Estoy segura de que le encantará vernos. Lo invitaremos a comer en un buen restorán, y luego, si vemos que quiere deshacerse de nosotros, haremos nuestra breve vida de turistas maduros sin entorpecerlo, antes de seguir viaje hacia Rabat, de regreso. ¿Qué te preocupa, entonces?

—¿En qué lo habrá convertido este ambiente?

Gloria no queda conforme con esta conversación periférica. Yo tampoco: debo preguntarle si hay algo en este mundo en que la noche nos sumerge que la perturbe a ella..., pero por ahora, como si me doliera demasiado otra forma de contacto, prefiero mantenerme en esta periferia que nos defrauda a ambos. ¿Por qué sólo nos satisface la devoración mutua, el escarbar incansable de uno dentro del otro hasta que no queda ni un rincón turbio ni oscuro ni privado, ni una sola fantasía conservada como algo personal, sin exponer?

Esa urgencia, aquí, es menor: la calle bulliciosa y compacta nos rodea de rostros encubiertos por las sombras de las capuchas monacales, nos arrastra a un ritmo que no sabemos si es acelerado o normal. Venden cascadas de mandarinas, montones de frutas que no tengo tiempo para identificar, y los escaparates exhiben dulces de aspecto repulsivo y delicioso a la vez: sería una aventura probarlos, probar cualquier cosa, aquí. Hago un esfuerzo por cambiar el registro del pensamiento de Gloria colaborando con Tánger para enganchar su atención: puerto libre hace veinte años, cientos de bancos internacionales, centro del tráfico de divisas y sexo y estupefacientes, habitado por una hueste de millonarios sofisticadísimos en busca de placer, escondidos en el Zoco, en palacios disimulados dentro de muros de aspecto miserable. Ahora quedan sólo vestigios. ¿Qué hablarían André Gide y Oscar Wilde durante su legendario encuentro en un café en la cima de la ciudad, contemplando el abrazo del Atlántico con el Mediterráneo, abajo? El Zoco puede resultar peligroso a esta hora, lleno de gente harapienta: pero la miseria vestida con el disfraz de otra cultura no arremete con el dolor inmediato de la miseria en Chile, donde no se puede ver más que como un intento desalentado por alcanzar siquiera la justicia de la compostura. Aquí, cruelmente, uno tiñe la miseria con otros colores. Todo, incluso nosotros, pierde sus señas de identidad. Nuestros rostros y los otros rostros se transfiguran por ser mutuamente indescifrables: la avidez imperiosa de los mercaderes que llaman desde detrás de un montón de babuchas, el baile esclavizado de los niños haciendo pasamanería dentro de los talleres de proporciones infinitesimales, los idiomas, las risas, todo responde a un código irreconocible, todo hermético, terrible, sucio, cruel, pero que para ellos puede ser habitual, limpio, benigno.

—¡Qué pena que el idiota de Carlos Martel ganara en Poitiers! —comenta Gloria—. Si no, andaríamos todos vestidos así, yo viviría cómodamente en un harem precioso, y además perteneceríamos a los países de la OPEP, sin problemas de gasolina.

—Marruecos no pertenece a la OPEP.

—En fin... por lo menos andaríamos con la cara velada.

¿Velada para disimular la vergüenza, pienso? ¿Eso es lo que Gloria insinúa? Aquí nadie puede leer la vergüenza en nuestras expresiones, como en Santiago podrían leerla igual en Providencia que en el barrio de La Vega. ¿Cómo adivinar, aquí, quién es qué, qué significan esas miradas desde el fondo de los capuchones, qué forma tienen y a qué clase económica y cultural pertenecen esos cuerpos escondidos por la lana tosca de sus *cache-misère?* Es fácil perderse para siempre, aquí: la idea es seductora, porque significaría, en esta muchedumbre dorada por la electricidad titubeante de los bazares, asumir otra moral, una moral que no obligue a confiarle mis humillaciones a Gloria. El detritus de lo que Katy llamaría mi «moral occidental burguesa» me obliga a confiarle todo a mi compañera. Si no, quiere decir que la engaño y, sobre todo, está prohibido engañar. ¿Pero en esta miseria maloliente del Zoco, en sus tiendas de cuero y telas y especias, de *souvenirs* para turistas y crema Pond's y Nivea, en estos montones de basura pudriéndose, en este desorden que puede ser otra forma de orden, no cabría la posibilidad de que no esté prohibido engañar? Gloria examina unos caftanes horrorosos colgados a la puerta de una tienda... ¿y si yo aprovechara su desatención para hundirme para siempre en esa callejuela tenebrosa, empinada, angosta, torcida, perdiéndome para siempre en la noche vertiginosa de los bazares para renacer al otro lado, con una moral inversa? Sí, oculto en esta manada, basta dar un paso para dejar de ser quien soy. La culpabilidad ocupa enteramente el primer plano de mi conciencia, e intento ahuyentarla al seguir nuestro paseo, evocando para Gloria la presencia en estas calles de Diáguilev, de Falla, de Tiffany, de Ravel, de Belmondo, que acudieron aquí para perderse cada uno a su modo y adquirir una personalidad distinta a aquélla que a uno lo maneja en Occidente: Núria Monclús, Marcelo Chiriboga, tienen aquí el mismo poder que yo, y se igualan nuestros derechos a desaparecer por las puertas secretas que ahorran desagrados en el Rastro.

¿Qué vino a buscar Pato a este mundo, y sobre todo, qué lo retiene aquí? Quizás eso: cambiar su identidad impuesta por un padre tiránico y por una situación política. Concordamos con Gloria, sin embargo, en que en nuestra noche inicial al borde de este abismo estamos demasiado verdes aún para avanzar una hipótesis sobre Pato. Sin embargo, no puedo dejar de sufrir el tirón de lo repulsivo de estas calles, que me sacude con el ansia de desdoblamiento: es idéntica, aunque inversa, a aquella ansia que sentí frente a una remotísima ventana verde sobre la piscina de un palacete, donde muchachas y muchachos diseñados por Brancusi —especialmente una, su cabeza estilizada en la forma de una campana de oro— bailaron junto al agua, bajo el ciprés, aquella noche. Esos placeres eran tan remotos para mí, tan «extraños», como todo esto que ahora me rodea, y si bien creí reconocer la cifra en que estaba escrito ese código, puedo haberme equivocado: es posible que esa plenitud del placer haya sido sólo mi interpretación subjetiva. Eso, sin embargo, es cierto: al enfrentar ambas situaciones siento un vértigo por dejar de ser quien soy, y lanzarme a la sima.

Ahora —¿y por qué no también entonces?— esa voracidad por ser «ellos» no es más que una forma de aplazamiento: un día o quince, carecen de significado porque el avión de esta tarde está separado del medioevo de esta noche no por horas, sino por siglos, con los que anhelo trastocar las valencias de lo bueno y lo malo: necesito no horrorizarme, como nadie en la multitud se horroriza, cuando un perro medieval exhuma algo blanco-verdusco que parece un feto de un montón de basura, y lo devora.

Es excesivo el gentío a esta hora en que las tiendas comienzan a cerrar. Para recobrar nuestro aliento, entramos por una callejuela oscura que no parece tenebrosa, menos densa de cuerpos, pero no desierta. Una luz brilla más allá, encima de un arco morisco, y un poco más arriba, al frente, un comercio mínimo arroja su rayo de luz cerosa sobre la callejuela antes de que ésta se extinga, al subir, en un perecedero bosquejo de escalones. Entran mujeres veladas, hombres encapuchados, por ese arco: adentro se quitan zapatos y babuchas. El pequeño enjambre de mendigos instalados junto a la entrada está dotado de una rara seguridad, como si no estuvieran más que cumpliendo su papel en la escala social y ocuparan el sitio que el destino les asignó. Porque la calle es angosta, no podemos alejarnos para tasar la arquitectura de esta mezquita. El grupo de mendigos, a nuestro paso, se torna gárrulo, zumbón: no les interesa demasiado pedirnos una limosna.

Un poco aparte de este grupo, cerca del muro iluminado por el candil amarillento de la tiendita que vende Chesterfield y amuletos contra el mal de ojo, veo el bulto de una figura tendida. ¿Un muerto? No sería imposible: pero al pasar a su lado alza una mano vencida, en un esbozo del gesto de pedir que no llega a completarse antes de caer: no está muerto. Un niño de poco más de un año, con el trasero desnudo, gateando como una liendre sobre el cuerpo que yace, le mete en la boca lo que rescató del montón de basura.

Es sólo un segundo. Pasamos de largo: no sé si Gloria lo ve. Sin embargo, yo recuerdo minuciosamente ese segundo porque la intensidad de mi visión suple la carencia de tiempo, y es igual que si me hubiera quedado horas examinándolo.

Como todos, viste su chilaba de lana parda —el *cache-misère* que nada esconde—, y el chapuchón sobre su cabeza aporta un séquito de sombras: de ellas, sin embargo, mi mirada rescata un finísimo perfil, una joven barba rala, dos ojos donde reluce sin fuerza ese bello agotamiento sensual y dorado que a veces uno encuentra tanto entre la gente del Rif como en las invenciones de Klimt bajo los arrayanes de cierto jardín tan vedado como esta callejuela. Sin embargo, esos ojos, en que está a punto de extinguirse la luz, ven: el mendigo... ¿el enfermo?... ha alzado la mano a nuestro paso solicitando una limosna. No se la doy porque nada puede alterar la desesperanza, donde, de algún modo, se ha acomodado. ¿El niño..., su hijo? ¿Por qué lo alimenta con basura, haciéndolo lucir, al abrirle la boca, dientes excepcionales, perfectos y húmedos? ¿Por qué no va a ser hijo de este hombre, apenas más que adolescente? Bijou y el hijo de Giselle dentro de poco. Lo ha perdido todo, o nunca ha tenido, y no espera nunca tener nada: su destino es yacer junto a un montón de basura, cerca de un grupo de mendigos de categoría superior, hasta que un tifus lo mate y se reintegre a la basura.

Envidia: quiero ser ese hombre, meterme dentro de su piel enfermiza y de su hambre para así no tener esperanza de nada ni temer nada, eliminar sobre todo este temor al mandato de la historia de mi ser y mi cultura, que es el de confesar esta noche misma —o dentro de un plazo de quince días— la complejidad de mi derrota: jardín perdido, hermano exigente, hijo exitoso —¿exitoso?—, mujer frustrada en maldita esperanza de categoría ahora inferior, justificación de mi existencia, raíces dolorosas en otro hemisferio, abandono del proyecto colectivo. ¡Tanto, que aquí podría resultar insignificante! La envidiosa compasión que siento por este vestigio de hombre, mi fugaz impulso por rescatarlo, sanarlo, alimentarlo, consolarlo, significa que yo también necesito que me rescaten, que me sanen, que me abracen: que alguien me convenza de que la confesión, contrición y expiación, el no engaño, carece de fuerza imperativa, y que no hay ni siquiera necesidad de reparación si uno se transforma en este bello mendigo enfermo que yace sin haber conocido la esperanza, cerca de una mezquita en Tánger: meterle un duro instrumento asesino, un puñal, a ese mendigo, para que su vida se escape mientras yo le hago respiración boca a boca —sí, esa boca que su hijo alimenta con basura podrida— para que de este modo mi alma entre dentro de él, y la suya en mí, dejándome abandonado dentro de la forma de este mendigo mientras él se va del brazo de Gloria: así será problema suyo compartir con ella mis traiciones y mis fracasos. ¿Quién es Núria Monclús aquí? ¿Quién Marcelo Chiriboga? ¿Quiénes los que despojaron de su definición a nuestra tierra? Aquí no existen. No hay para qué luchar contra ellos, puesto que esas luchas no son más que versiones distintas de esta reyerta que estalla entre los mendigos a la puerta de la mezquita, y pronto, mientras alcanzamos otra vez la calle por donde fluye el gentío, se acalla sin dejar rastros: pero la injusticia que inició la reyerta sigue, no resuelta, siendo injusticia.

Nos encaminamos hacia la salida de Zoco porque tememos —ella; no yo: mi mendigo es mi norte— perdernos. Quiero ir a un sitio de menor densidad y ritmo para examinar esa hoguera que arde en mi interior.

—¿Volvamos al hotel? —le propongo a Gloria.

—¿Por qué?

—Estoy un poco cansado. Los viajes en avión siempre cansan. Mañana vamos a poder ver todo esto con más calma.

Cenamos en el hotel. Las lujosas viandas son basura podrida que meto sin asco en mi boca. El hombre yacente carece de enemigos, como es mi enemigo mi mujer, este monstruo que me exige cierta conducta para que yo pueda volver a ser limpio. No sabe que ahora soy fuerte porque existe la opción de la miseria y la desesperanza, la más seductora y terrible de todas.

—¿Vamos mañana a la Jatifa? —me propone Gloria.

—¿Qué es eso?

—Gide y Wilde, ese café que me contaste.

—¿Por qué quiere ir?

—¿De qué hablarían, no...?

—No queda la crónica de ese diálogo.

No quedó crónica, no dejó huella. Es lo que necesito, pienso, al pedir la llave y subir del brazo de mi mujer a nuestra habitación del segundo piso. Borrar mis huellas para convertirme en otro y no tenerle miedo a esta mujer que llevo del brazo y que es mi conciencia. Voy al cuarto de baño: cucarachas en el mejor hotel de Tánger. ¿Importa? Ahora no, porque esta noche que pertenece a otros tensa mis nervios. ¿Tararea *La muerte y la doncella*, muy bajito, contenta, mientras ordena sobre la silla lo que se propone vestir mañana? Yo ni eso puedo hacer, tararear a Schubert, que tanto me gusta, y para qué decir escribir una novela. Gloria, que hace tan bien todo lo que se propone —sus artículos feministas, por ejemplo—, podría escribir la crónica de todo esto mejor que yo. Con la boca llena de la espuma del dentífrico se lo propongo.

—¿Crees que soy capaz?

Escupo la pasta:

—Te creo capaz de todo.

—¿Y si mi experiencia es distinta a la tuya?

—Estoy seguro de que viste lo mismo que yo en el Zoco.

—Es posible.

Ya no me atormenta tarareando *La muerte y la doncella*: la he vencido ofreciéndole la esperanza, lo más maligno de todo. Al lavarme las manos estoy a punto de preguntarle a Gloria si no trajo un jabón menos fétido que el que nos proporciona El Minzah, pero pienso que esa fetidez es seguramente una fragancia deliciosa en este mundo distinto, y me lavo valientemente las manos para identificarme con los embozados que transitan por la calle, allá abajo: la noche, afuera, la devoran —y está siendo devorada por— otros, porque yo no puedo trasponer el espejo y vivir al revés, como ellos, tal vez como Patrick.

De pronto, mientras me seco las manos, mi corazón se alboroza: ¿y si todas mis acciones —el robo y el engaño y el empecinamiento en no vender Roma, y el fracaso personal y colectivo—, una vez confesadas, le parecieran tales felonías a Gloria, que me repudiara? Cuando éramos jóvenes estuvo a punto de abandonarme por culpas menores. ¿No es ésta la ocasión para hacer que su *superego* se rebele contra un delincuente como yo, tal como se rebelaba contra Bijou? ¿Dónde está Bijou, clamo, mi aliado en la abyección, el Virgilio perfecto para el infierno de estas callejuelas malévolas donde todo es posible, a las que él no temería como las temo yo, ni a las cucarachas ni a la suciedad? Bijou tiene fuerza: se siente bien dentro de su piel en cualquier sitio donde se encuentre. Yo no soy fuerte. Tengo demasiadas cosas fáciles de trizar. Una es Gloria, su mirada escrutadora, su tácito desprecio porque no soy capaz de tararear *La muerte y la doncella*, debes ser esto, tienes que ser aquello, lo de más allá, no se puede ser un liberal incoloro como tú, hay que empeñarse en la lucha política, debes pronunciarte, firmar cartas públicas, comprometerte, unirte a la acción, debes ser buen padre, buen hijo, buen hermano, buen marido, debes traer dinero a la casa..., todo, en fin, obligaciones.

Cuando termino en el cuarto de baño, regreso al dormitorio sin camisa: ella me mira sonriente, incluso contenta, pese a mi panza, claro, porque he cumplido todas esas obligaciones, como lo comprueba mi contrato con Núria Monclús. Terminó la pesadilla, está pensando Gloria, porque mi hombre va a derrotarlos a todos, a Vargas Llosa, a García Márquez, a Sábato, a Cortázar, a Fuentes, a Chiriboga, éste sobre todo, tan fatuo, tan envuelto en el falso refinamiento de sus exigencias a las que recién tiene acceso..., vencerlos con una sola novela, la que Gloria cree que se va a publicar pero que no se va a publicar jamás. Mi novela es una mierda. La prosa de Chiriboga, en cambio, tiene una simplicidad deceptiva que se disuelve bajo la lengua, embargando los pulmones y el ser entero con un aroma que la corteza de su lenguaje no hacía esperar. Yo no puedo: lo explico todo. Quisiera escribir como Chiriboga. Pero no puedo.

Si no puedo escribir, debo limpiar mis felonías: basta que le ponga un télex a mi abogado en Chile para que venda ahora mismo la casa de la calle Roma. Arrasar con los verdes y violetas *pointillistes*, con las gallinas de baquelita —no, de plástico; cuando yo era niño las hacían de baquelita—, con las sombras murmuradoras en el jardín de donde cortarán paltos, castaños, tilos, araucarias, cipreses, con el damasco bajo el cual se hallaba cuando la vinieron a buscar pero la soltaron porque les dio miedo cuando preguntó «¿qué me tienen de comer esta noche?», y con la piel tersa del pájaro de oro de Brancusi bailando junto al agua que también refleja un ciprés.

Gloria se quita la ropa. Me da la espalda, una desusada actitud de pudor al inclinarse, al otro lado de la cama, para coger su camisa de dormir y comenzar a ponérsela. Su carne está ajada, verdosa con esta electricidad tan rara de Marruecos. ¡Cómo han destruido los años su otrora magnífico trasero! Los muslos, nada de Brancusi... no quiero mirarla porque lo único realmente peligroso sería que no fuera así: que en la luz tenue de Tánger la Odalisca resucitara perfecta. ¿Para qué? ¿No está la calle llena de miradas jóvenes, desconocidas, de cuerpos que se cimbran ocultos bajo túnicas, todos llaves para abrirme el ingreso a la noche? La noche se está abriendo como una flor que exhala un perfume que al comienzo puede parecer nauseabundo, como el del jabón, pero termina por embriagar... sí, estoy dispuesto a despojarme de mi traje occidental, que dejaré aquí, con mi mujer y mi fracaso. Bijou me guiará por las callejuelas que conoce tan bien como las de Sitges y como las de todos los laberintos —dos siluetas monjiles, ocultando raza, edad, condición, gusto, bajo la parda chilaba— para llevarme en busca de lo que me apetece, no sé qué es, no sé, pero por cierto que hoy no es la espalda de una señora de cincuenta años que he visto toda la vida haciendo lo mismo: para ponerse el camisón alza sus brazos, y el camisón cae alrededor de su cuerpo, ocultándolo. Yo no cojo mi pijama sino mi camisa. Gloria se da cuenta de que me la estoy poniendo. Sonríe, no frunce el ceño:

—¿Qué haces?

—Voy a tener que bajar. Se me olvidó decirle al conserje algo sobre el Avis, qué sé yo cuánto se pueden demorar estos idiotas en tenérmelo listo...

—¿Por qué no los telefoneas desde aquí?

—No, si bajo podré firmar cualquier cosa que haya que firmar.

—No veo para qué te molestas.

Todavía no frunce el ceño: si hay huellas de inquietud las cubre con la máscara de la crema. Luego se tiende en la cama para leer a Styron: reflexiono que también nos hemos robado ese libro de la casa de Pancho. Pero ese robo, ¿qué importancia puede tener en la gran noche de afuera? Pasan voces hablando en un indescifrable guirigay bajo nuestra ventana. En la esquina, en el cafetín oscuro con olor a menta, repleto de ojos desvergonzados —lo único vivo en ese antro donde pesa una placidez sin explicación—, Bijou, mi cómplice, me espera para guiarme: bajo su cogulla veo sus ojos azules que guiñan para que lo siga. Gloria me sonríe por sobre su libro abierto, la luz baja, el cuerpo velado por su camisón. Debo darme prisa o Bijou partirá. Mientras me abrocho la camisa, explico:

—...debemos partir pasado mañana, no quiero quedarme para siempre en Tánger...

—¿Por qué no?

—¿Te gustaría?

—No sé...

—Entonces...

—Tanto moverse: si no fuera por la exposición de Patrick.

¡Mujeres aborrecibles, glandulares, sólo capaces de tropismos como esto de pensar primero que nada en su hijo! Les bastan. Después, el hombre no cumple más función que la de reasegurarles, de tanto en tanto, que sus cuerpos —lo único que poseen, puesto que un sínodo medieval las despojó para siempre de su derecho al alma— aún son deseables.

—¡Qué importa Patrick! ¡Tánger es un horror! —exclamo.

Por sobre su libro me mira directamente a los ojos, penetrando hasta el fondo mi mirada de ámbar, la que le robé al mendigo yacente: lo sabe todo, ya es inútil cualquier confesión mía. No debo engañarme: Gloria es una hechicera exigente, la encarnación de todo lo que presume rechazar de la blanda burguesía en que nació y que no es capaz de dejar atrás. Ninguna tormenta política, ni el tópico de la «mujer psicoanalizada y liberada» que propone como imagen de sí misma, es capaz de sacarla de su estatismo.

—¿Por qué un horror? —me pregunta, cerrando su libro para endilgar una conversación destinada a retenerme—. Tal vez podríamos sentirnos más libres. ¡Es una ciudad tan rara y cosmopolita! Y si ni Sitges ni Tánger son Chile, y no se puede vivir ni en Roma ni en París ni en Londres, lo mismo da vivir aquí. Siempre estaremos fuera de la lucha... tal vez Pato tenga razón y todo dé lo mismo, convertirnos a la fe musulmana, *to go native* y ponerme un velo...

—No me hagas reír... del Instituto Carrera a la fe musulmana...

Gloria ríe volviendo a su libro mientras yo me meto la camisa dentro del pantalón. ¿Por qué no me lo impide? ¿Por qué, incluso, de cierta manera, sugiere que ella sería capaz de hacer lo mismo que yo voy a hacer ahora, y perder ella también sus huellas? ¡Que intente interponerse, que me lo impida, que no me permita ir, bajar, perderme, acudir al sitio donde me espera el mendigo para hundirme en sus ojos amarillos, como quise hundirme en otros ojos de oro, en otro abrazo disimulado en una chilaba más sofisticada que ésta porque era invención de Klimt! Gloria ignora que a nuestro regreso presté mucha atención al camino para llegar hasta la puerta de esa mezquita. Encontraré al mendigo que de ahora en adelante seré yo porque le meteré un cuchillo por donde se le escapará el alma, de la cual me apoderaré cargándolo con la mía llena de lacras y ansias y esperanzas y humillaciones. Y quedaré desposeído, a salvo de todas las depredaciones: el humillado, la víctima de la injusticia, no el hechor. Seré yo por quien se enciendan las revoluciones, pero no el que se compromete a hacerlas, ni quien defiende con su sangre el derecho para otros. No: yo permaneceré fuera de la lucha y de la historia.

—Estaré de vuelta en diez minutos, mijita.

—Bueno, no voy a apagar la luz todavía...

—Sí, no la apague, que tenemos que trazar la ruta en el mapa y calcular el kilometraje para el coche.

—Dicen que no vale la pena pasar un día en Tetuán...

—Eso es lo que voy a preguntar abajo... Si no vale la pena, avanzamos directamente hasta Chechaouan, que dicen que es entera azul.

–Bueno, lo espero.

Le voy a decir adiós pero me parece demasiado terminante. Sospechará que voy a deshacerme de las tiranías. Veo a la Odalisca, plácida, inclinada sobre el libro, tan confiada que ni siquiera se molesta en levantar los ojos para verme salir del cuarto al que está segura volveré dentro de diez minutos.

6

Ninguna de las terribles leyendas que circulan sobre ella es verdad: es fina, encantadora, generosa, sensible. Pero también sabia, y autoritaria pese a su vocación por la intimidad. Y lo ha leído todo.

Vengo llegando de un almuerzo en *tête-à-tête* con Núria Monclús en un restorán tan elegante como los que frecuentaba en mi adolescencia, viajando con mis padres por Europa: en éste, hasta el *maître* respeta a Núria, que conoce a los mozos por sus nombres. Comimos unas ancas de rana diminutas, y yo, además, una *endive braisée* un poco menos exquisita que las de mi recuerdo.

Núria es precisa e incisiva, pero sólo su porte es mayestático, supongo que por el requerimiento profesional de mantener a los peticionarios a raya. Esto es lo que hace circular rumores sobre su despotismo. Fue no sólo efusiva refiriéndose a mi novela, sino, en lo personal, creo que me la propuso, con esa sutileza suya que maneja con tanto esmero, como un puente de intimidad entre ella y yo, lo que me parece un lujo casi inmerecido. ¿Este proyecto de amistad con Núria será, acaso, el primer paso hacia gente que habite fuera del ámbito del fracaso?

Pese a su admiración por mi novela, que considera un *tour de force* por haberme logrado meter dentro de la piel de un personaje tan distinto a lo que yo soy, me confesó que sentía que al final le faltaba algo. Me pidió que la releyera por última vez para «verla» —esa palabra radiante cuando Núria la entrecomilla con su dicción un poco brusca—, y me diera cuenta de que no quedan atados todos los cabos pese a que están listos para el nudo final... agregarle algo... quitarle algo, daba lo mismo: como en todo, es sólo asunto de proporción. Hablamos de ella, de mí, de su viejo amor por Marcelo Chiriboga que todo el mundo conoce, aunque esos fuegos se apagaron hace, ay, ya tantos años, dejando, eso sí, las brasas de una complicidad tan devoradora como ese amor. Me aconsejó que devolviera la traducción de *Middlemarch*, jamás terminada —ella se las arreglaría con la editorial, que olvidará el adelanto puesto que es la misma casa que se interesa por mi novela, presentada por ella como la gran novedad de la temporada—, y que comenzara pronto otra novela.

—Se necesitan novelistas como tú —afirmó—. Esta novela es extraordinaria, pero la prueba de fuego es la segunda.

Lo que más le gustaba, lo que encontraba realmente increíble, era esto: que mi narrador, pese a todo, no resulta un personaje despreciable, sino perdido, atrapado; y como corolario a esa compasión, mi descarnado tratamiento de la mujer del escritor, sin caer en la tentación de embellecerla. Pero algo faltaba al final, aunque de eso no se darán cuenta los editores, dijo, que no suelen ser gente muy perceptiva, pero sí ella y la escasa gente para la cual se escribe la literatura.

Estoy escribiendo esto a muchos kilómetros y a muchos meses de distancia de esa noche en el Hotel El

Minzah, después de la cual todo ha cambiado, y se ha vuelto, por decirlo de algún modo, al revés.

A nuestro regreso de Tánger siguió un largo otoño solitario en Sitges, cuando el orden comenzó a establecerse dentro de mí en lugar de esos sargazos de frustraciones del último tiempo en Madrid. Evité toda comunicación comprometedora, salvo con una gata negra, de ésas de mala suerte, que un día me encontré en la calle, flaca y tiñosa, y me la llevé a casa, pero la cuidé y la alimenté hasta que quedó convertida en un visón lustroso, y entonces le compré de regalo una gargantilla de brillantes falsos con que se ve como una reina: la bauticé Clotilde.

Fue dulce, interminable y tibio ese otoño con que se reivindicó el Mediterráneo: el sol, alargado como un animal que duerme sobre la playa despoblada, y la bendición de esos días cortos en los cuales me encontraba tan protegida como dentro de una cajita. Cuando hay sol y no hay viento, que durante este otoño fue casi todos los días, camino larga, lentamente por el Paseo Marítimo envuelta en el chal que tejí —como si supiera que lo iba a necesitar—durante mi depresión en el piso de Pancho. Las olas caen mudas sobre la arena, las casas de veraneo tienen las puertas y las ventanas cerradas, y los sonidos llegan puros desde lejos porque en esta temporada de soledad trasponen largas distancias sin sufrir interferencias. Se ve poca gente durante la semana y en cuanto se esconde el sol regreso a nuestro piso, me recojo hecha un ovillo junto al fuego, y Clotilde se acomoda tibia en mi falda mientras copio estas páginas y espero el regreso de Julio que, con su ausencia por su trabajo —apasionado: dice que los españoles no tienen idea de lo que es la literatura inglesa, que hay todo un mundo que descubrirles a sus alumnos—, me hace el gran regalo de mi soledad.

En Sitges, fuera de temporada, no es obligatorio ser ni alegre ni sociable, de modo que se me acepta tal como ahora soy: una señora alta, de pelo gris ni corto ni largo, un poquito huraña tal vez, pero no hostil. Núria observó, al verme quebrar un palillo de pan con un clic, sobre la *endive*, que no sólo le gusta cómo me quedan las uñas sin pintar, porque realzan la delgadez de mis manos, sino que mi pelo gris de ahora, más corto y controlado, me rejuvenece:

—Todo es cosa de proporción —comenta— y de precisión...

Cuando algún domingo en la mañana me aventuro hasta «Las Gaviotas», más allá de las barcas de utilería tumbadas en la playa y de los amigos insatisfactorios que poco a poco se irán transformando en los amigos de toda la vida, siento cómo las cosas se han apaciguado, tomando su lugar dentro de esta perspectiva, que puede ser falsa y lírica pero que ahora me atrevo a aceptar como mía. Pato solía gritar, con su rostro colorado reventándose de rabia, que Julio no es artista, que es demasiado dogmático, cruel. Julio no es cruel, aunque creo que hasta cierto punto la ira de Pato era justificada al definir a mi marido como un ser que sólo sabe vivir dentro de estructuras que le llegan desde afuera, incapaz de crear el mundo ingrávido que sólo responde a leyes propias, que es el de un artista. Por eso es un gran profesor: este interinato de un año en la Universidad Autónoma de Barcelona lo ha devuelto a sí mismo, y su ausencia durante el día me restituye el tiempo para cuidar de mí misma, un don inesperado, un regalo para mí sola, para pensar en mí en forma precisa, contraria a los terrores confusos de Madrid, «verme» como un ente aparte de la familia, ya que Julio me necesita menos, y Pato no me necesita nada desde que vive con una francesita *quelconque* pero simpática en una casa que ellos mismos pintaron de rojo, como todas las casas de Marrakesh. Sí, cada día era un regalo otoñal, una pequeña dádiva manejable y mía como una joya, un espacio corto y claro entre el amanecer tardío y el atardecer temprano, cuando me meto en casa y me pongo algo cómodo y largo y abrigado y leo y escribo hasta que llega Julio... dulce tiempo para mí, para «verme», como diría, así, entrecomillado, Núria Moclús. Y mientras yo leo y escribo, él le pone los últimos toques a su traducción de *The Spoils of Poynton*. ¿Alguna relación con la casa de Roma vendida, que nos permite vivir un poco mejor, con el remate y dispersión de sus muebles, que serían los de Poynton? He leído la traducción de Julio: es audaz, creativa, una obra maestra.

Mientras escribo esto lo veo totalmente absorto en su revisión, este asoleado domingo de invierno. Lo miro sintiendo el aguijón de lo que no sé, de lo que jamás quiero preguntar para respetar ese espacio en blanco que le es propio, ese tiempo inabordablemente suyo, lo que me hace añorar Tánger pese a la nueva belleza de la azotea engalanada con plantas arregladas según instrucciones de Pancho Salvatierra, que un buen día apareció aquí con un furgón lleno de muebles, adornos, tapices, cuadros: entre ellos, el triunfal *Retrato de Gloria Echeverría de Méndez*, que me trajo como regalo después de recuperarlo con toda facilidad.

—Buen tipo, ese Bolados —dijo—. Le dio el dinero a Julio porque lo vio desesperado, y se quedó con el cuadro por mientras, en prenda. Le compensaba, porque sabía que a través de ese cuadro iba a llegar hasta mí. Y me llamó, para decirme que lo tenía en su poder, al día siguiente de mi llegada a Madrid, no sé cómo lo supo porque llegué de incógnito, como se usa ahora.

Cree que está sobre la pista del cuadro que se robó Bijou. Tenemos muy buenos negocios juntos..., quita eso de ahí, Gloria, tú no entiendes nada: pones demasiados trapos encima de todo, mi linda. Te vistes regio, pero no hay que confundir una cosa con otra: no tienes idea de cómo decorar una casa...

Todo esto, claro, después de lo que creo que fueron cientos de llamadas a cobro revertido a, y desde, Madrid, de recriminaciones, insultos, amenazas judiciales, intervenciones de Katy y de Carlos Minelbaum y de Begoña, de llantos y de juramentos de amistad eterna. Sin embargo, medito con cierto desahogo en lo que me dijo Pancho sobre mi falta de gusto para arreglar una casa: yo no soy omnipotente, algo que antes de aquella noche en Tánger no hubiera aceptado, aunque creo que se estuvo fraguando durante mi casi-demencia en el piso de Pancho, poblando de fantasías de plenitud amenazadoramente inalcanzable la luz verde del jardín de al lado, plenitud en que se refugiaba mi mente enferma para seguir enferma. Pancho aludió al inexplicable suicidio de la pobre muchachita rubia, y pienso que tal vez no haya pasado de ser una fantasía cuya clave se encuentra en *El abrazo*, de Klimt, y en unos ojos de oro inmensamente abiertos detrás de unos arrayanes: Pancho, que asegura que la pobre Monika Pinell de Bray era una gringa fome, dice que tenía unos ojos azules de lo más aguachentos..., no, Monika Pinell de Bray no era omnipotente, como yo la creí. Alrededor de esa fantasía, a nuestro regreso aquí, comencé a llenar cuadernos y más cuadernos con mis lamentaciones y conjeturas. Y cuando Julio me dejaba sola para acudir a su trabajo, me di cuenta de que, así como no podía exigirle todo a él, yo tampoco podía exigírmelo todo a mí misma. Escribí mis quejas en mi diario, tan desgarrador que ahora no me atrevo a releerlo;

pero al releerlo entonces para escarbar en mi rencor, y al volver y volver a escribir esas páginas, y darles vueltas y más vueltas, fui como depurándolo todo, en ese tiempo tan largo que las estaciones me han obsequiado junto al Mediterráneo, depurando la imagen de mí misma, la de Julio, la de nuestro matrimonio, hasta darme cuenta de que para que este examen tuviera fuerza de realidad era necesario que yo construyera algo fuera de mí misma, pero que me contuviera, para «verme»: un espejo en el cual también se pudieran «ver» otros, un objeto que yo y otros pudiéramos contemplar afuera de nosotros mismos, aunque todo lo mío sea, ahora, en tono menor.

Esa noche en el Hotel El Minzah, sin tener necesidad de levantar los ojos del libro para verlo salir de la habitación, tuve la certeza —¿acompañada de una suerte de deseo?— de que Julio no iba a volver nunca más. Susurré con los ojos secos:

—Adiós.

Y presa del furor de mi deseo de que así fuera, lancé el libro a la otra cama. Que se fuera a la mierda. Que se perdiera para siempre. Que se suicidara. Que me dejara tranquila con sus mentiras sobre el entusiasmo de Núria Monclús y su repentina riqueza. Que no me impidiera tomar unos buenos tragos si así se me antojaba, ni me vigilara y se pusiera tan nervioso cuando adivinaba mi impulso de emborracharme, que es uno de los pocos placeres —sentí entonces— que no me raciona. Que no siguiera acusándome de no aportar dinero a la casa ni de que Patrick haya huido de nuestro piso en Sitges debido a que yo lo tenía en estado de descuido. Sí: confieso que alcancé a dar un suspiro de alivio pensando en un posible suicidio suyo que significaría mi libertad.

Entonces recordé, angustiada, el caso clásico del marido que le dice a su mujer que irá al bar a comprar cigarrillos, y que no regresa nunca más. Lo había notado terriblemente sobreexcitado durante nuestro paseo por el Zoco: me contaba demasiadas anécdotas de personajes de identidad para mí no siempre clara, llamándome con demasiada frecuencia la atención sobre cualquier cosa, sobre la forma de apilar mandarinas en las tiendas, sobre la delgadez de un muchachito bereber, sobre túnicas en venta, sobre los andares provocativos de algunas mujeres veladas. Sé que para él y para mí la imagen de las cosas no se completa, después de veintitantos años de matrimonio, hasta haberlas compartido: quizás ése haya sido uno de los tantos errores de nuestra unión. Pero solemos mantener cierta disociación entre el acto de percibir y el acto de contar y comparar y compartir, que se realiza, por lo general, más tarde.

En la breve vuelta que dimos por el Zoco, sin embargo, estuvo histriónico, casi vulgar, como empeñado en avasallarme para impedir que pensara en lo que quizás adivinara que yo podía pensar y sentir. Julio ignoraba que la contrición y la confesión que lo estaban atormentando eran innecesarias, porque, por una ruse característicamente femenina, en cuanto oí el llamado por teléfono en Madrid, cuando salió a hablar al salón «para no despertarme», hice lo que hacen todas las mujeres que carecen de otra arma para sobrevivir que estas ruses: levanté el fono del dormitorio, en mi velador, y escuché entera su conversación con Núria, aquélla en que condenó su novela, cerrándole todas las puertas. Lo hice, debo confesar, porque desde la densidad de mi sargazo mental, yo, vagamente, y rencorosamente y llena de temor, sospechaba otras cosas, percibía fantasmas, fantasías que tomaban el lugar completo de la realidad, un llamado de Monika Pinell de Bray —cuyo nombre, entonces, ignoraba— para citarse con él e invitarlo como a un Baco panzudo a participar en una orgía de jóvenes junto al agua, que a mí me excluiría; o un deslumbramiento con Bijou, que no tiene corazón ni sentido pese a su inteligencia, amorío que no me hubiera importado absolutamente nada; o una intriga amorosa con Katy, lo que, en cambio, me hubiera importado muchísimo: en todo caso, desde mi empecinado silencio de enferma junto a la ventana percibía sólo figuraciones, un *flotsam and jetsam* en que todo se revolvía presa del estatismo aterrorizante del mar de sargazo. Y yo lo veía —ahora me doy cuenta de que tanto debido a mi estado como a su muerte en manos de Núria Monclús— cada día más híspido a medida que las cosas avanzaban hacia el desenlace.

Su sobreexcitación en el Zoco, estaba claro, no era más que una prolongación de este ánimo: el comienzo de su intento de confesión, innecesaria puesto que yo lo sabía todo desde que había hablado mil veces con Sebastián asegurándole que no podía arriesgarme a obligar a Julio a vender la casa, decisión que debía tomar por sí mismo porque de otro modo yo tendría que cargar con su rencor por esa pérdida toda mi vida, y ya no podía con más rencores. Pero fue mía la idea inmisericorde de enviarle fotocopias de todas las facturas y cuentas para apresurar una decisión que terminaría por tomar, ya que Julio puede ser irracional bajo presiones emotivas, pero no loco, de modo que yo siempre confié en que la casa se vendería. Supuse que el dinero para esa excursión sería un préstamo secretísimo de Carlos Minelbaum, con quien mantiene una de esas relaciones masculinas impenetrables para una mujer.

Quiero dejar muy en claro que, al enterarme del rechazo de Núria Monclús a su novela, mezclado con mi compasión y mi dolor sentí, a la vez, un componente de vengativa alegría ante su fracaso, el fracaso del macho de la familia cuyo deber es el triunfo que saca a los suyos de la pobreza y del anonimato, misión ante la sociedad que ambos despreciamos en su contenido actual, pero de cuya forma todavía dependemos. Fue esta derrota final de Julio lo que más me ayudó a salir de mi depresión: necesitaba verlo menos fuerte. ¿No estaba expiando Julio con su fracaso la culpa de mi padre, que me sacó de cuarto año de las monjas a los catorce años, a mí, la primera de la clase, que soñaba con ser médico? ¿No aplacaba con esto mi rencor porque mi padre no me envió a Harvard, como hubiera mandado a mi hermano, de haberlo tenido, y como no envió a ninguna de mis otras hermanas, cuyas inteligencias pronto se opacaron bajo la polvareda de maridos convencionales y vidas consumistas, y en lugar de educarnos nos paseó por los efímeros salones de Europa a donde la diplomacia nos iba arrastrando? Mi envidia por Julio, por su pensamiento estructurado por una educación, por su capacidad para «hacer» cosas, fueran las que fueran y de la calidad que resultaran, remató allí: en mi asqueroso, rencoroso, dolorido regocijo por su fracaso —que a todos nos hundía— en manos de una mujer que llevaba las puntas de los dedos untadas en la sangre de los fracasados como mi marido, que en él nos vengaba a todas. Sí, así fue, o por lo menos así lo vio mi fantasía comprensiblemente envidiosa, que venía desde muy lejos y reivindicaba muchas cosas.

Mi furia, sin embargo, se aplacó en cuanto Julio cerró la puerta: bastó el impulso de lanzar mi libro a la otra cama. Quedé largo rato tendida, sin moverme, clavada allí por mi deleite que muy pronto se fue transformando en temor.

¿Qué hacer si Julio no volvía? ¿Regresar a Chile? No. Imposible. Pato no querría volver para insertarse en una realidad que no hemos logrado hacer incidir en su formación, regreso que para mí se reduciría a la dependencia de mis tres hermanas y mis cuñados partidarios de este régimen. No. Chile no. Había una valla en torno al país, valla que era posible eliminar sólo con una convicción de lucha de la que yo carecía, fuera de la habitual charla iracunda sobre el estado actual de las cosas. Para hacer algo no sabría por dónde comenzar. No, Chile, ahora, sin Pato, sin Julio, no. Una mujer sola sin dinero ni profesión, ya sin belleza pero aún ganosa, de cincuenta años, es uno de los espectáculos más obsesionantemente patéticos y ridículos que es posible concebir.

¿Sitges? En otoño —recordé— es un balneario tierno y desolado y fácil, y el invierno es tímido, insinuante, lleno de luz y de gaviotas. ¿Tal vez organizar algo para ayudar a los exiliados con menos experiencia y medios que yo? ¿Traducciones? ¿Una pequeña renta que Sebastián, en cuanto supiera el abandono de Julio, me enviaría mensualmente, fruto de las inversiones hechas con nuestra parte de la venta de la casa de la calle Roma? Paz. Ser yo, por fin, no parte incompleta de lo que Lawrence Durrell, falazmente, llama *«that wonderful two-headed animal that is a good marriage»*, ideal que durante tanto tiempo me sirvió para apoyar mi matrimonio. La libertad que da ser víctima y abandonada..., no ser responsable ante nadie más que ante mí misma de mis acciones. No tener que dar cuenta.

—¿Y por qué no abandonaste tú a Julio en lugar de esperar a que él te abandonara, siendo que la soledad te parecía deseable? —me interrogó Núria acerbamente, destrozando la frágil estructura de una ranita con sus dientes carnívoros.

Pensé largo rato, aunque es posible que no haya sido más que un *collage* de impresiones y recuerdos sobreimpuestos en un solo segundo cargado de emociones, antes de pronunciar una palabra:

—Odalisca...

Núria me pidió que le explicara. Fácil:

—La Odalisca, que tan orgullosa me hace, no existe fuera del recuerdo y la fantasía de Julio, que es su morada; a veces logra, aun ahora, hacer resucitar esa Odalisca de otros tiempos con su abrazo que evoca ese talle, que acaricia no ésta sino aquella piel satinada, la ondulación de la cadera modulada con la elocuencia de una línea certera, ahora algo confusa. ¿Qué otro ser puede restituirme mi cuerpo de entonces, hacer presente la realidad de esa Odalisca del pasado, sino Julio? Un beso, la toalla envuelta en la cabeza, basta.

—¿Qué hiciste, entonces? —preguntó Núria.

—¿Cuándo?

—Después de que salió del cuarto...

—Apagué la luz. Afuera del hotel, abajo, se oían las bocinas de los coches aullando en marroquí, y voces indescifrables lanzaban, de vez en cuando, algo que yo identificaba como un improperio. Hasta en este cuarto tan defendido flotaba una mezcla de olores del Zoco: comino, azahar. ¿A qué había salido Julio? Había ido a perderse para siempre, o no para siempre, en la Kasbah, por eso su excitación preparativa durante nuestro paseo. Y en la oscuridad no pude dejar de comprender lo difícil que tenía que parecerle enfrentarme con su verdad, y reconocerme lo que yo ya sabía de tu resolución respecto a su novela sobre esos seis días de prisión, y darse cuenta de que éstos, en sus manos de escritor endeble, no dejaron otra huella que una vaga crónica de la injusticia.

—El olvido... —murmuró Núria—. Cuando el polvo se asienta después de esos derrumbes que son las grandes tragedias colectivas, el polvo las cubre con una capa grisácea de olvido..., los gobiernos impunemente pueden entonces hacer lo que quieran, protegidos por el olvido de las grandes potencias que ostensiblemente censuran a esos gobiernos, pero están implicadas en la tragedia. Luego sobrevienen otras tragedias, otras revoluciones en otras partes, otras guerras que van ocupando las primeras planas de los diarios y relegando las tragedias que uno llama «nuestras» a las últimas páginas, donde ya nadie las lee. Entonces, claro, ninguna editorial quiere comprar una novela mediocre que describe una parte de cierta tragedia, que sólo para muy pocos no está pasada de moda...

—Una vez, Julio le pegó a alguien por decir eso. Ése fue el momento en que comenzó mi depresión: imposibilidad para hacer o deshacer una maleta, para levantarme en la mañana, toda acción referida paranoicamente a mí misma como una vejación o un robo o una falta de reconocimiento o una traición. La lasitud, la tristeza... tristeza que se hizo mudez, casi locura en Madrid...

—¿Y qué te sacó de ella?

—La caricia de un gato en la barbilla. Y poder identificar, entre todo ese verdor que caía como una lluvia sobre el prado luminoso del jardín del duque, a un ser tan espléndido como un Brancusi: le debo mucho a la pobre Monika Pinell de Bray. Su muerte quizás me duela más a mí que al «guapo-feo», que pronto la olvidará; yo, en cambio, nunca: ésta, al fin y al cabo, es su novela, la novela de la fantasía sugerida en mí por su presencia en ese jardín, que si lo viera ahora quizás no resultaría tan inolvidable. Todos, tú, ella, Julio, son sólo reflejos en mí, en nuestras subjetividades cambiantes. No puede dejar de dolerme el suicidio de Monika Pinell de Bray, de la real y de la imaginada: las perfecciones de Brancusi deben ser eternas y regocijantes.

Núria, que es puro tino, no me preguntó cuál es mi teoría acerca de qué creo que Julio salió a hacer, perdiéndose en la Kasbah de Tánger, vagando por esas fétidas y fragantes calles moras donde uno se puede aniquilar. Éste es el último esfuerzo que tengo que hacer para adquirir paz: que no me duela ese espacio de silencio en la vida de Julio, aceptar su oscuridad, su secreto, lo turbio, vivir con él y no atormentarme como sigo haciéndolo todavía, a pesar mío. Esa tarde en el Zoco una cosa, sobre todo, me pareció perturbadora: casi obsesivamente, mientras avanzábamos por las callejuelas, Julio hablaba de Bijou: «Si Bijou estuviera aquí nos diría...», «Bijou es un delincuente a quien todos los demás delincuentes le parecen ingenuos como niños...», «estoy seguro de que Bijou sabría guiarnos...» No dudo de que no sabe la cantidad de veces que repitió su nombre. Quizás esa imagen de Bijou, rubio, sin moral, duro, mucho más duro a su edad que Julio y que yo a la nuestra, su ambigua figura de adolescente señalando una infinitud de posibilidades a las que el ser está abierto, sería lo que tentó a Julio a salir en busca de esa quimera o algún peligroso sustituto que lo llevara a perderse en una, o varias, de las laberínticas posibilidades que hay en todo ser. Tuve la certeza, en esos minutos que siguieron a su desaparición del hotel, de que no volvería a ver a Julio nunca más. Con los brazos cruzados bajo la nuca en la oscuridad, sentí cómo, abandonada, los ojos se me iban llenando de lágrimas. ¿En qué se transformaría Julio? ¿En ese mendigo que ni siquiera sé si vio, tirado a la puerta de una mezquita, mientras yo me transformaba en una señora latinoamericana, sola y madura, dedicada a traducir o a los telares en Sitges? Intenté dormir para no seguir atormentándome con mis elucubraciones acerca de tan horrendas posibilidades. Pero estuve horas y horas dándome vueltas en la cama, de nuevo al borde de la fantasía que suplanta en forma absoluta a la realidad, pensando en los tormentos desconocidos con que Julio estaría expiando su culpa de no tener entereza para aceptar y reconocer la derrota.

—Y por no tener talento —agregó Núria.

Tuve que pensarlo antes de aceptar la dureza de esto:

—Y por no tener talento... —logré, finalmente, reunir coraje para afirmar, agregando—: Claro que es totalmente posible vivir como escritor fracasado.

—No te engañes: los conozco demasiado bien. Es un infierno.

—No estoy de acuerdo. Porque sólo cuando me di cuenta esa noche de que es también posible vivir como la mujer de un escritor fracasado, pude sentir y aceptar que Julio se quisiera perder en lo que fuera, esa noche y durante cualquier tiempo. Por eso, de pronto, ya muy tarde, clareando el alba, decidí qué debía hacer.

—¿Qué hiciste?

—Me vestí rápidamente, pero no para ir a rescatarlo. Tampoco para perderme, yo por mi parte, en la Kasbah. Bajé, en cambio, donde el conserje, que estaba dormido con la cabeza sobre el mostrador de cristal. Le pedí un sobre. Metí su pasaporte, el de Julio quiero decir, una suma bastante grande de dinero, y el billete de avión de regreso. Agregué una nota: TE ESPERO EN SITGES. GLORIA. Le pedí al conserje que al día siguiente, en cuanto abrieran las oficinas de viaje, cambiara mi vuelo de regreso a España para mañana al mediodía. Y que dejara el billete de mi marido abierto: que le entregara ese sobre a él cuando llegara, dentro de unos días, y si no lo reclamaba dentro de una semana, que se lo entregara al cónsul de España, a quien yo se lo advertiría. A mí, que me despertara mañana a las diez para tomar el avión de regreso a mediodía.

—¿Nada más, señora? —me preguntó el conserje.

—Nada —le respondí.

Subí a mi dormitorio, hice mi maleta, y también la suya, dejándola lista para bajarla al día siguiente y entregársela al conserje.

—¿Y pudiste dormir? —me preguntó Núria.

—Me tomé un valium 10, prohibidísimo, pero había logrado esconder un frasquito en mi *nécessaire*, y me quedé profunda, brutalmente dormida. Contado ahora, todo esto tiene la calidad de una cosa muy racional, una estructura ajena a la desesperación que sentí entonces como una continuación de mi desgarro de Madrid. No es fácil verse obligada a enfrentar toda una nueva manera de vivir, una mujer sola que no sabe muy bien qué ni quién es.

—Claro que en Sitges, a través de tus cuadernos obsesivos, lograste llegar a una solución...

—No es solución: me sirve, en todo caso, para seguir adelante y no pensar continuamente en lo corrosiva que es la inutilidad. Eso ya es bastante.

—Te envidio.

Extrañada, miré a Núria:

—¿Te estás riendo de mí?

Después fue ella la que rió:

—Bijou tenía razón: los etruscos sin cabeza no son estatuas, siguen vivos, y les gusta, incluso necesitan, que los saluden al entrar y que se despidan de ellos con respeto. Me gustaría examinar tus cuadernos, ese diario que escribías en Sitges...

Le negué acceso a ellos moviendo la cabeza:

—Todos tenemos derecho a nuestros secretos y los míos allí están. No, no podrás verlos. Yo misma no me atrevo a abrirlos y releerlos, ni siquiera para aprender cómo se escribe la segunda novela... No quiero conocer los mecanismos que me hicieron salir de mi exaltación política y aceptar mi «tono menor», que entonces podría resultar tan imitativo como el «tono mayor» con que Julio escribió la ultima versión de su novela. Te quiero explicar que yo, como persona, no es que no siga exaltada, políticamente, y sobre todo en relación a Chile. Haría cualquier cosa para que la situación cambiara en mi país. Pero sé que eso es ajeno a la literatura, quiero decir, ajeno por lo menos a mi literatura. Asumí esta ambivalencia analizando mi enfermedad de Madrid desde mis cuadernos de Sitges, y dándome cuenta de que fue mi cárcel. Y asumir el «tono menor» fue, tal vez, mi salvación. Como después del Zoco, Julio asumió su propio tono, el de profesor de literatura, después del desastre que fue la cárcel o enfermedad de su novela pésima, paralela, a su vez, a mi enfermedad. Sí, la segunda novela es la importante.

—Estoy de acuerdo en que no me muestres tus cuadernos, pero no me has terminado de contar...

—Espera... te contaré todo lo que te pueda contar, que es todo lo que sé. Al despertar a la mañana siguiente con el rinrín del teléfono del conserje, encontré que no me podía incorporar en la cama porque estaba como lastrada, físicamente atada a ella: el lastre eran los brazos de Julio rodeándome y sentí su resuello tan conocido junto a mi nuca, detrás de mi oreja izquierda. Le quité los brazos de mi cintura para alcanzar el teléfono: el conserje me dijo que el señor había llegado a las seis de la mañana, pero que él había estimado preferible no entregarle el sobre.

—¿Hice bien, señora? —me preguntó.

—Muy bien —respondí.

—Excelente conserje —comentó Núria—. Como para contratarlo para mi agencia...

—¿Desea siempre la señora que le confirme el vuelo para hoy a mediodía en Air Maroc?

—No, no gracias, déjelo abierto... y le ruego que confirme lo del Avis, tal vez, eso sí, para hoy a las cuatro en vez de para mañana.

—Muy bien, señora.

—Todo perfecto —celebró Núria fascinada, sobre todo con la eficiencia del conserje.

—Y colgué —continué—. Y como toda mujer a su marido que ha llegado a la cama después de una noche de juerga, le olí la boca, la cara, por si encontraba olor a alcohol, a kif, a perfume de alguien que no fuera yo: nada. ¿Además, qué sacaba con saberlo? Me levanté en puntillas de la cama, abrí la puerta de nuestro cuarto, y puse por fuera el aviso para la camarera: *Please do not disturb*. Volví a la cama, colocándome en ella muy apretada a su cuerpo, de perfil, dándole la espalda, él atrás, yo adelante en paralelas posiciones semifetales, y me envolví en sus brazos pesados de sueño. Me quedé dormida instantáneamente.

Núria rió, casi a carcajadas diría yo si no hubiera sido algo tan controlado, pero ciertamente un equivalente a la carcajada. Estaba muy divertida:

—*Please do not disturb!* ¡Qué irónico final feliz para una novela tan amarga! —dijo.

—¿Cómo...?

—Bueno, ¿no es éste el capítulo que falta, el que no has escrito...? —preguntó Núria Monclús.

Calaceite, verano 1980

«Para viajar lejos no hay mejor nave que un libro.»

EMILY DICKINSON

Gracias por tu lectura de este libro.

En **penguinlibros.club** encontrarás las mejores
recomendaciones de lectura.

Únete a nuestra comunidad y viaja con nosotros.

penguinlibros.club

Penguin
Random House
Grupo Editorial

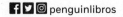 penguinlibros